Dangast

Grünes Land am Meer
Meine Heimat

Albert Schmoll

Das Buch

Dangast - Grünes Land am Meer · Meine Heimat

ist eine Schilderung des Lebens an der Küste. Beginnend mit alten Versen und Hinweisen führt es durch das Leben des Autors und beschreibt dabei den Küstenort am Jadebusen – das Nordseebad Dangast. Hier wird von früher Jugend bis zur Pensionierung die Entwicklung eines Lebens und mit ihm die Veränderung eines Fischer- und Bauerndorfes zum Kurort der heutigen Zeit beschrieben. Neben Erzählungen aus unbeschwerter Kindheit findet hier auch die Zeit des 2. Weltkrieges und dessen Folgen in Wort und Bild seinen Raum. Im weiteren Teil wird auf die Entwicklung der Stadt Varel nach dem 2. Weltkrieg eingegangen.

Der Autor

Albert Schmoll wurde am 18. Juli 1929 in Dangast geboren und wuchs hier auf. Er begann seine beruftliche Laufbahn bei der Stadt Varel im Jahre 1944 und wurde 1987 als Oberamtsrat in den Ruhestand versetzt. In dieser Zeit, und immer vor Ort, konnte er die Entwicklung der Stadt Varel und des Nordseebades Dangast hautnah miterleben und wirkte auch entscheidend bei politischen und wirtschaftlichen Fragen zur Küstenregion Jadebusen mit. In der Zeit seines Ruhestandes verfasste Albert Schmoll diese Mischung aus Familienchronik und Zeitgeschichte.

# Dangast

## Grünes Land am Meer

## Meine Heimat

Albert Schmoll

*Dangaster Hafen*

Juli 2001

Umschlaggestaltung: Gemälde Albert Schmoll
Layout: Susanne Meyer, Ursula Niemann
Bildnachweise im Anhang
Herstellung: Books On Demand GmbH
Printed in Germany
ISBN 3-8311-2595-3

*Dangaster Siel mit Krabbenkuttern und Granatkörben*

*Sturmflut* *Kurhaus*

# Inhalt

# Vorwort

Meinen Kindern Detmar und Imke möchte ich mit den folgenden Ausführungen und Dokumenten aufzeigen, was ich in der Zeit von meiner Geburt bis zum heutigen Tage erlebt habe und was in Dangast und während meines Berufslebens in Varel alles geschehen ist. Dabei war es nur möglich, das Wichtigste zu berücksichtigen, wenn auch ab und zu Nebensächlichkeiten ihren Platz finden mußten. Als ich zu schreiben begann, merkte ich schnell, wie sehr man versucht ist, immer mehr aus der Erinnerung zu Papier zu bringen, und wieviel Recherchen angestellt werden müssen. Aber irgendwann mußte Schluß sein; daher ist es möglich, daß das eine oder andere nicht erwähnt worden ist.

Vorweg darf ich zusammenfassend sagen, daß es für mich ein Glück war, auf dem Dorf direkt am Wasser in dem 1921 von meinen Eltern gekauften, bescheidenen kleinen weißen Häuschen geboren zu sein. Mit Mutter, Vater und meinen Geschwistern wuchs ich hier auf. Unser Haus war umgeben von Wiesen, Getreide- und Kartoffelfeldern, es war eine Oase der Ruhe. Was haben meine Geschwister und ich doch für eine schöne Kindheit gehabt. Nach meiner Heirat bauten wir 1959 unser eigenes Haus an mein Elterhaus an. So lebten wir mit Mutter und Vater zusammen. 1965 verstarb Vater; mit Mutter wohnten wir bis zu ihrem Tode im Jahr 1980 zusammen. All die Jahre gemeinsamen Wohnens waren sehr harmonisch; nie hat es Streit gegeben, abgesehen von kleineren gegensätzlichen Auffassungen.

Dankbar bin ich, daß ich bis heute mit meiner Familie in meinem Elternhaus wohnen kann. Unseren Kindern soll unser kleines Anwesen immer Elternhaus und ein Stückchen Heimat bleiben. Sie sind beide sehr bodenständig und lieben das Rauschen der Nordseewellen.

Auch wenn die dörfliche Idylle der Vergangenheit angehört, hat Dangast doch immer einen ganz besonderen Reiz, was die "Eingeborenen" immer wieder hierher zurückkommen läßt. Das Besondere an Dangast hatte auch schon in den Jahren 1907 bis 1912 die Brücke-Maler, 1921 den Maler Franz Radziwill und bis zum heutigen Tage viele andere Künstler angezogen. Ich kann es nicht mit letzter Gewißheit sagen, was es ist, das die Menschen immer wieder nach Dangast zurückkommen läßt. Sind es die saftigen grünen Wiesen mit den zahlreichen Herden schwarz-weißer und brauner Rinder, den vielen Kiebitzen und sonstigen Vögeln, oder die weißen Wolken, ist es der grüne Deich mit den Schafherden, der Sturm, der im Herbst und im Winter über das Meer jagt, die Wellen hochpeitscht und das Wasser gegen den Deich drückt, der Blick über das weite Land oder die Abendstimmung am Meer, wenn die Sonne ganz tief am Horizont steht und die Landschaft in einem gelb-orange bis lila Licht erscheinen läßt, ja, das alles kann es sein.

Oder ist es vielleicht die mit einer Vielzahl von Seevögeln bevölkerte Wattenlandschaft, die sich im Winter in eine wahre Eiswüste verwandelt und wo Ebbe und Flut die Eisschollen zusammenschieben und riesige Eisberge entstehen lassen? Es mögen auch die Tausende von Wildgänsen sein, die in gleichmäßigem Jahresrhythmus über Jadebusen und Küste ziehen und den nahen Winter ankündigen oder auf ihrem Rückflug uns den Frühling bringen. Wer hat nicht das Schnattern in den Ohren, wenn die Gänse ziehen oder sich in großer Zahl zur Nachtruhe auf den Wiesen niederlassen. Kann es auch der Leuchtturm sein, der seine Beschauer von Arngast herübergrüßt?

Jeder soll für sich entscheiden, was Dangast so anziehend macht. Unser Dangaster Zimmermeister Heinrich Schwabach hat über unser Dorf verschiedene Gedichte verfaßt. Eines davon soll hier abgedruckt werden. Bauer Heinrich Grimm hat seinem Dangast ein Lied gewidmet, das ebenfalls nachfolgend abgedruckt ist.

An dieser Stelle möchte ich Herrn Diplomingenieur Jürgen Elingius, Hamburg, der von 1940 bis 1943 Batteriechef war, recht herzlich dafür danken, daß er mir für meine Arbeit eine Chronik über die Batterie mit Fotos zur Verfügung gestellt hat. Das Zeitdokument aus den Kriegsjahren enthielt viele wertvolle Informationen.

Dangast, im Dez. 1995

## De Dangaster Strand

**Us Watt bedeckt nen mahlen Sand**
**wie nennt em körtweg Schlick**
**hier is he grau, dor is he grau**
**he is allendhalben glieck.**

*DANGAST 1840*

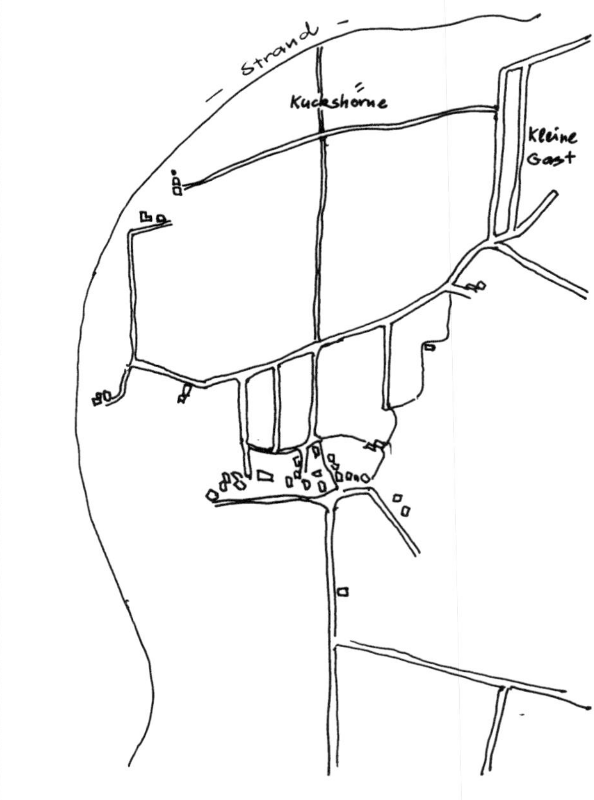

**Wenn wie in use Kinnertied**
**mal gingen öwern Diek**
**dat erste wehr, rin in denn Schlick**
**un wie wern ok bold gliek**
**grau wer` n de Föt, grau wer`n de Been**
**de Buk un ok de Ohren,**
**wie kemen uns foken sülben vör**
**as wern wie grau geborn.**

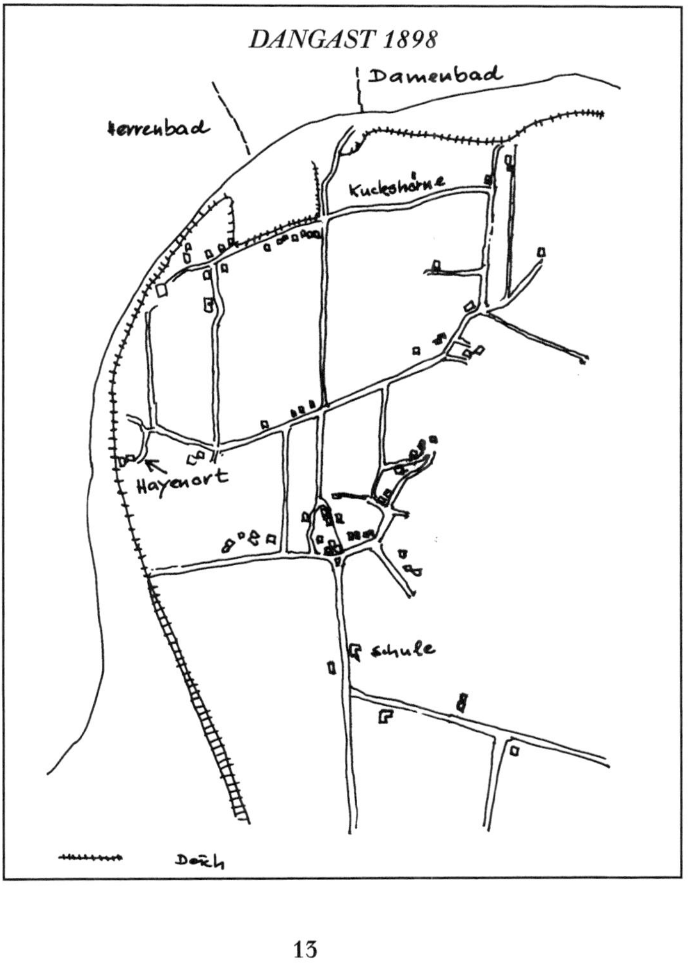

**Doch wat schade dat, dat Water kem,**
**wie kunn jo af us spöln;**
**un wer vorbie de Planscheree**
**denn wie ganz woll us föln,**
**un wenn nun faken ener schimpt**
**hier över usen Schlick,**
**denn lat em man, us schad dat nicks,**
**de Minschen sind nich glieck,**
**de en will süs, de anner so**
**makt du mal jeden recht**
**am besten ist, du fangst nicht an,**
**du kummst dor nicht mit torecht**
**gat rin in Schlick, dreit jo drin üm**
**un spölt jo woller af,**
**un wenn ji faken dat hewt dan,**
**ick glöw, denn sünd ji baw;**

**wenn ji denn dat kribbeln spört,**
**von den Teen bet achter de Ohren,**
**denn wünsch ick jo, dat ji jo föhlt**
**as wern ji nee geboren;**

**un denn lat bloß dat Schimpen na**
**hier öwer usen Strand,**
**de Schlick is hier bestimmt so got,**
**as anner``s wo de Sand.**

**(von Zimmermeister Heinrich Schwabach, Dangast, 1950)**

**Dangastlied**

**Hoch mein Dangast, Dorf am Strande,**
**kenne keines was Dir gleicht,**
**bist bekannt im ganzen Lande,**
**bist an Reizen unerreicht,**
**wo man übet deutsche Sitten,**
**wo man übet deutschen Fleiß,**
**Zwietracht kennt man nicht noch Tücke,**
**hier bei uns am Nordseedeich.**

**Hast Du müde matte Glieder**
**in der heißen Sommerzeit,**
**legst Du Dich am Strande nieder,**
**Seeluft macht das Herze weit,**
**liegst Du lang im Traum verloren,**
**hörst Du Wellen murmeln leis,**
**glücklich ist wer hier geboren,**
**hier bei uns am Nordseedeich.**

**Schöne Frauen kann man sehen**
**hier bei uns am Nordseestrand,**
**fester Sinn ist ihr beschieden,**
**wenn geknüpft der Liebe Band,**
**was sie oftmals auch bedräuet,**
**ihre Liebe bleibt sich gleich,**
**echte rechte Frauentreue**
**findest Du hier am Nordseedeich.**

**Greif ich einst zum Wanderstabe,**
**wandre durch die weite Welt,**
**sehe manches Wunderbare,**
**seh' Natur, seh' Wald und Feld,**
**doch dem Nordseestrand auf's neue**

**bringe einen Gruß ich gleich,**
**singe stets in alter Weise:**
**"Dangast" hoch am Nordseedeich.**

**(von Bauer Heinrich Grimm, Dangast)**

## Familie Schmoll

Justus Heinrich Schmoll
ᛘ 22.12.1864 Röhrenfurth
ᛦ 2.6.1949 Röhrenfurth
Forstaufseher

Anna Nadler
ᛘ 5.10.1865 Röhrenfurth
ᛦ 28.4.1905 Röhrenfurth

⚭ 15.9.1889

Hermann Frerichs
ᛘ 8.10.1859 Driefel
ᛦ 22.8.1912 Dangast
Arbeiter

Elise Hillen
ᛘ 30.1.1860 Dangastermoor
ᛦ 29.4.1929 Dangast

⚭ 26.5.1885

Konrad Schmoll
ᛘ 17.1.1890 Röhrenfurth
ᛦ 22.3.1965 Varel
Maurerpolier

Alma Wilhelmine Johanne Frerichs
ᛘ 10.9.1893 Dangast
ᛦ 20.2.1980 Varel
Köchin

⚭ 9.12.1916

Lieselotte Schmoll
ᛘ 2.3.1917 Dangast
⚭ 27.9.1941

Heinz Schmoll
ᛘ 4.7.1919 Dangast
ᛦ 21.4.1925 Dangast

Helmuth Schmoll
ᛘ 8.9.1921 Dangast
ᛦ 1942 vermißt in Rußland

Olga Schmoll
ᛘ 14.1.1925 Dangast
⚭ 27.8.1954 Dangast

Albert Konrad Schmoll
ᛘ 18.7.1929 Dangast
⚭ 24.11.1955

## Familie Schmoll/Ritter

Albert Konrad Schmoll
ᛘ 18.7.1929 Dangast
Stadtoberamtsrat a. D.

Marga Helene Ritter
ᛘ 16.2.1936 Varel

⚭ 24.11.1955

Detmar Helmuth Schmoll
ᛘ 5.4.1956 Varel

Imke Schmoll
ᛘ 29.9.1970 Sanderbusch

*Dampfer „Mellum“ am Dangaster Anleger beim Kurhaus*

# Das Jahr meiner Geburt

Am 18. Juli 1929 erblickte ich das Licht der Welt in meinem Elternhaus in Dangast, das damals noch ein ruhiges, verträumtes Dorf war, aber schon einen für damalige Verhältnisse angesehenen Fremdenverkehr hatte.

Mutter hat oft erzählt, ich sei bei Donner und Blitz zur Welt gekommen. Es soll so heiß und schwül gewesen sein, daß die Hebamme (früher gab es nur Hausentbindungen) die Zementfußböden in unserem Hause mit kaltem Wasser bespritzen mußte, um die Temperaturen in den Räumen einigermaßen erträglich zu halten. Es war das schwerste Gewitter, das Mutter je erlebt hat. Zu meinen Geschwistern Lieselotte,

Helmuth und Olga kam ich als Nachkömmling dazu. Mein Bruder Heinz war im Jahre 1925 mit 6 Jahren gestorben.

Da war ich nun auf der Welt, was ist aus mir geworden, was habe ich bis zu meinem 65. Lebensjahr erlebt?

1929 herrschte überall große Arbeitslosigkeit. Im hiesigen Raum gab es kaum eine Arbeitsmöglichkeit als Bauhandwerker. So hatte Vater sich außerhalb um Arbeit bemüht und Beschäftigung in seinem Beruf in Bremen gefunden. Nur zum Wochenende kam Vater nach Hause, dann hatte er das Vergnügen, seinem jüngsten Sproß beim Schreien zuzuhören. Ich soll solch eine kräftige Stimme gehabt haben, daß Vater darüber nicht nur einmal erbost war.

Unsere Mutter hatte es damals sehr schwer, Vater in Bremen, allein mit vier Kindern, und ich als Baby. Im Hause noch alles sehr einfach, es gab keinen Wohlstand wie heute. Auch standen den Menschen noch keine technischen Hilfsmittel zur Verfügung, alles war Handarbeit. Neben dem Haushalt hatte Mutter den Garten und die "kleine Landwirtschaft" zu besorgen. Immerhin war das Grundstück, das 1921 erworben wurde, 2400 qm groß, dazu kam noch die gleiche Fläche Pachtland - Grünland.

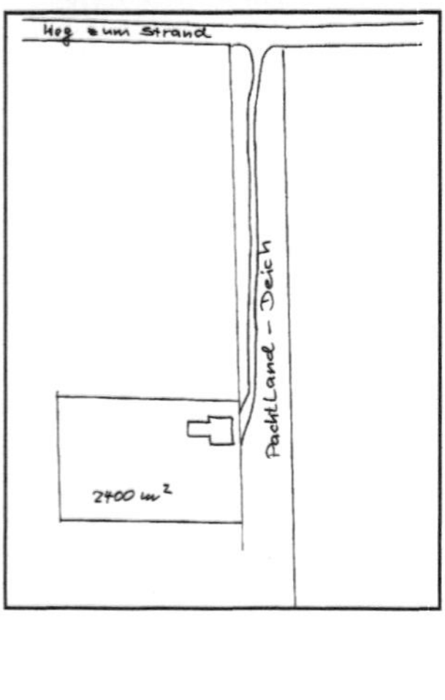


In den weiteren Abschnitten soll darüber ausführlich berichtet werden.

# Erinnerungen bis zum Schulbeginn

Meine Erinnerungen reichen bis in die Jahre 1933/1934 zurück. Ich weiß noch, daß Vater im Sommer mit uns Kindern zum Strand zum Baden ging. Für mich war es ein Vergnügen, wenn Vater mich auf die Schultern nahm und dann mit mir ins Wasser ging. Damals hatten wir zu Hause schon Gäste. An eine Familie kann ich mich noch besonders gut erinnern. Herr Apel war Lehrer und kam mit seiner Frau und seiner kleinen Tochter schon längere Zeit zu uns. Mutter und Tochter wohnten bei uns in der Stube, Herr Apel schlief im Garten im Zelt, das er mitgebracht hatte. Die kleine Eva mochte ich gerne, wir haben während der Ferien viel zusammen gespielt. Olga (meine Schwester) und ich gingen mit den Gästen zum Strand. Es wurde eine Schaufel mitgenommen, um Sandburgen zu bauen.

Die Gäste reisten früher fast ausschließlich mit der Eisenbahn an. Dangastermoor war die nächste Bahnstation. Die D-Züge hielten in Varel. Vom Bahnhof wurden die Gäste von Willi Gröning mit dem Pferdegespann - ein Rollwagen mit Bänken, oben mit rot-weiß gestreiftem Stoff bespannt - abgeholt. Es war immer ein Ereignis, wenn die Feriengäste eintrafen. Tage vorher herrschte ein reges Treiben, die Stubenmöbel wurden ausgeräumt und Betten aufgestellt.

Ich muß vier oder fünf Jahre alt gewesen sein, als wir (Mutter, Tante Anna, Volberts, Olga, Lotti und ich) einen Ausflug nach Wilhelmshaven machten. Wir waren im Stadtpark, ich hatte Spaß daran, die Schwäne auf dem Teich im Park zu füttern. Wir waren auch am Marineehrenmal. Die Marine spielte immer eine große Rolle bei uns, denn Vater war viele Jahre in Wilhelmshaven bei der Kriegsmarine gewesen. Das Ehrenmal ist bei mir im Gedächtnis haften geblieben, weil dort ein riesiger Anker lag.

Im Sommer machten wir oft einen Sonntagsausflug mit dem Dampfer Mellum. Vom Kurhaus führte eine "Anlegebrücke" bis zur Fahrrinne. Dangast hatte damals im Sommer eine regelmäßige Dampferverbindung nach Wilhelmshaven. Die Brücke ist in einem Winter Anfang der Dreißiger Jahre bei Eisgang fast restlos zerstört worden. Eine neue Brücke wurde errichtet, die vor Wintereinbruch abgebaut und beim Kurhaus gelagert wurde.

Wenn Mutter morgens mit dem Fahrrad einkaufen fuhr, blieb ich allein zu Hause. Vater war zur Arbeit, Olga und Helmuth in der Schule, und Lotti wohnte bei Beckers. Mutter schloß die Türen ab, und ich spielte an meinem kleinen Tisch. (Der Tisch ist jetzt in Bremen, Thora spielt daran).

Auf dem Tisch leerte ich meine "Amerikatasche" aus, so nannte ich die kleine Ledertasche, in der immer allerhand Papierzeug zum Spielen war. Wenn Mutter zurückkam, freute ich mich riesig über das "Mitbringsel". Meistens gab es einen "Amerikaner". Den Zuckerguß mochte ich besonders gerne. Es gab auch schon einmal ein Stück Schokolade oder eine Banane.

Es war noch vor meiner Schulzeit, da mochte ich gerne "Geschichten erzählen", dabei begann ich immer mit:" Früher, als ich schon einmal groß war". Wenn ich abends ins Bett kam, habe ich noch lange Zeit leise erzählt. Dabei mußte um mich herum alles ruhig sein.

Ich erinnere mich auch noch daran, daß Vater und Mutter zur Wahl mußten, zum "Fürsten Bismarck". Lange vorher diskutierten Onkel Albert und Vater abends bei uns in der Küche über die Wahl. Vater und Onkel Albert waren alte Sozialdemokraten und mit der Machtübernahme durch Hitler nicht einverstanden. Somit war die Fahrt zum Wahllokal nach 1933 für sie lediglich eine Pflichtübung, die sie erfüllen mußten.

In der Zeit vor der Machtübernahme fuhr Vater oft zu Versammlungen und Zusammenkünften der Sozialdemokraten nach Varel. Mutter war dann immer sehr unruhig, denn die Versammlungen wurden oft durch die Angehörigen der SA und SS, die regelrechte Kampfgruppen gebildet hatten, gestört. Vater hat erzählt, daß es zu Saalschlachten im Schütting mit den Nazis gekommen ist.

## Die Saalschlacht im Schütting 1931

Von Hans Köhler

Als am Donnerstag, dem 30. April 1931, abends 8,30 Uhr, im Schütting die Herren Kommunisten sich erdreisteten, unter dem gutklingenden Titel: Liga für Menschenrechte — Kampfausschuß gegen den Paragraphen 218, Varels Bevölkerung diesen Judendreck mit Lichtbildern vorzusetzen, gab es für uns nichts anderes, dieses zu verhindern. Eine kleine Schar wurde noch schnell zusammengetrommelt und dann ging es unter Führung unseres gefürchteten Heini Janßen zum Schütting. Auch der stellvertretende Bürgermeister Pg. Flügel und unser Ortsgruppenleiter Pg. Paul Wegener, Sohn des Dr. med. Wegener, der seinen Vater blutige Arbeit besorgen wollte, wie Genosse Felix Kirsten nachher in einem Flugblatt schrieb, waren unter uns. Der Eintritt, 0,40 RM. war ein bißchen viel Geld, aber wir wollten ja keinen Ueberfall, sondern nur diesen Mist verhindern und zuckten unsere schwache Geldbörse, dafür durften wir Eintrittskarten in Form eines kleinen Flugblattes in Empfang nehmen. Aber so eine Gemeinheit, was sahen wir auf dieser Eintrittskarte? Einen SA.-Mann mit einem Plakat, davor eine deutsche Frau lesend:

Den deutschen Frauen! Haltet den Männern das Bett warm

SA. auf Propagandafahrt

Übrigens soll Varel die erste Stadt in Deutschland gewesen sein in der bereits 1930 auf dem Rathaus die Hakenkreuzfahne gehißt wurde.

Unsere Nachbarn, Familie Kracke, zogen 1933 von Dangast weg. Den Bauernhof pachteten Klövers. Daran erinnere ich mich recht gut, ich nehme an, weil damit Kinder in meinem Alter in unsere Nachbarschaft kamen. Ich habe oft mit Marga, Hermann und Wilma gespielt.

> Als wir im Saal eintraten, war die Mitte des Saales schon gut besetzt mit Kommunisten, vielen Frauen und sogar Kindern, sowie einigen SPD.-Spießern. Unsere kleine Schar, natürlich alle im Zivilanzug, nahmen rechts bei der Treppe unseren 0,40-RM.-Platz ein.
>
> Nach einer Weile ertönte die Versammlungsglocke und Genosse Mertens eröffnete den sexuellen Laden. Jetzt sollte der Lichtbildervortrag beginnen, aber vorher betonte der vortragende Judenlümmel mit echt jüdischer Frechheit, wer sich beleidigt oder beschämt fühle, möge den Saal umgehend verlassen. Wir gaben die ihm gebührende Antwort wieder zurück. Als nun das erste Lichtbild auf der Leinwand erschien, war es so undeutlich, daß wir riefen: Deutlicher, man kann nichts erkennen usw. Die Kommunisten antworteten mit einem wüsten Geschrei: Arbeitermörder — heraus mit den braunen Mörderbanden, — Banditen und andere vornehme Titulierungen. So ging es noch mehrere Minuten weiter, bis Genosse Felix nochmals ermahnte, „sonst würden wir an die frische Luft gesetzt". Dann erscholl unser Ruf: „Deutschland erwache," und nochmals „Deutschland erwache". Darauf warf Genosse Mertens uns die Versammlungsglocke entgegen und die Moskowiter gingen in vielfacher Uebermacht gegen uns zum Angriff über. Wir hatten eine unglückliche Ecke bei der Treppe, aber wir schlugen uns tapfer gegen die Uebermacht. Bald war die größte Schlägerei im Gange, Biergläser, Stuhlbeine, taten ihre Arbeit. Bald kam auch noch die Polizei mit dem Radiergummi dazwischen. Dieses Instrument bekamen wir dann auch noch zu spüren. Es mußte für Abwechslung gesorgt werden.
>
> Die Kommune hatte sich verrechnet, alles rennet, rettet, flüchtet, war ihre Parole. Unser Hauptaugenmerk, Dr. Wolf, der Wüstensohn mit seinem Lichtbilderapparat war uns leider entgangen. Es hatte auf unserer Seite auch blutige Köpfe gegeben, aber diese Judenschweinerei hatten wir verhindert. Nun waren die bösen Nazis bei den Vareler Spießern noch schlechter angeschrieben. So etwas hört sich nicht „Ruhe ist die erste Bürgerpflicht!"

Nach Aussagen meiner Geschwister war ich wohl ein ziemlicher Dickkopf. Mutter hatte mir zum Beispiel neue Hausschuhe von Varel mitgebracht. Lotti war bei mir geblieben. Mutter wollte mir die Schuhe anziehen, doch ich mochte sie nicht leiden und wollte sie nicht anprobieren. Mutter und Lotti haben es dann mit vereinten Kräften versucht, doch dabei ist es auch geblieben. Ich muß wie wild gestrampelt und um mich geschlagen haben. Lotti riß ich die Halskette vom Hals. Die Schuhe blieben erst einmal im Karton.

Dangast, den 17.8.1930

## Albert

Mein kleinster Bruder heißt Albert. Er ist sehr drollig. Soll er zu Vater laufen, fängt er ein mordsmäßiges Geschrei an, setzt sich hin und rutscht in die Stube. Gibt es Abends Milchsuppe, so haut er Mutter in den Löffel, daß die Suppe uns in das Gesicht fliegt. Dann muß er erst einen Teelöffel haben, damit er selbst essen kann. Die meiste Suppe kommt natürlich dabei um. Eines Tages haute er einen Teller vom Tisch. Der Teller fiel an die Wand und dann zerbrach er krachend auf der Erde. Ganz beschämt über das eben angerichtete Unglück saß er bei Mutter auf dem Schoß. Mutter fragte: "Bub, was hast Du gemacht?" Er machte schon wieder ein heiteres Gesicht und lallte: "Alda tan." Da mußten wir aber doch lachen. Eines Abends waren wir alle, außer Bub, draußen. Als wir wieder in die Küche kamen, o, welch ein Anblick! Bub saß vor dem Topfschrank. Die Töpfe lagen verstreut in der Küche umher. Er selbst war über und über voll Topfschwarz. Wir platzten bald vor Lachen. Bub sah unser Lachen, und er selbst lachte auch mit. Mutter nahm ihn hoch. Er wurde gewaschen und in das Bett gelegt.

1|2 20.8.1930

(Ein Aufsatz von Lotti aus ihrer Schulzeit.)

Etwa 1936 muß es gewesen sein, als Helmuth eines Abends nach Hause kam und uns erzählte, am Kurhaus wären bei Erdarbeiten Totenschädel und Knochen zum Vorschein gekommen. Es stellte sich heraus, daß man auf den alten Friedhof von Dangast gestoßen war.

In Dangast hatte sich damals auch schnell ein besonderes Ereignis herumgesprochen: Am Kurhaus waren zwei Flamingos. Mutter und Tante Anna nahmen mich an die Hand und gingen mit mir zum Kurhaustrand, und wirklich stolzierten zwei Flamingos im seichten Wasser am Strand umher. Sie blieben aber nur einige Tage. Es hieß, sie wären einem Tiergarten entflogen.

Woran ich mich besonders gut erinnern kann, waren die Fahrten zum Vareler Kramermarkt. Mutter, Vater und wir Kinder fuhren gemeinsam mit Tante Anna und Onkel Albert zum Markt und stellten unsere Fahrräder bei Onkel Alberts Arbeitskollegen Hobby in der Düsternstraße ab. Als erstes ging es zu "Lamberts Dampfkarussell". Wunderschön, die Bänke in den Kutschen hatten rote Plüschbezüge, und dann die schönen Pferde! Vater und Onkel Albert mußten immer eine Bratwurst haben, und wir bekamen allerhand Süßigkeiten. Die Schaubude mit der "dicksten Frau der Welt" vergesse ich nicht. Die Geburtstage von Olga und Helmuth waren für mich ein Vergnügen. Wenn Olga ihre Schulfreundinnen eingeladen hatte, wurde immer "Mutter und Kind" und "Moder het en Swien slacht" gespielt. Ich war immer das Kind, das kannte ich schon. Zu Helmuth kamen die größeren Jungen, Günther Blanke konnte ich gut leiden, weil er mit mir spielte.

Mitte der Dreißiger Jahre muß es gewesen sein, als wir plötzlich Motorengeräusch am Himmel vernahmen. Wir konnten uns zunächst nicht erklären, was das sein konnte. Dann klärte sich die Ungewißheit auf, ganz langsam kam ein großer Zeppelin am Horizont in Sicht. Er kam immer näher, fast über unser Haus hinweg in Richtung Wilhlemshaven. Ein Luftschiff sah ich damals zum ersten Mal.

Im Dorf gab es anfangs nur die Straße vom Dorfkrug zum Strand. Sonst waren nur Sandwege vorhanden. An beiden Seiten der Wege standen dicke, alte Bäume, wie Ahorn, Eichen, Vogelbeeren, Linden und Birken, alles Bäume, die dem Sturm standhalten konnten. Neben dem Fahrweg für die Ackerwagen gab es einen schmalen Rad- und Fußweg. Beide Wege waren durch dicke Feldsteine, die einmal im Jahr von den Dorfbewohnern weiß gekalkt wurden, voneinander getrennt. Uns Kindern machte es Spaß, wenn wir mit unseren Eltern spazierengingen, von Stein zu Stein zu springen. Instandgehalten wurden die Wege von den Anliegern, die sich in jedem Jahr, einmal oder auch öfter, je nach Bedarf, mit Schaufel und Karre trafen und die Ausbesserungen vornahmen. Sand wurde von den Bauern mit dem Ackerwagen herangefahren.

Es war im Dorf Sitte, daß der Tote bei der Beerdigung von seinem Haus mit einem Leichenwagen abgeholt wurde. Der Wagen wurde von zwei schwarzen Pferden gezogen. Die Männer des Dorfes folgten dem Leichenwagen zu Fuß zum Friedhof bis nach Varel. Die Nachbarn hatten an den Stellen, wo der Leichenwagen eine Hauseinfahrt passierte, den Weg mit weißem Sand und Blumen bestreut. Ich kann mich daran erinnern, daß wir auf unserem Weg zwischen Siefken und Frerichs beim Tod von Willi Lange und Onkel Heini Frerichs gestreut hatten.

Im Jahr 1936 wurden im Groden in der Nähe des Bauernhofes Garlichs Ausgrabungen durchgeführt. Ich erinnere mich daran, daß ich mit Helmuth dort war, um mir die ausgegrabenen Mauerreste anzusehen: Es waren die Grundmauern des Steinhauses "Dankstede".

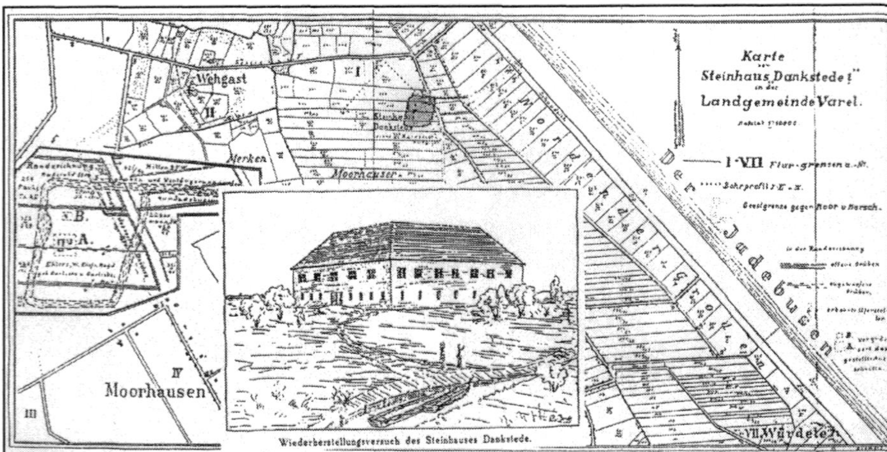


Karte 1: Auszug aus der Gemeindekarte zum Steinhaus „Dankstede" mit vergrößerter Randzeichnung des Fundgebietes. Im Druck verkleinert auf etwa 1:20000.

Gerne ging ich zu Beckers, dort wohnte Lotti. Beckers hatten damals schon ein Radio, zweiteilig . Das eigentliche Gerät stand auf einem kleinen Tisch und der Lautsprecher auf einem Bord. Auf dem Bücherbord stand auch eine Porzellanfigur, die mich immer sehr interessierte, aber anfassen durfte ich sie nie. Als Tante Anna ins Altersheim umzog, hat sie mir die Figur geschenkt.

Es muß 1934 gewesen sein, da gab es in Amerika einen Boxkampf mit Max Schmeling gegen Joe Lewis, den "Maxe" verlor. Ich weiß, daß Mutter und Vater nachts mit uns Kindern zu Beckers gegangen sind, um den Kampf am Radio zu verfolgen.

Beckers hatten ein großes Grundstück, über 3000 qm. Ein langer "Schloot" grenzte das Grundstück zur Weide von Klostermanns ab. Am Graben wuchs Schlehdorn, da suchten wir immer die "Prökel" (Dornen), die für das Schlachten benötigt wurden. Damit wurde die Wurst an den Enden, sie war im Naturdarm, "abgeprökelt", darum kam ein Bindfaden, und die Wurst konnte daran aufgehängt werden.

Auf dem Acker wuchs neben Kartoffeln und Rüben auch Getreide - Roggen. Im Herbst wurde der Roggen auf der kleinen Diele mit dem Dreschflegel gedroschen. Oft habe ich dabei zugesehen.

Beckers bekamen Besuch aus Magdeburg und Stendal, Onkel Albert war dort geboren und groß geworden.

Gemeinsam mit Volberts machten wir einen Ausflug mit dem Bus nach Bremerhaven, um die "Europa" zu besichtigen. In Bremerhaven wollte ich vorne im Bus stehen, um dem Fahrer zuzusehen. Beim Anfahren bin ich gegen die Tür gefallen und dann auf die Straße. Ich hatte Glück, es war nichts passiert.

Mit Mutter ging ich gerne zu Oma und Opa Nemann. Oma Nemann verkaufte den Fisch und die Granat, die Opa Nemann als Korbfischer gefangen hatte. Oma Nemann kochte den Granatfang in einem großen Kessel, und wenn die Krabben schön rot gekocht waren, kamen sie wieder raus und wurden auf große Holzrosten geschüttet. Frisch schmeckten die Krabben natürlich am besten.

Eine Anekdote zum Schluß: Etta Ammermann erzählte, daß ich als kleiner Junge immer ein gesundes Aussehen (dicke rote Wangen) gehabt haben soll. Die Bäckerei Ammermann wollte daher mein "Konterfei" auf ihren Tüten mit selbstgebackenem Zwieback haben. An Mutters Einspruch soll die Sache gescheitert sein.

Bei längerem Überlegen gäbe es sicherlich noch eine Menge zu erzählen, aber zunächst soll es bei diesen Ausführungen bleiben.

*Volksschule Dangast*

# Meine Schulzeit in Dangast 1936 – 1944

Am 1. April 1936 wurde ich in die zweiklassige Volksschule in Dangast eingeschult. Meine Schwester Olga war bereits in der Oberklasse, mein Bruder Helmuth hatte im März die Volksschule verlassen und am 1. April 1936 eine Zimmererlehre bei der Firma Brunken und Bohlken in Varel begonnen. Vater war zu der Zeit bei der gleichen Firma als Maurer beschäftigt.

Mein erster Lehrer war Walter Fischer, danach kam für kurze Zeit Lehrer Klattenhoff. Dann folgte Lehrer Guido Baumgarte. Er war Werkstattleiter für Segelflugzeuge und Flugmodellbaulehrer. Dieses, sein Hobby, übertrug er in den Werkunterricht der Oberklasse. Dort bauten die Jungen Flugmodelle und starteten diese auf der Wiese vor der Schule und am Deich. Baumgarte wurde 1939 zur Wehrmacht (Luftwaffe) einberufen und ist 1941 mit dem Flugzeug nach einem Einsatz über England an der französischen Kanalküste abgestürzt. In der Oberklasse unterrichtete Lehrer Rhader, aber er wurde im Dritten Reich bald von Karl Heisterhagen abgelöst. Lehrer Pille übernahm die Oberklasse 1938. Auch er wurde von 1939 - 1941 zur Wehrmacht eingezogen. In dieser Zeit unterrichtete Lehrer Nannen in der Oberklasse. Lehrer Pille wurde 1941 aus Gesundheitsgründen aus der Wehrmacht entlassen.

Die Schule bestand aus zwei Klassenräumen mit alten Schulbänken für jeweils sechs Kinder in einer Reihe. Hinten im Klassenraum stand an der Wand ein großer eiserner Ofen, der mit Torf oder Kohlen beheizt wurde. Wer weit hinten im Klassenraum saß, mußte mächtig schwitzen. Lehr- und Lernmittel waren nur wenige vorhanden: die wichtigsten Landkarten, Wandbilder, einige Geräte für den Naturkundeunterricht, Werkzeuge im Werkraum und Sportgeräte. Aber es soll hier bestätigt werden, daß den Schülern in den damaligen Hauptfächern Deutsch, Rechnen, Raumlehre, Schreiben, Lesen, Erdkunde, Geschichte, Naturgeschichte und -lehre ein guter Unterricht erteilt wurde. Wir haben viel gelernt.

Im Laufe meiner Schulzeit wurden die Schulräume modernisiert. Wie waren wir froh, als die Klassenräume mit Zweisitzerbänken eingerichtet und neue Wandtafeln angebracht wurden. Das war damals ein Ereignis. Und nun schaue man einmal in unsere jetzigen modernen Klassenzimmer!

Der Sportunterricht fand in den ersten Jahren in den Sommermonaten auf dem Schulhof statt. Ende 1938 wurde auf dem großen Schulgelände ein Sportplatz angelegt, Fußballtore aufgestellt, und schon konnte mit dem Fußballspielen begonnen werden. Auch die Schulsportfeste konnten endlich in Dangast stattfinden. In den Pausen spielten wir auf dem Schulhof Brennball, Völkerball, Schleuderball oder sonstige Spiele. Die Mädchen waren meistens an den Turnstangen zu finden.

Als ich noch in der Unterklasse war, versorgte "Onkel Axen" die Dangaster Bauern mit Strauchbesen. Wenn er in den Pausen von Varel mit seiner Karre, vollgepackt mit Reisigbesen, an der Schule vorbeikam, riefen wir Kinder wie aus einem Mund: "Unkel Axen, danz mol!" Und schon fing er an, wie ein Tanzbär zu tanzen. Für uns Kinder war das jedesmal ein Vergnügen.

Theo Funke, einer der größten Bauern in Dangast, hatte eine schöne Kutsche. Wenn er dann angetan mit weißen Handschuhen und Zylinder an der Schule vorbeifuhr, riefen wir Kinder:"Unkel Theo, häß een Appel?" Und schon warf er uns mit vollen Händen Äpfel zu. Solch kleine Ereignisse bleiben im Gedächtnis haften.

Lehrer Pille hatte sich dem Friesensport verschrieben, und so kam es, daß wir Dangaster Jungen das Boßeln und Klootschießen intensiv lernten. Wenn es im Winter gefroren hatte, ging es auf die Weiden zum Klootwerfen, und auf den Straßen wurde mit Gummiboßeln geworfen. 1938 fand auf Initiative von Lehrer Pille in Dangast ein großes Klootschießertreffen statt. Im übrigen fiel damals der Dorfschule über den Unterricht hinaus auch die Aufgabe eines kulturellen Mittelpunktes zu. Es war selbstverständlich, daß die Lehrer ehrenamtlich tätig waren. So wurden auch in Dangast Theaterstücke einstudiert und aufgeführt. Bei besonde-

### Die Klootkugel.

Die Klootkugel, auch „Eiskugel" oder „Iskloot" oder nur „Kloot" genannt, ist eine glatte schiere Kugel aus hartem, festen Holz. (Es ist anzunehmen, daß der Name von Kluten oder Kloß abgeleitet wurde.) Zur Herstellung wird fast ausnahmslos Pockholz verwendet, das fast niemals zerspringt. Die Kugel hat einen Durchmesser von 58 mm und wiegt nach den für Erwachsene getroffenen Bestimmungen 475 Gramm. Sie ist mit drei sich kreuzenden Bohrungen versehen, die mit Blei ausgegossen sind.

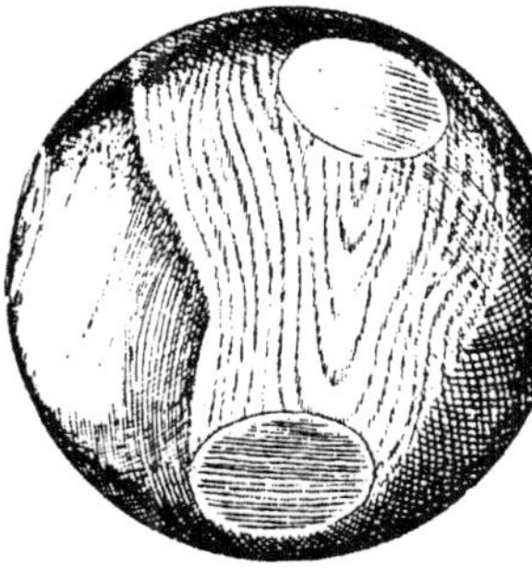

Dat is he, de „Kloot"!

Mit dieser Kugel können die Friesen so wuchtig w.rfen, daß sie über 80 Meter durch die Luft fliegt; ja, einzelne der hervorragendsten ostfriesischen Werfer haben den Kloot sogar 100 Meter und weiter geschleudert. Dieses Werfen durch die Luft nennt man „flüchten". Flüchten ist also die Entfernung von der Abwurfstelle bis zum ersten Niederschlag auf die Erde. Im Winter kommt zu dieser „Flüchtweite", wenn der Marschboden gefroren ist, noch der „Trüll" hinzu. Die Kugel springt auf dem hartgefrorenen Boden auf, saust weiter, indem sie leicht die Erde berührt, und läuft, nachdem sie oft Sprünge von 5 bis 10 Metern gemacht hat, erst nach einer längeren Pause aus, um dann schließlich liegen zu bleiben. Dieses Fortrollen der Kugel bis zur Beharrung nennt man „Trüll". Wenn der Boden besonders hart ist, auch die Geländeverhältnisse günstig sind und die Kugel durch nichts im Laufe aufgehalten wird, erzielen Meisterwerfer mitunter Wurflängen von 160 bis 180 Meter, ausnahmsweise sogar noch darüber.

ren Anlässen (Goldene Hochzeiten, Geburtstage der älteren Dorfbewohner) wurde von den Schülern gesungen.

Allen Schülern sind wohl auch die schönen Schulausflüge in Erinnerung geblieben. Die Bauern stellten die Gespanne zur Verfügung. Schon etliche Tage vor dem Ausflug herrschte bei uns Schülern eine gewisse Hektik. Nachmittags wurden die Federwagen und Kutschen mit frischen Zweigen, Blumen und Girlanden geschmückt. Die Pferde bekamen das Sonntagsgeschirr angelegt. Neben dem Kutscher war in der Halterung die Sonntagspeitsche aufgestellt. Mit Peitschenknallen ging es morgens los.

Auf einigen Wagen konnte man beobachten, daß nicht weit von Dangast bereits die Stullenpakete angebrochen wurden. Ausflugsziel war meistens der Mühlenteich, der Grüne Wald in Bockhorn oder der Neuenburger Urwald. Die Schulkinder wurden von ihren Müttern begleitet. Die beiden Lehrer waren für die Aufsicht einfach zu wenig.

Autos gab es zu dieser Zeit kaum in Dangast. Auch auf den Verbindungsstraßen fuhren mehr Gespanne als Autos. Soweit ich mich erinnere, hatten 1936 in Dangast nur Fidi Brüning, Karl-Anton Tapken und Heinrich Grimm ein Auto. Wandertage gab es auch, aber die Fahrt ging nicht mit dem Bus in die "Ferne", nein, wir fuhren mit dem Fahrrad zum Vareler Hafen und besichtigten Hafen und Schleuse oder nach Bockhorn zur Besichtigung der Ziegelei. Auch den Töpfer haben wir besucht. Waren das schöne Ausflüge und Tage; ich werde sie nie vergessen.

Der Unterricht lief wohl wie in jeder anderen Schule ab. Morgens vor Schulbeginn wurde ein Lied gesungen oder ein Gedicht aufgesagt. Etwas Besonders war bei uns in Dangast der Geschichtsunterricht - speziell die Geschichte der "Germanen". Es gab Tage, da fing der Unterricht schon morgens mit Geschichte an und hörte am Mittag gegen 13.00 Uhr mit Geschichte auf. Es kam vor, daß wir keine Pause hatten.

Gefrühstückt wurde zwischendurch, und wer zur Toilette (auf den Hof) mußte, durfte gehen. Wir hörten, unter anderem was in der Urgermanischen und Großgermanischen Zeit geschah, von der Schlacht im Teutoburger Wald, vom Hunnenansturm um 375, von den Burgundern, Goten, Langobarden, Wikingern, Kelten, Kimbern und Teutonen. Karl der Große (bei uns der "Sachsenschlächter"), Barbarossa und der Kampf gegen das Papsttum wurden behandelt. Das Rittertum, der Deutsche Ritterorden in Preußen, die Deutsche Hanse und die Glaubenskämpfe haben wir im Geschichtsbuch nachgelesen. Auch besprachen wir den Dreißigjährigen Krieg, den Westfälischen Frieden, den Aufstieg Preußens zur deutschen Großmacht. Die Französische Revolution und die Befreiung Deutschlands von französischer Herrschaft mußten wir kennen, schließlich kamen wir zum Bismarck-Reich und dem Weltkrieg 1914/18. Im Schulunterricht, allgemein in dieser Zeit, nahm das Dritte Reich und dessen Entstehung einen breiten Raum ein. Es ging um den „Kampf um Deutschland vom 9. November 1923“, dem Marsch zur Feldherrnhalle.

Weiter ging es mit der NSDAP und deren Gliederungen, insbesondere "SA" und "SS", der Neuwahl des Reichstages im Juli 1932. Schließlich befaßten wir uns mit der Machtübernahme am 30. Januar 1933 durch Adolf Hitler, mit dem Reichstagsbrand, der Verhaftung sämtlicher Kommunistenführer und dem Verbot der marxistischen Presse. Wir hörten den Leitsatz "Gemeinnutz geht vor Eigennutz". Wir wurden auf den sogenannten "Eintopfsonntag" hingewiesen (jeder deutsche Bürger sollte an diesem Sonntag Eintopf essen), und beschäftigten uns mit der Befreiung der deutschen Volksgruppen im Ausland - Volksbund für das Deutschtum im Ausland - VDA. Ich erinnere mich daran, daß wir jährlich blaue Kerzen für den VDA verkaufen mußten. Albert Leo Schlageter, der 1923 von einem französischen Gericht verurteilt und anschließend hingerichtet worden war, und Horst

Wessel, SA-Führer, der im Jahre 1930 von der "Rotfront" ermordet wurde, brachte man uns als Helden nahe.

Viel wurde über die nordische Rasse gesprochen. Das Bauerntum als Lebensquell des Volkes, die Bindung an die Scholle, das Reichserbhofgesetz, das ein gesundes Bauerntum sichern sollte, wurden behandelt. Es hieß damals: "Ein Bauer muß deutschen Blutes sein". Wir erfuhren etwas über den Vierjahresplan und die "Erzeugungsschlacht". Die Wiedererrichtung Großdeutschlands war Hauptthema. Die Achse Berlin - Rom (1936) und die deutsch - italienische Freundschaft waren uns geläufig. Der Einmarsch der reichsdeutschen Truppen am 12. März 1938 in Österreich - "Österreich kehrt heim ins Reich" - wurde in der Schule gefeiert. Im Oktober "kehrte auch das Sudetenland heim". Wieder ein großer Tag in der Schule. Das "Reichsprotektorat Böhmen und Mähren" wurde gebildet.

Es wurden auch Themen wie „der Einfluß des Weltjudentums" behandelt. „Der Jude" galt als Staatsfeind Nr. 1. Unserer Familie wurde der Abtransport der Juden in Konzentrationslager bekannt. Im Rundfunk hörten wir die Reden von Hitler, Himmler, Goebbels usw. über die Behandlung der Juden. Offensichtlich hat nur eine Minderheit in unserem Volke von der Vernichtung der Juden gewußt.

Während des Krieges wurde in der Schule auf einer großen Landkarte der Kriegsschauplatz verfolgt und mit Stecknadeln abgesteckt. In den ersten Jahren wurde das besetzte Gebiet immer größer. Eine Sondermeldung jagte die andere. Nach und nach kam die Front zum Stehen, und allmählich mußten die Stecknadeln zurückgenommen werden.

Ein Schulerlebnis mit dem Unterklassenlehrer, der in der Oberklasse Naturkunde unterrichtete, möchte ich nicht in Vergessenheit geraten lassen. Wie gesagt, Naturkunde hatten wir an jedem Montag bei Herrn Schröder, Junglehrer in der Unterklasse. An jedem Montag hieß es zu Beginn der Unterrichtsstunde von Herrn Schröder: "Albert, lies doch bitte deinen Aufsatz vor". Wir mußten nach jeder Stunde einen Aufsatz schreiben. Aufsätze schrieb ich gerne. Ich habe meine Aufsätze eine ganze Zeitlang vorgelesen. Eines Morgens vor dem Naturkundeunterricht sagten meine Schulkameraden, gleich mußt du wieder deinen Aufsatz vorlesen. Ich antwortete, das tue ich heute nicht. Die Stunde kam, und: "Albert, lies doch bitte deinen Aufsatz vor". Ich rührte mich nicht, denn ich hatte meinen Kameraden ja gesagt: "Das mache ich nicht". Die Aufforde-

rung wurde einige Male wiederholt. Ich rührte mich immer noch nicht. Lehrer Schröder lief krebsrot an und gab mir plötzlich eine Ohrfeige. Im gleichen Moment schlug ich zurück. Dann ging es los, ich bekam links und rechts Ohrfeigen, ich fiel auf den Klassenfußboden, und dann bekam ich noch einen Tritt mit dem Fuß. Ich heulte vor Wut, aber auch Herr Schröder war wütend. Langsam beruhigte sich die Klasse wieder. In der Pause meinten die Jungs, das hast du richtig gemacht, ja, aber die Tracht Prügel hatte ich bezogen. Danach hat mich Herr Schröder im Unterricht nicht mehr gefragt. Es

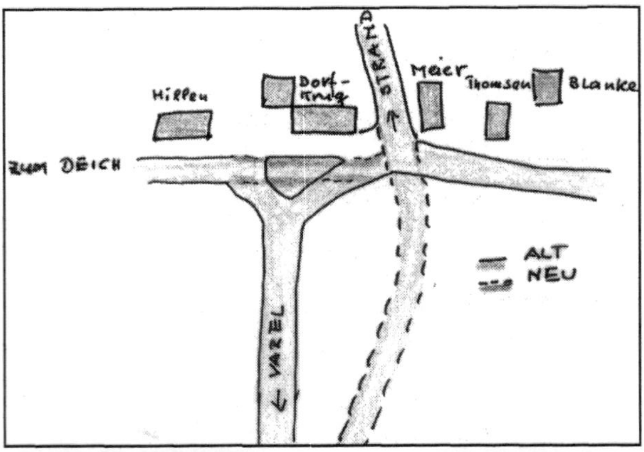

dauerte nicht lange, dann wurde Herr Schröder zur Wehrmacht einberufen. Er ist später gefallen.

Nach dem Unterricht trafen wir Jungen uns nachmittags zum Spielen. Es war immer etwas los. Im Dorf, hinter Meiers Schuppen, wurde im Sommer "Knicker" (Murmeln) gespielt. Heinz Janßen hatte den Bogen raus, er gewann fast immer und hatte bald einen großen Beutel voll von Knickern. Vor dem Dorfkrug war unser Lieblingsplatz, Jungen und Mädel trafen sich dort. Wir saßen in einer langen Reihe auf dem weißen Geländer, das seit dem Neubau der Straße vor dem Dorfkrug aufgestellt worden war. Die Straße verlief früher von der Schule kommend gerade auf den Dorfkrug zu, machte einen scharfen Knick nach rechts am Dorfkrug vorbei und verlief weiter zum Strand. Die Straße wurde von Dangastermoor bis Dangast ganz in Klinker gepflastert. Wo die alte Straße von der Bäckerei Ritter bis zum Krug aufgenommen worden war, entstand ein kleiner Park, der "Wilhelm-Wess-wohl-Park" genannt wurde. Wilhelm Hillen war damals im Dritten Reich Bürgermeister in der Gemeinde Varel-Land, er sagte immer "wess-wohl" (weißt wohl). In den letzten Kriegsjahren und in der Nachkriegszeit war die Grünfläche im Park umgepflügt und als Gartenland genutzt worden.

Wir Kinder spielten im ganzen Dorf "Räuber und Schandarm" (Gendarm). Bei Hedemanns im Busch beobachteten wir die Füchse, in den Gräben fingen wir Stichlinge, ab und zu auch schon mal einen Aal, wir beobachteten die Vögel und bestimmten in den Vogelnestern die Eier. Wir freuten uns im Frühjahr auf den Gesang der ersten Lerche und den ersten Kuckucksschrei. Bei Klostermanns im Busch brütete im Dorf das einzige Pirolpärchen. Schon damals war der Pirol selten. Bei Papens im Dorf war auf einem Baum früher immer ein Storchennest. Alle Einwohner, ob jung oder alt, warteten im Frühjahr auf die Ankunft der Störche. Wenn sie mit lautem Schnabelklappern ihre Ankunft verkündeten, liefen wir Kinder schnell zum Storchennest. Es war immer ein großes Ereignis für uns. Bald wurden Eier gelegt, und nach einigen Wochen sahen wir die kleinen Störche im Nest. Die Aufzucht der Jungstörche war nicht so mühsam, denn damals gab es noch genügend Frösche in den feuchten Wiesen. Wenn die Bauern ihre Wiesen mähten, stolzierten die Störche hinterher und so mancher Frosch verschwand im Schnabel. Im Herbst zogen die Störche wieder nach Süden, natürlich verabschiedeten sie sich mit lautem Klappern. Im Mai schüttelten wir Maikäfer in gros-

## Die Flutsteine von Dangast

Bei Dangast am Jadebusen steht auf einem Hügel eine Windmühle. Weit blickt sie über Sand und Strand und Marsch. Als die Wasser der Weihnachtsflut 1717 verlaufen waren, setzte man bei der Mühle von Dangast einen Denkstein. Man stellte ihn genau an der Stelle des Mühlenhügels auf, bis zu der das brausende Wasser emporgeflutet war. Daran sollten alle späteren Bewohner sehen, in welch großer Gefahr die Heimat in dieser Nacht gewesen war.

Nach der Februarflut 1825 machte man es genau so. Und siehe da, man mußte feststellen, daß diesmal die Flut noch höher aufgelaufen war, wenn auch das Menschenunglück nicht so groß wurde. Als die Flut in den Märztagen 1906 vorbei war, setzte man wieder einen Stein. Und man sah, daß an Weser und Jade das Wasser wieder höher gewesen war als je zuvor.

Dies sagen uns die Flutsteine von Dangast:

Die Weihnachtsflut 1717 war sehr hoch.

Die Februarflut 1825 war noch um 37 Zentimeter höher.

Die Märzflut 1906 war sogar noch 7 Zentimeter höher als die Februarflut 1825.

Jeder Zentimeter aber, den eine Sturmflut höher aufläuft, bedeutet größere Gefahr.

Oft standen in den Jahren nachher nachdenkliche Männer vor diesen Flutsteinen. Wie würde es werden, wenn nun noch einmal wieder eine große Sturmflut daherbrausen würde? Würde sie noch höher auflaufen als je vorher? Würden dann die Deiche halten? Sorgenvoll blickten die Deichbaumänner auf den schützenden Landeswall und erhöhten und verstärkten ihn.

Aber woran mochte es eigentlich liegen, daß die Sturmfluten immer höher aufliefen? War der Wind daran schuld? Oder das Wasser selber? Fragen über Fragen! Niemand konnte sie beantworten. Ob es einmal jemand gelingen würde, dies Geheimnis aufzudecken?

Werner Lauw.

Anmerkung: Der vorstehende Artikel ist dem Heft „Heinrich Schütte, der Marschenforscher" der „Heimatlese" Jahrg. 1939 entnommen, in dem der Verfasser Schüttes Lehre von der Küstensenkung in anschaulicher Form für die Schüler schildert. Nach der Lehre dieses Oldenburger Heimatforschers, dem von der Universität Hamburg die Würde eines Ehrendoktors verliehen wurde, beträgt die Küstensenkung seit etwa 10 000 Jahren reichlich 20 Meter.

sen Mengen, sie waren zur Plage geworden. Wir wußten und kannten alles im Dorf. In den Sommermonaten waren wir am Strand. Treffpunkt waren die “Flutsteine”, die oben am Strand bei Langes (Toilettenhaus beim Campingplatzeingang) standen oder der Trigonometrische Punkt, ein hoher viereckiger Sandstein. Dieser Punkt diente der mitteleuropäischen Gradmessung. Heute steht dieser Stein auf dem Deich beim Quellbad. Die Flutsteine standen früher bei der Dangaster Windmühle, sie dokumentieren die Höhen der Sturmfluten seit dreihundert Jahren. Heute stehen sie am Deich am Dangaster Siel.

Helmuth hatte 1936 ein Kanu, weiß-rot gestrichen, sehr schön. Leider war es sehr schwer damit zu fahren - es war aus Holz - , aber es machte trotzdem Spaß. Gero Pille hatte ein Paddelboot, damit sind wir oft gefahren, einmal bei einem schweren Gewitter. Wir hatten mächtig Angst, als plötzlich Wind und hohe Wellen aufkamen. Später hatte Opa Diekmann, der oft mit dem Pferdegespann von Diekmannshausen nach Dangast zu Pilles kam, für seine Enkelkinder ein Ruderboot gebaut. Das Ruderboot tat gute Dienste, als wir im Krieg Blasentang sammeln mußten. Blasentang wurde für die Gewinnung von Jod benötigt.

In guten Sommern brauchten wir außer einer Badehose kaum andere Kleidung. Wir bauten Burgen am Strand,

badeten und liefen bei Ebbe zum Tief, um dort zu baden. Wir Kinder machten Wattwanderungen über Arngast hin bis zum Leuchtturm. Die Insel Arngast wurde damals bei Hochwasser nicht überflutet. Anfang der 50er Jahre hat die Firma Jan Meyer, Varelerhafen, die Genehmigung erhalten, den Kies der Insel Arngast mit Saugbaggern abzutragen. Der Leuchtturm hatte damals noch zwei Mann Besatzung. Helmuth und seine Schulfreunde sind in einem sehr kalten und langen Winter, als der Jadebusen mit Eisschollen bedeckt war, mehrmals über das Eis zum Leuchtturm gegangen und haben den Leuchtturmwärtern Proviant gebracht. Schiffe konnten den Turm nicht mehr erreichen.

Der Strand bestand damals noch aus einer natürlichen Sanddüne, die sich im Laufe der Jahre immer wieder veränderte. Wind, Wasser und im Winter der Eisgang gaben den Kiesdünen immer neue Formen. Im Frühjahr blühten unzähli-

13.9.49

## Über das Watt nach Arngast

**Dangastermoor.** Drei Oberklassen der hiesigen Schule unternahmen in dieser Woche unter der Leitung ihrer Lehrer bei günstiger Witterung und klarer Sicht eine Schlickwanderung nach Arngast. Günstige Tide erlaubte den Abmarsch gegen 9 Uhr morgens bei ablaufendem Wasser, allerdings wurde der Weg nach der vierten Schlenge durch tiefen Schlick beschwerlich. Nach kurzer Rast auf Groß-Arngast, dessen Scheitel bei normalen Fluten noch über dem Wasserspiegel liegt, mußten die Barfußläufer auf weiten Muschelfeldern noch einmal die Zähne zusammenbeißen. Nach Ueberquerung des Leitdammes, der, um die einströmenden Fluten zu teilen und in gewünschte Richtung zu leiten, von Wilhelmshaven nach Arngast gezogen wurde, stand man endlich vor dem Leuchtturm. Auf einem 8 m tiefen Fundament ruhend, ragt er, der aus der Ferne nur einem schmalen Strich gleicht, mit einem unteren Durchmesser von 11 m etwa 40 m hoch auf. Mit staunender Freude sahen 150 Kinder das gewaltige Bauwerk zum ersten Mal aus der Nähe. Die beiden Leuchtturmwärter, alte Fahrensleute, denen nach 14 Tagen Dienst immer eine Woche „Land“ winkt, holten ihre kleinen Gäste mit großer Herzlichkeit ein. Nicht nur das „Herz“ des Leuchtturms, in dem mit einem Dieselmotor der benötigte Strom erzeugt wird, und die kompliziert verschachtelten Spiegel der Blinkvorrichtungen erregten allgemeine Bewunderung, sondern auch die exakte Sauberkeit in jedem Winkel. Alle Hausfrauen der Welt hätten ihre helle Freude daran, wenn auch bei ihnen wie auf dem Turm eine Fußbadewanne am Eingang der Wohnung dafür sorgen würde, daß kein Schmutz hineingetragen werden kann.

Nach einem durch besonders klare Sicht begünstigten Ausblick von der Kuppel des Turmes über Land und Meer, bot der bei beginnender Flut wieder angetretene Rückweg nochmals Einblick in das Tierleben des Watts, und weite Entdeckungsfelder für Raritätensammler taten sich auf, deren Neigungen in jeder Richtung befriedigt wurden. Daneben nutzte man die Zeit, auch die Geschichte der ehemals 600 ha umfassenden Geestinsel Arngast kennenzulernen, die noch im 15. Jahrhundert durch eine Landverbindung mit Dangast verbunden war. Noch am Anfang des 17. Jahrhunderts weiß man von dem Kirchspiel, seinen Höfen und der grüßenden Windmühle zu berichten. Um 1770 hatte Arngast rund 580 ha an den blanken Hans „abgetreten“. 50 Jahre später waren nur noch 10 ha Weideland vorhanden. 1881 wies Oekonomierat Huntemann, ehemals Junglehrer in Dangast, noch 74 Pflanzenarten dort nach. 1904 hatten sie sich bereits um 48 Gattungen verringert. Heute ist Arngast nur noch Sanddüne, auf der sich Cormorane und Seehunde ein Stelldichein geben. Auch andere Siedlungen begrub der heutige Jadebusen, der von dem Jahr 4000 vor der Zeitenwende an während dreier Senkungsperioden dreimal einbrach und Aldessen, Eckwarderbrügge und Jadele, Bant, dessen Kirchenruine noch heute im Hafenbereich Wilhelmshavens zu erkennen ist, Oldebrügge, Hiddels sowie ~~einen~~ großen Teil von Dangast vernichtete. Mit ihm seine alte Kirche, die ehemals bei ~~dem Friedhof nordwestlich des~~ heutigen Kurhauses läutete. Die später errichtete Steinmauer bietet nun der Nordsee Trutz und erhält den Rest des alten Kirchspiels, unser Nordseebad Dangast. S. T.

ge Strandnelken. Dann wich das saftige Grün der Wiese dem Lila-Rosa der “Salzblumen”; der ganze Strand wirkte dann wie ein rosa Teppich. Die Natur war noch intakt.

Auf dem Gelände des jetzigen städtischen Campingplatzes weidete noch Vieh. Klostermanns, Eigentümer der Strandwiesen, hatten dort am Wasser stets einen Badekarren. In den Sanddünen brüteten verschiedene Seevögel. Häufig konnte man den Austernfischer dort antreffen. Später wurde das Gelände von der Gemeinde Varel-Land angekauft und ein

Campingplatz eingerichtet. So schob sich der Fremdenverkehr bis an die erste Schlenge vor.

Wenn tagsüber am Strand Hochbetrieb gewesen war, gingen Bernhard Lange und ich abends über den Strand und suchten nach Kleingeld und Zigarettenschecks. Ja, jeden Pfennig und Groschen, wobei ein Groschen schon viel Geld für uns war, nahmen wir gerne auf. Die Zigarettenschecks benötigten wir zum Sammeln von Zigarettenbildern. Vom gefundenen Geld kauften wir uns Süßigkeiten, ein Eis für fünf Pfennig, oder auch schon einmal drei Zigaretten (eine Packung) für 10 Pfennig und "paffen" sie auf. An der kleinen Bude von "Evers" vor dem Hause von Diedrich Nemann war das Geld immer umzusetzen.

Wie interessant waren auch die Wundertüten, in denen wir Süßigkeiten, einen Luftballon oder kleines Spielzeug fanden. Einmal fanden Günther Boomgaarden, Bernhard Lange und ich am Strand einen langen Rammpfahl, der von Wilhelmshaven herübergetrieben war. Wir haben ihn sofort gesichert und gleich mit dem Zersägen des etwa 7 bis 8 m langen Balkens begonnen. Brennholz war immer knapp, und unsere Eltern freuten sich über zusätzliches Brennmaterial. Tagelang quälten wir uns mit der Kerbsäge, und dann begann der Abtransport der meterlangen Enden mit dem Handwagen. Ein schweres Stück Arbeit durch den weichen Sand am Strand. Jeder bekam ein Drittel des Stammes.

Wir kannten uns mit der Vogelwelt im Außengroden und in den Wiesen aus. Wir pflückten im Andelgroden Strandnelken und Strandflieder. Von den Schlengen holten wir kleine Muscheln für die Hühner.

Bei den Fischern hatten wir gesehen, wie Schlickschlitten gebaut werden. Also bauten wir uns auch solche Schlickrutschen. Wir versahen diese mit einem Mast, und Mutter gab uns ein altes Inlett für Segel. An der Seite des Schlittens befestigten wir Leisten, damit wir das Fahrzeug lenken konnten.

Bei gutem 'Wind rutschten wir über den nassen Schlick bis hin nach Arngast. Zurück war die Fahrt etwas schwieriger.

Gespielt haben wir oft bei Heinz Janßen, dort entstand damals die Sandkuhle der Firma Brunken entlang der Straße. Es war für uns ein Vergnügen, wenn auch kein ungefährliches, nach Feierabend der Arbeiter mit den Kipploren auf den Schienen zu fahren. Neben Janßens wohnte seit 1923 der Maler Franz Radziwill. Er baute 1936 sein Atelier selbst und stand tagsüber auf dem Gerüst, um zu mauern. Es wurde das erste "Hochhaus" in Dangast. Beim besten Willen paßte diese Bauweise nicht in unsere friesische Landschaft mit Bauern- und Fischerhäuser.

Für uns war es ein Spaß, wenn wir "Franz" ärgern konnten. Wir hatten das Gefühl, daß er uns Kinder nicht mochte. Freunde hatte der Professor kaum im Dorf, ich weiß nur, daß er mit der Familie von Wilhelm Warns verkehrte. Woran mag das wohl gelegen haben? Waren alle Dangaster Einwohner daran Schuld oder er selbst? Er war nach dem Krieg des öfteren bei uns zu Hause und diskutierte mit Vater. Franz Radziwill kümmerte sich auch um Landschafts- und Naturschutz. Morgens ging er in aller Frühe mit seinem Rucksack und Fernglas in den Groden. Er war angeblich beauftragt worden, dafür zu sorgen, daß niemand in die Salzwiesen ging. Die Tierwelt sollte nicht gestört werden. In Dangast sagte man: "Franz geht wieder los, um Liebespaare zu beobachten".

Ich kann mich an eine Radziwill-Ausstellung nach dem Krieg in Hamburg erinnern. Dort hatten Unbekannte seine Bilder beschmutzt und mit Lippenstift "Stümper" darauf geschrieben. Die Zeitungen und Illustrierten berichteten darüber. 1978 ist er Ehrenbürger der Stadt Varel geworden.

Franz Radziwill war 1921 nach Dangast gekommen und hatte sich eine kleine Wohnung bei Nemann gemietet. Er trug sich damals anläßlich eines Besuches im Kurhaus als "Maler aus Hamburg" ins Gästebuch ein.

Am 18. Februar 1923 erwarb Franz Radziwill von Hinrich Schröder ein ehemaliges Fischerhaus an der jetzigen Sielstraße. Die alten Dangaster erzählten oft von einem mysteriösen Mord, den sie in Zusammenhang mit der Zeit der Brücke-Maler brachten. Auch Mutter hat davon berichtet. Als eines Tages ein Tatsachenbericht im "Stern" abgedruckt war, stellte Mutter Parallelen mit der "Dangaster Geschichte" fest. Genaueres konnte aber niemand sagen. Im Buch "Franz Radziwill - Wilhelm Niemeyer" von Gerhard Wietek (1990) ist das Geheimnis nun gelüftet.

Am 26. August 1921 kam der Arzt Karl Fink in Begleitung von Hilde Kucharskis (Hamburg) zu seinem Freund Franz Radziwill nach Dangast, denn er mußte sich vor der Polizei verbergen. Karl Fink wurde von einer Frau aus Hamburg erpreßt. Es kam zum Tötungsdelikt, und zusammen mit Hilde Kucharskis hat Fink die Leiche in der Elbe versenkt. Fink hat sich nach China abgesetzt. Dort hat er dann wieder als Arzt praktiziert. Im Jahre 1939 kam Fink als "Eitel" nach Hamburg zurück, wurde verhaftet und auf Bewährung verurteilt.

Das Wirken und Schaffen von Franz Radziwill würde einen zu großen Raum einnehmen, daher muß auf die Literatur verwiesen werden.

Bei Schröders an der jetzigen Sielstraße war immer etwas los. Schröders hatten mit ihren acht Jungen und einem Mädel eine eigene Musikkapelle. Sonntags, wenn schönes Wetter war, saßen Herr Schröder und die Kinder vor dem Haus und machten Musik. Es waren alle Instrumente vertreten. Erna ging mit dem Teller an den Schaulustigen vorbei und sammelte die Groschen ein. Die fremden Gäste, die damals ja schon in Dangast weilten, waren froh über diese musikalische Darbietung.

1937 wurde in Berlin-Halensee die Firma Ulrich Sabarth KG gegründet. Die Eigentümer verlegten im Jahre 1938 den Betriebssitz nach Dangast, und zwar zum Kurhaus. In einem Gebäude gegenüber dem alten Kurhaus (heute Galerie) wurden große Bottiche installiert. Aus dem Jadebusen wurde Meerwasser mit Schuten geholt und in die Bottiche gepumpt. Das Salzwasser wurde solange gekocht, bis sich Salz "Dangasal" absetzte. Ich kann mich genau daran erinnern, daß wir Jungen eine Treppe zu den Bottichen hinaufgingen und zusahen, wenn das Wasser brodelte. Außer dem "Dangasal" stellte die Firma Trockengemüse für die Wehrmacht her und "Rotkäppchen-Gewürze". Die Firma verlegte den Betriebssitz während des 2. Weltkrieges (1941) nach Norden und ist seit dem Jahre 1950 in Hage ansässig. Die Firma heißt heute "Ulrich Sabarth GmbH & Co KG und stellt unter anderem noch heute das Meersalz her, allerdings unter der Bezeichnung "DANGA Voll-Meersalz".

Nach 1936 wurde auf der freien Wiese neben Bauer Ihnken, jetzt Bordumer Straße, ein Hitlerjugendlager errichtet. Am Eingang (Sielweg) stand ein großes hölzernes Eingangstor von 8 bis 10 m Höhe, es war reetgedeckt. Im Sommer waren stets einige Hundert Hitlerjungen in Zelten dort untergebracht. Ganz Dangast wimmelte dann von "Braunhemden". Egon Thomsen und ich haben uns im Lager manchen Groschen verdient. Wir trockneten Seesterne und verkauften sie an die Hitlerjungenführer.

Mit zehn Jahren wurde jeder deutsche Junge "Pimpf", jedes deutsche Mädel "Jungmädel". Also wurde ich im Jahre 1939 Pimpf. Wir bekamen unsere Uniformen, Braunhemd,

Die Nationalsozialistische Deutsche Arbeiterpartei

## Die Hitler-Jugend

**Der Reichsjugendführer Artur Axmann**

Stabsführer: Helmut Möckel

Anschrift und Fernruf der Dienststellen
Berlin-Charlottenburg 9, Kaiserdamm 45/46, Fernruf 99 62 61

Die gesamte deutsche Jugend innerhalb des Reichsgebietes wird in der Hitler-Jugend körperlich, geistig und sittlich im Geiste des Nationalsozialismus erzogen. Geschaffen in den Jahren des Kampfes der nationalsozialistischen Bewegung und gewachsen in den Jahren des Aufbaues im neuen Reich, ist die Hitler-Jugend Ausdruck des Wollens und Werdens der neuen heranwachsenden Generation.

Das kleine Häuflein der ersten Hitlerjungen rang Schulter an Schulter zusammen mit den Kämpfern der Bewegung um die Verwirklichung der Ziele des Nationalsozialismus. Es kannte keine andere Aufgabe, als in diesem Kampf seinen Mann zu stehen.

Seit der Machtübernahme hat die HJ. die Verpflichtung übernommen, die gesamte deutsche Jugend in die nationalsozialistische Weltanschauung einzuführen. Neben die politische Erziehungsarbeit tritt die Aufgabe der körperlichen Ertüchtigung der deutschen Jugend. Die HJ. soll ihre Aufgabe in enger Zusammenarbeit mit Elternhaus und Schule lösen.

Für alle Fragen der Jugend ist die Hitler-Jugend zuständig. Sie bearbeitet in Verbindung mit den entsprechenden Dienststellen der Partei sämtliche Fragen, die die männliche Jugend von 10 bis 18 und die weibliche von 10 bis 21 Jahren angehen.

**Dienstrangabzeichen der HJ. und der DJ.**

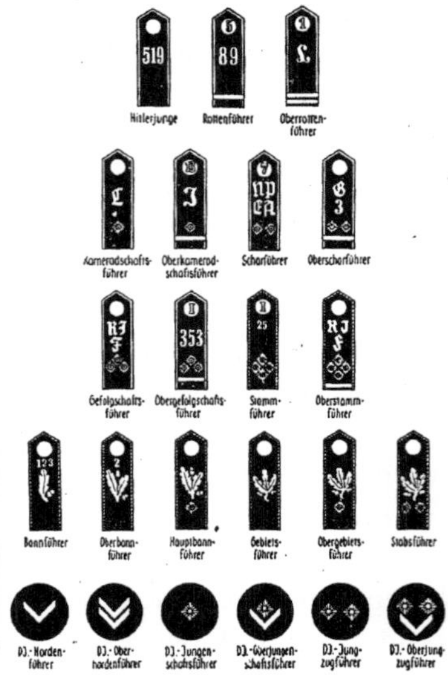

Hose, Koppel, Schulterriemen, Tuch mit Knoten und Mütze. Für den Winter gab es Schihose, Schijacke und Schimütze dazu. Einmal in der Woche mußten wir bei der Schule zum Dienstnachmittag antreten. Zunächst wurde marschiert und exerziert. In der Klasse begann anschließend die politische Bildung, und es wurden Lieder gesungen. Wir lernten mit dem Marschkompaß umzugehen und beschäftigten uns mit Wetterkunde. Es wurden auch Filme gezeigt, aber natürlich nur Propagandafilme. Im Jungvolk wurde auch gebastelt und die gefertigten Spielsachen zu Weihnachten im Kurhaus auf einem kleineren Basar verkauft. Der Erlös floß dem "Winterhilfswerk" zu, einer Spenden- und Sammelaktion für Bedürftige. Wir Schulkinder, aber auch die PG`s (Parteigenossen), mußten von Haus zu Haus sammeln gehen. Bernhard Lange und ich hatten stets ein gutes Sammelergebnis, denn wir durften auf dem Batteriegelände bei den Soldaten sammeln. Im Jungvolk veranstalteten wir auch Geländespiele. An ein Spiel erinnere ich mich besonders gut, weil mich ein Erlebnis erschüttert hat. Das Geländespiel war um 16.00 Uhr im Vareler Wald angesetzt. Varel-Land gegen Varel-Stadt. Der Jungzug Dangast marschierte bei Frostwetter und Schnee über Langendamm, Borgstede zum Vareler Forst. Von Varel nach Borgstede wurde damals eine Betonstraße durch den Wald gebaut (jetzige Autobahn). Es waren sehr viele Kriegsgefangene dort eingesetzt. Als wir an der Baustelle vorbeikamen, mußten die Gefangenen, ausgehungerte Menschen, unter Bewachung schwere Erdarbeiten verrichten. Einige Gefangene, die offensichtlich Hunger hatten, liefen zu einem angrenzenden Kohlfeld, um Kohlblätter zu essen. Sofort kamen die Bewacher und trieben die Gefangenen mit Gewehrkolbenschlägen wieder an die Arbeit. Dieses Erlebnis hat mich sehr beschäftigt, ich habe es nie vergessen.

Hilf mit am Winterhilfswerk!

Der Brüder Not ist deine Not.
Dein Groschen gibt einem Hungernden Brot,
gibt einem Frierenden Wärme und Licht.
Hilf mit! Zu helfen ist schönste Pflicht.

Hermann Schneider.

Das Geländespiel fand im Vareler Wald statt, und als es schon dunkel war, gingen wir, das heißt jeder für sich, nach Hause. Heinz Janßen und ich gingen gemeinsam bei Mondlicht quer über Feld und Wiesen, Wege, die wir noch nie gesehen hatten. Gegen 22.00 Uhr erreichten wir endlich wieder unser Elternhaus, abgekämpft, das Laufen in Schuhen mit dicken Holzsohlen war uns sehr schwer gefallen.

Im Jungvolk und der Hitlerjugend gab es mehrere Sparten, Marine-HJ, Motor-HJ, Schießsportabteilung. Helmuth gehörte zur Marine-HJ. Während eines Dienstnachmittags in Cäciliengroden, wo die Schießsportabteilung übte, hantierten die Hitlerjungen mit Pistolen, plötzlich löste sich ein Schuß und traf Otto Behrens aus Dangastermoor tödlich. Von der HJ-Bannleitung wurde in Varel eine große Trauerfeier organisiert. In der alten Turnhalle an der Windallee (jetzt Rathaus) wurde der Leichnam aufgebahrt, überall waren Hakenkreuzfahnen und Blumen. Pimpfe und Hitlerjungen aus Varel und Varel-Land waren angetreten und hörten in der Turnhalle die Trauerreden und das Lied vom guten Kameraden. Anschliessend marschierten wir im Schweigemarsch zum Friedhof. Ein Fanfarenzug führte den Trauerzug an.

Im Krieg waren die Schulkinder aufgerufen, Kräuter zur Herstellung von Tee und Medikamenten zu sammeln. So sammelten wir nachmittags die verschiedensten Kräuter von Schafgarbe, Löwenzahn, Weißdorn, Schlehdorn, Kamille, Pfefferminze bis in zum Blasentang. Auch für Arbeiten bei den Bauern wurden wir eingesetzt. In den Sommermonaten halfen wir beim Rübenhacken im Groden, im Herbst bei der Kartoffelernte, auch bei der Getreide- und Heuernte wurden wir Jungen eingesetzt.

In einem Sommer hatten wir eine große Mäuseplage. Überall wimmelte es von Mäusen. Der Deich war voller Mauselöcher. Die Schulkinder wurden aufgerufen,mit den Bauern eine Bekämpfungsaktion durchzuführen. Mit Pferd und

Wagen wurden große Mengen an Giftweizen herangefahren. Im Abstand von etwa 2 bis 3 Metern gingen wir mit einem Metallrohr (etwa 1 m lang, Durchmesser 3 cm) bewaffnet, vollgefüllt mit Giftweizen, über Wiesen und Felder. In jedes Mauseloch, das wir entdeckten, und das waren sehr viele, kamen einige Körner von diesem Giftweizen. Das geschah in der Weise, daß das Rohr auf den Boden gestoßen wurde, und bei jedem Aufstoß wurden durch einen einfachen Mechanismus einige Körner freigesetzt, die dann in die Mauselöcher fielen. Zur Sommersonnenwende, daran erinnere ich mich recht gut, wurden von der SA Sträucher gesammelt und am Strand (jetzt städtischer Campingplatz) aufgestapelt. An einem langen Pfahl im Holzhaufen hatte man eine Puppe aufgehängt, daran befestigt war ein großer Judenstern. Der Reisighaufen wurde entzündet und der Jude mit verbrannt. Kann man sich das vorstellen? Ja, es war so.

War ein nationalsozialistischer Feiertag, mußten die Schulen flaggen, also traten wir Schulkinder morgens auf dem Schulhof an. Die Hakenkreuzfahne wurde hochgezogen und dazu das Deutschlandlied gesungen und anschließend "Die Fahne hoch". Den Soldaten im Feld schickten wir Schulkinder Briefe und Päckchen.

Dangast, den 1.9.1942

Liebe Soldaten!

Heute vor drei Jahren begann der zweite große Weltkrieg. Da denken wir auch in der Schule (an) in Dankbarkeit und Einsatzbereitschaft, der Toten und der Opfer, die im großen Ringen um Sein oder Nichtsein Deutschlands von unserem Volke herausgestellt wurden. Insbesondere sind unsere Gedanken heute bei den Toten dieses großen Ringens und bei unseren Frontsoldaten. Sie sind uns täglich Beispiel und Vorbild für die Haltung in der Heimat. Nach der siegreichen

Beendigung dieses Krieges werden wir mit allen Heimkehrenden das große Deutschland und Germanien gestalten, wofür in diesen drei Kriegsjahren so endlos viel geleistet und geopfert wurde! - Die Heimat ist in diesen Wochen vollauf mit Erntearbeit beschäftigt. Sensen, Sicheln und Mähmaschinen kommen nicht zur Ruhe, und die Erntewagen rollen von früh bis spät. Wo unsere Männer fehlen und die Lücke durch fremde Arbeitskräfte nicht geschlossen werden konnte, springen Frauen und Kinder ein. Besonders freuen wir uns, daß das Erntewetter so günstig ist. Die Getreideernte ist trotz Auswinterungsschäden und manche Ungunst des Wetters erheblich besser als in den Vor-jahren. Das Sommergetreide ist sogar hervorragend gediehen, das wird uns zusammen mit dem günstigen Erntewetter helfen, die Ernährungslage unseres Volkes zu bessern und zu sichern. Da die Kartoffeln und Hackfrüchte auch gut einschlagen, kann der Tommy mit seinen Spießgesellen seine Hoffnungen auf Aushungerung Deutschlands wieder in den Rauch hängen. Auch an Gras und Heu haben uns die letzten Wochen noch Manches gebracht, so daß die Sorgen um Vieh, Milch und Butter um ein gutes Stück geringer wurden. Für Euch an der Front wird auf jeden Fall weiterhin gut gesorgt werden können, und wir in der Heimat werden auch schon durchkommen. - Das schöne Sommerwetter läßt die Menschen nach dem langen Warten auf Sonne sanft wieder aufleben. An unserem Dangaster Strande herrscht vor allem an Sonntagmorgen ein buntes und bewegtes Leben. Da der Tommy *uns seit ein paar Wochen auch schon nicht mehr störte, glauben wir uns manchmal fast im Frieden.*

Der Stil des Dritten Reiches war unverkennbar. Was wäre die Dorfjugend wohl ohne den üblichen Unsinn, der in allen Generationen gemacht wurde? So auch von uns. Ich kann mich daran erinnern, daß wir Flaschen mit Karbid und Wasser füllten, die Flaschen fest verschlossen, und sie anschließend schnell fortwarfen. Es dauerte nicht lange, bis die Flaschen mit einem gewaltigen Knall platzten. Die Sache war nicht ungefährlich, aber wer von uns dachte schon daran. Abends heckten wir so allerhand Streiche aus. Wir hatten lange Schnüre mit vielen Knoten versehen und am Ende der Schnur eine Schraube mit einem Gummiring von einer Flasche befestigt. Der Gummiring wurde naß gemacht und gegen eine Fensterscheibe gedrückt, so daß er haftenblieb. Wenn wir dann über die Knoten hinwegzogen, entstand dadurch ein Tackern an der Fensterscheibe. Die Hausbewohner erschraken mächtig, und wir hauten ab. Wir klauten wie eh und je Äpfel und Birnen und ließen uns sogar die sauren "Pison`s" bei Siefkens schmecken. Bei Grönings stibitzten wir Süßkirschen und holten uns im Winter Stoppelrüben vom Feld. Wir machten uns eine "Flitsche" und holten die Porzellanglocken von den Lichtmasten. Heinz Janßen und ich haben einmal mit der Flitsche (Zwille) den stolzen Hahn von Bauer Warns bei der Mühle vom Misthaufen geholt. Er war wohl tot, der stolze Hahn. Mit der Schleuder haben Hermann Klöver und ich bei Siefkens die Dachziegel zertrümmert. Da wir nicht die kleinsten Steine genommen hatten, war der angerichtete Schaden nicht gerade gering. Es folgte von Heino Siefken und unseren Vätern ein Donnerwetter, aber sonst ging die Sache glimpflich ab.

Walter und Karl Lange hatten damals schon einen Flobert (Kleinkalibergewehr). Bernhard und ich machten damit manchmal auch Scheibenschießen. An einem Abend wollten wir in Klostermanns Busch Elstern schießen. Was aus einer hohen Tanne herunterkam, war aber keine Elster, sondern eine Eule. Wir haben uns erschrocken und gingen heim. Beim Ausräubern eines Elsternnestes im Sternwald am Kurhaus bin ich aus einer hohen Tanne gefallen, das heißt ich bin den Stamm heruntergerutscht. Der Ast, auf dem ich oben stand, brach ab, und ich rauschte nach unten. Zum Glück war außer einer großen Schramme vom Fuß bis zum Oberschenkel weiter nichts passiert.

Im Herbst, wenn die Getreidefelder abgeerntet waren und der erste Wind über die Stoppelfelder wehte, waren wir Jungen damit beschäftigt, Drachen zu bauen - kaufen konnte man die damals noch nicht. Schnell wurden von Heini Schwabach - Zimmermeister - ein paar Leisten geholt, von Mutter besorgten wir Packpapier und Bindfaden, dann konnte das Bauen beginnen. War das eine Freude, wenn die Drachen, zum Teil auch mit aufgemaltem Gesicht, am Himmel schaukelten. Bei Pilles wurden große "Kastendrachen" gebaut. Wenn die Drachen hoch am Himmel standen, schickten wir eine "Laufkatze" nach oben. Es war eine schöne Zeit.

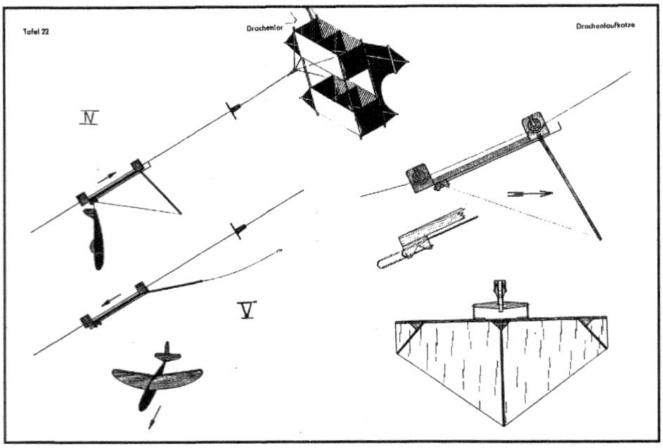


Im Winter waren wir Kinder auf dem Eis zu finden. "Lange Riege" und "Pferdekuhle" waren unsere Reviere. Hockey wurde schon damals gerne gespielt, auch bei Mondenschein. Wenn der Jadebusen zugefroren war, liefen wir auf den glatten Eisflächen Schlittschuh. Mitunter türmten sich im

Jadebusen hohe Eisberge auf. Die Schollen wurden von Wind und Wasser zusammengeschoben.

In starken Wintern war das Binnentief von Petershörn nach Ellenserdamm zugefroren. Dann liefen wir dort bis nach Ellenserdamm, tranken im dortigen Dorfkrug ein Dunkelbier und liefen wieder nach Hause. Auf den "Kolk" bei der Mühle gingen wir nicht gerne, wir wußten, daß dort einmal Kinder eingebrochen und ertrunken waren.

Der Jadebusen reichte damals bis an das Petershörner Siel heran. Die Eindeichung begann erst mit dem Bau des Dangaster Siel im Jahre 1956. In Petershörn wohnte Sielwärter Gustav Meinen mit seiner Familie. Seine Tochter Hilde ging mit mir zur Schule. Sie mußte bei Wind und Wetter zu Fuß oder mit dem Fahrrad über den Deich nach Dangast zur Schule. Das war ein weiter und beschwerlicher Schulweg.

Bei starkem Schneefall und Schneeverwehungen mußten jung und alt Schnee schippen und Straßen und Wege freimachen. Der Bezirksvorsteher organisierte das Schneeräumen. Räumgeräte wie heute gab es nicht, alles mußte von Hand mit der Schaufel weggeräumt werden. Für die Erwachsenen endete der Schneeräumdienst meistens mit der Einkehr in den Dorfkrug.

Die Bauern im Dorf hatten überwiegend Milchwirtschaft. Die Milch mußte mit Pferd und Wagen zur Molkerei in Rallenbüschen, später Varel, gebracht werden. Bei Schneefall kam der Milchwagen manchmal erst gegen Mittag zur Molkerei. Den Milchtransport hatte unser Nachbar "Hinnerk" Klöver übernommen. Ein Rollwagen, davor zwei Pferde, und dann ging es frühmorgens los.

Für uns Kinder war der Schnee etwas Wunderbares. Wenn der kalte Ostwind hohe Schneewehen zusammengetragen hatte, war es für uns eine wahre Freude, darin Schneehöhlen und meterlange Gänge zu bauen. Es waren regelrechte Schneeburgen. Wir bauten sie meistens gegenüberliegend. Es wurden haufenweise Schneebälle gebacken, und los ging die Schneeballschlacht. Durchnäßt und durchgefroren kamen wir abends nach Hause. Dann wärmten wir uns erst einmal am warmen Herd auf und steckten die Füße in den Backofen. Wenn ich heute an die Winter während meiner Kindheit denke, glaube ich, daß wir damals mehr Frost und Schnee gehabt haben.

Wenn Flüsse und Teiche im Winter zugefroren waren, bekamen die Gaststätten ihr Eis, aber kein Speiseeeis, nein, zum Kühlen der Getränke. Mit Pferd und Wagen wurden dicke Eisstücke angefahren und in die großen Eiskeller der Gastwirte gebracht. Geschnitten wurde das Eis mit einer großen Eissäge im Teich oder im Fluß. Das Eis mußte allerdings erst eine gewisse Dicke erreicht haben.

Am 1. Januar gingen wir Jungen von Haus zu Haus zum Neujahrschießen. Meistens hatte es zu Weihnachten noch ein “Plättchengewehr” (Spielzeugpistole, in die Streifen mit eingeschlossenen Zündplättchen eingelegt wurden) zu den Geschenken gegeben. Wir “schossen” vor der Haustür, und wenn geöffnet wurde, wünschten wir “Prosit Neujahr!” Dafür bekamen wir mal einen “Berliner”, einen Apfel oder auch schon mal einen Groschen.

Die Küste wurde im Herbst, in den Wintermonaten und im Frühjahr häufig von Sturmfluten heimgesucht. Dann rollten die hohen Wellen gegen den schwachen Deich. Gebrochen ist der Deich in unserem Bereich aber nie, er wurde wohl überspült. Das Schauspiel Sturmflut ließen sich die Dangaster nicht entgehen. Fast alle Einwohner versammelten sich auf dem Deich.

Während der Wintermonate war ich nachmittags oft bei Klövers. Hermann und ich fütterten das Vieh. Wir warfen Heu vom “Fack” für die Kühe und schnitten Rüben mit der Rübenmaschine. Grünkohl wurde mit einem Haumesser auf dem Feld geschlagen und mit dem Schlitten reingefahren. Das Wasser für das Vieh kam nicht aus der Wasserleitung, sondern mußte mit einer eisernen Pumpe aus dem Brunnen hochgepumpt werden. Der Pumpenschwengel hatte am Ende eine dicke Eisenkugeln. Wenn man nicht aufpaßte, geriet der Finger zwischen Zementwand und Eisenkugel. Au, das tat weh, und meistens war der Fingernagel auch noch weg. Diese Erfahrung mußte ich des öfteren machen. Bei Klövers passierte immer etwas. Einmal habe ich beim Zusammenklappen der Gartenstühle meine Finger zwischen die Eisenstangen bekommen. Wilma hat mich dann nach Hause gebracht. Der Nagel war wieder weg.

Auf der Nachbarschaft bei Siefkens war ich auch gerne. Heino und Georg habe ich oft geholfen. Als Dank dafür durfte ich an den Feiertagen mit zum Kaffeetrinken in die "gute Stube": Plüschsofa und mit rotem Plüsch bezogene Stühle. Es roch immer ein bißchen muffig, weil dieser Raum nur selten beheizt und gelüftet wurde. Er wurde eben nur an Feiertagen und Geburtstagen genutzt. Oma Siefken mochte mich gerne leiden, und so bekam ich oft von ihr eine Kleinigkeit geschenkt.

Zu Beckers ging ich ebenfalls gerne, Onkel Albert war mein Patenonkel. Lotti, meine Schwester, wohnte bei den Beckers. Sie hat sich viel mit mir beschäftigt. Schwer war es im Winter, wenn der lange Weg dorthin von Schnee gesäubert werden mußte.

Lotti mochte damals schon gerne malen. Ich sah gerne zu. Wenn Onkel Albert abends von der Arbeit kam, legte er sich auf die Chaiselongue und zog sich seine Schuhe aus. Er sagte dann zu mir: "Jung, die Schlappen!" Das hieß, ich mußte die Hausschuhe holen und die Schuhe wegstellen.

Am Ende der Schulzeit wurden wir konfirmiert, das heißt soweit die Jungen und Mädchen nicht die "Jugendweihe" bekamen. Lehrer Pille sah es gerne, wenn wir nicht konfirmiert wurden. Mutter und Vater wollten aber, daß ich die Konfirmation feierte, und so fuhr ich mit meinem Schulfreund Heinz Janßen nach Varel zum Konfirmandenunterricht. Es war für uns immer ein schöner Nachmittag, wenn wir zur Kirche mußten. Nach dem Unterricht gingen wir noch in die Stadt und sahen uns dort um. Bei Bäcker Lehmann in der Langen Straße kauften wir einen "Notstuten" für einen Groschen. Unserer Lehrerin für den Konfirmandenunterricht, Anni Carstens, haben wir oft Kummer bereitet.

Die geheime Staatspolizei hatte es 1938 verboten, Konfirmandenlisten in der Tagespresse zu veröffentlichen. Die Presse sollte sich nicht mit kirchenpolitischen Angelegenheiten befassen. Am 2. April 1944 fand in der Schloßkirche zu Varel die Konfirmation statt. Es war ein sonniger Morgen, als wir Konfirmanden gemeinsam mit dem Fahrrad nach Varel fuhren. Ich hatte auf Bezugsschein einen hellen Anzug bekommen, dazu ein Hemd, neue Schuhe und eine Krawatte. Wie sahen wir doch chic aus! Zu Hause gab es nachmittags im kleinen Familienkreis eine Feier mit Kaffee und Kuchen. Dann begann der Ernst des Lebens, am 1. Mai 1944 kam ich in die Lehre.

Ereignisse, die mit dem Krieg zusammenhängen, sind im Abschnitt VII festgehalten.

# Unsere Familie

Vater wurde am 17. Januar 1890 in Röhrenfurth, Kreis Melsungen, Bezirk Kassel, geboren und ging dort auch zur Schule. Vater hatte es schon als Kind schwer. Er war der Erstgeborene und hatte noch sechs Geschwister, der Jüngste - Lorenz - war 1901 geboren. Vater erzählte uns, daß sein Vater im Forst als Forstaufseher beschäftigt war und nur einen geringen Lohn bekam. Also mußte unser Vater mit für den Lebensunterhalt der Familie sorgen. Oft hat er morgens schon vor der Schulzeit in der "Fulle" (Fulda) Fische fangen müssen, damit mittags etwas auf dem Tisch stand. Die Fulle war damals noch sehr fischreich, so daß sich ein Zug mit dem Netz immer lohnte. Auch auf dem Feld - am Hang - mußte er tüchtig mit zupacken. Schlimm wurde es, als Vaters Mutter 1905 starb. Sein Vater hat später wieder geheiratet. Das war eine große Familie, sieben Kinder waren vorhanden, dazu brachte seine Frau einen Sohn mit in die Ehe, und es wurden noch vier Kinder geboren. Nach der Schulzeit hat Vater das Maurerhandwerk erlernt, war dann einige Jahre auf "Wanderschaft" und kam am 1. November 1912 zur Marine nach Wilhelmshaven.
Mutter wurde am 10. Februar 1893 in Dangast geboren. Sie hatte noch einen Bruder und eine Schwester, Tante Anna. Mutter ging in Dangast zur Schule. In Varel erlernte Mutter in verschiedenen herrschaftlichen Häusern das Kochen und Nähen. Sie hat oft erzählt, daß sie zusammen mit Tante Anna und Frieda Gramberg (Gröning) von Dangast nach Varel zu Fuß zur Arbeit laufen mußte. Mutters Bruder Johann ist 1901

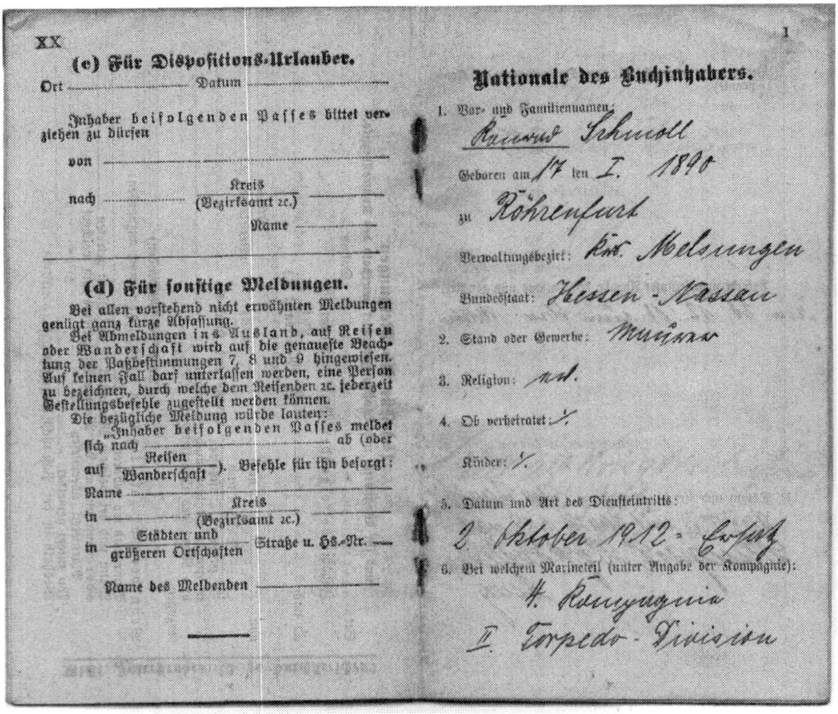
XX

(c) Für Dispositions-Urlauber.

Ort ........ Datum ........

Inhaber beifolgenden Passes bittet verziehen zu dürfen

von ........

nach ........ Kreis (Bezirksamt ꝛc.) ........

Name ........

(d) Für sonstige Meldungen.

Bei allen vorstehend nicht erwähnten Meldungen genügt ganz kurze Abfassung.

Bei Abmeldungen ins Ausland, auf Reisen oder Wanderschaft wird auf die genaueste Beachtung der Paßbestimmungen 7, 8 und 9 hingewiesen. Auf keinen Fall darf unterlassen werden, eine Person zu bezeichnen, durch welche dem Reisenden ꝛc. jederzeit Gestellungsbefehle zugestellt werden können.

Die bezügliche Meldung würde lauten:

„Inhaber beifolgenden Passes meldet sich nach ........ ab (oder auf Reisen / Wanderschaft). Befehle für ihn besorgt:

Name ........

in ........ Kreis (Bezirksamt ꝛc.) ........

in Städten und größeren Ortschaften Straße u. Hs.-Nr. ——

Name des Meldenden ........

1

Nationale des Buchinhabers.

1. Vor- und Familiennamen: [illegible] Schmoll

Geboren am 17 ten I. 1890

zu Röhrenfurth

Verwaltungsbezirk: Kr. Melsungen

Bundesstaat: Hessen-Nassau

2. Stand oder Gewerbe: Maurer

3. Religion: ev.

4. Ob verheiratet: ./.

Kinder: ./.

5. Datum und Art des Diensteintritts: 2. Oktober 1912 – Ersatz

6. Bei welchem Marineteil (unter Angabe der Kompagnie): 4. Kompagnie II. Torpedo-Division

im Alter von zwölf Jahren, verunglückt und gestorben. Der Vater von unserer Mutter war im Kurhaus in Dangast bei den Grambergs als Arbeiter beschäftigt. Er besorgte den großen Gemüsegarten, denn die Gäste im Kurhaus bekamen damals nur Gemüse aus eigenem Anbau. Im Alter von dreiundfünzig Jahren ist unser Großvater 1912 gestorben.

Am 9.Dezember 1916 haben Vater und Mutter geheiratet. Mutter war inzwischen als Köchin im Hause von Admiral Heineke in Wilhelmshaven beschäftigt. Vater, der 1912 nach Wilhelmshaven zur Marine gegangen war, hatte es zum Burschen bei Admiral Heineke gebracht. Vater war oft im Hause seines Chefs. Es ist nicht schwer zu erraten, daß er sich schnell in die hübsche blonde Friesin verliebte.

Mutter wohnte zunächst noch im Hause ihrer Eltern, auch als Lotti 1917 geboren war. Vater hatte als Angehöriger der Marine, Abteilung Torpedoboote, den 1. Weltkrieg miterlebt und wurde im Januar 1919 von der Marine nach Dangast entlassen. Sie wohnten zunächst beim Kurhaus im Parkschloß- jetzt Gaststätte Boomgaarden. 1919 wurden Möbel gekauft. Der Küchenschrank steht bei uns im Eßzimmer, den Tisch hat Detmar in seiner Wohnung in Bremen. Die Rechnung ist noch vorhanden. Die Waschkommode steht bei uns im Vorraum. Mutters Schwester, Tante Anna, hat am 13. Juli 1913 Albert Becker aus einem kleinen Ort bei Magdeburg geheiratet. So hatten beide Schwestern einen "Fremden" geheiratet. Onkel Albert war Dreher und zu den Hansawerken nach Varel gekommen. Später ging er zur Werft.

Am 9. August 1921 kauften Vater und Mutter unser jetziges Haus von Landwirt Johann Hinrich Funke. Nachdem Vater das Haus renoviert hatte, bezog die Familie - mit Lotti und Heinz - ihr eigenes Haus. Es war eine Oase der Ruhe, umgeben von Getreidefeldern und Äckern. Nach und nach wurde das Haus verbessert. Es bekam ein

neues Dach, auch ein Stall wurde angebaut. Bis zum Zeitpunkt des Kaufs wohnte Hein Boomgaarden mit seiner Familie in diesem Haus. Hein Boomgaarden hat oft erzählt, daß es in den Zimmern durchgeregnet habe. "Wir mußten einen Regenschirm aufspannen, wenn wir ins Bett wollten", war immer sein "Schnack". Vorher hatte in unserem Hause der Berliner Schlachter Glawe gewohnt. Glawe war mit einer "echten" Prinzessin verheiratet. Die Prinzessin soll vorher eine Affäre mit einem Zigeuner gehabt haben und war deshalb von ihren Eltern verstoßen worden.

Mutter hat erzählt, daß 1906 eine schwere Sturmflut die Nordseeküste heimgesucht hat und daß das Wasser bei uns im Hause gestanden hat. 1921, am 8. September, wurde Helmuth geboren und 1925, am 14. Januar, Olga. Einige Monate nach Olgas Geburt traf unsere Familie ein harter Schicksalsschlag. Heinz starb im Alter von sechs Jahren in Vaters Armen. Am 29. April 1929 starb Oma Frerichs, Mutters Mutter. Im selben Jahr, und zwar am 18.Juli 1929, kam ich zur Welt.

Vater hat sich schon früh (1907) der Arbeiterbewegung angeschlossen. Seine Ehrenurkunde des Deutschen Gewerkschaftsbundes für 25jährige treue Mitgliedschaft datiert aus dem Jahre 1932. Vater bezog schon in seinem Elternhaus eine Gewerkschaftszeitung. Wenn der Förster, der Arbeitgeber seines Vaters, ins Haus kam, mußte die Gewerkschaftszeitung versteckt werden, Opa Schmoll hätte sonst Schwierigkeiten auf seiner Arbeitsstelle bekommen können. Der Sozialdemokratischen Partei trat Vater 1913 bei. Er ist beiden Organisationen bis zu seinem Tode treu geblieben.

Unser Familienleben war immer sehr harmonisch. Wir Kinder hatten ein schönes Zuhause und eine schöne Kindheit und Jugend. Mutter war immer für uns da, und hatte sie noch so viel Arbeit. Vater war von morgens früh bis abends zur Arbeit. Zunächst in Bremen, dann in Varel bei Firma Brunken und Bohlken und anschließend in Wilhelmshaven. In Wilhelmshaven war er bei dem Baugeschäft Karl Richter als Maurerpolier tätig. Morgens um 6.00 Uhr fuhr der Zug von Dangastermoor, das bedeutete, daß er spätestens um 5.00 Uhr aufstehen mußte. Zur Bahn fuhr er zusammen mit Onkel Albert und Hein Boomgaarden mit dem Fahrrad. Onkel Albert war als Dreher auf der Kriegsmarinewerft (Werft Grandi) beschäftigt. Abends kam Vater nicht vor 18.30 Uhr nach Hause. Ein langer Arbeitstag. Nur am Sonnabend kam er manchmal früher heim. Im Winter war der Weg zur Bahn sehr beschwerlich, denn wenn Schnee gefallen war, wurden die Straßen nicht geräumt und bei Glatteis nicht gestreut. Also mußte man morgens noch früher aufbrechen, um den Zug nicht zu verpassen.

Wenn Vater im Winter von der Arbeit heimkam, mußte als erstes die Karbidlampe für den nächsten Tag fertiggemacht werden. Elektrische Beleuchtungen am Fahrrad gab es noch nicht. Die Karbidlampe wurde mit Karbid aufgefüllt. Über dem Karbidbehälter befand sich ein kleiner Wassertank. Morgens öffnete man den Wassertank mittels einer kleinen Schraube, und einige Tropfen gelangten in dem Karbidraum, dadurch bildete sich Gas, das durch eine winzige Öffnung im Brenner entwich und angezündet wurde. Das Licht war sehr hell. Diese Lampen hatten einen Vorteil: Sie brannten auch, wenn das Fahrrad geschoben wurde.

Wenn Vater abends gegessen hatte, begann der gemütliche Feierabend im Familienkreis. Wir saßen meistens in der Küche. Unser alter Herd hielt die Küche im Winter immer sehr warm. Das Wohnzimmer wurde nur sonntags oder an Feiertagen geheizt. Draußen am Bau war Vater tagsüber ausgefroren, er wärmte sich dann abends oft im Backofen die Füße. Einer von uns saß dann bei Vater auf dem Schoß. Olga, die 1931 zur Schule gekommen war, war froh, wenn sie Vaters Tabakpfeife - Vater rauchte immer Pfeife, nur sonntags mal eine Zigarre - reinigen durfte. Für mich war das nichts, ich mochte den “Gestank” nicht. Auf dem Herd wackelten meistens Bratäpfel auf der heißen Herdplatte hin und her. Wir hatten aus unserem Obstgarten den ganzen Winter über Äpfel. Die "Bratapfelmusik" verbreitete im warmen Zimmer eine behagliche Atmosphäre.

**Bratäpfel zum Nikolaus - das wär' doch mal wieder was!**

**Kinder kommt und ratet,**
**was im Ofen bratet!**
**Hört, wie's knallt und zischt.**
**Bald wird er aufgetischt,**
**der Zipfel, der Zapfel**
**der Kipfel, der Kapfel,**
**der gelbrote Apfel.**

**Kinder, lauft schneller,**
**holt einen Teller,**
**holt eine Gabel!**
**Sperrt auf den Schnabel**
**für den Zipfel, den Zapfel,**
**den Kipfel, den Kapfel,**
**den goldbraunen Apfel!**

Mensch-ärgere-Dich-nicht spielten wir Kinder gerne. Auch Helmuths Freund Heini Schwabach kam abends oft zu uns. Es kam schon vor, daß wir uns beim Mensch-ärgere-Dich-nicht-Spiel ordentlich zankten, aber das ging vorüber. Wenn es zu schlimm wurde, nahm Vater das Spiel und verbrannte es im Herd. Für eine Weile war Ruhe, bis wir uns ein neues Spiel kauften. Mutter war abends meistens am Stricken oder Stopfen. Unsere Strümpfe hatten immer genügend Löcher, die beseitigt werden mußten. Auch an der Kleidung war viel auszubessern.

Vater erzählte uns von seinen Kinderjahren und Jugendstreichen. Wir waren dann ganz still und hörten gespannt zu, besonders, wenn er von seinen Erlebnissen bei der Kriegsmarine erzählte. Vater hat an der Schlacht am Skagerrak teilgenommen, und zwar von der ersten bis zur letzten Minute. Bei seinen Schilderungen spielte der Name Admiral Heineke, den er sehr verehrte, eine große Rolle. Er war Bursche und dadurch mit dem Admiral bei allen Gefechten auf engstem Raum zusammen. Der Admiral war Träger des 'Pour le Mérite', eines hoher Verdienstordens. Die Frau des Admirals war in Vaters Verehrung eingeschlossen, auch Mutter hatte ein besonderes Verhältnis zur Admiralsfamilie, sie war in ihrem Haushalt in Wilhelmshaven Köchin. Helmuth hat in der Schule einige Aufsätze über Vaters Erzählungen aus dem Seekrieg geschrieben. Die Aufsatzhefte sind noch vorhanden.

No. 19

Dangast, den 9.3.1935

Vater erzählt aus dem Weltkrieg.

Die Skagerrakschlacht.

Am 31. Mai 1916 machten wir einen Vorstoß nach Skagerrak. Wir Matrosen von den Torpedobooten wußten zuerst nicht, daß die ganze Flotte mitfuhr. Wir dachten, es wäre ein Vorstoß, wie wir ihn fast jede Woche machen mußten. Weil die Torpedoboote immer Aufklärungsstreitkräfte waren und daher immer weit vor dem Gros fuhren, kamen wir nachmittags um 5 Uhr mit englischen Zerstörern ins Gefecht. Dann kamen immer mehr Schiffe auf beiden Seiten in Sicht. Um 6 Uhr hatten auf beiden Seiten die Linienschiffe Gefechtsstellung eingenommen.

Die Seeschlacht begann in einer Entfernung zwischen 15 und 20 km. Die Torpedoboote gingen hinter den großen Schiffen in Deckung und warteten auf Angriffssignale vom Flaggschiff. Nun begann ein verbitterter Kampf. Als unsere Schiffe zeitweise bedroht waren, wurden die Torpedobootflottillen eingesetzt zum Angriff. Die zum Angriff bestimmte Flottille brach durch unsere Linien und fuhr mit äußerster Kraft auf die feindlichen Schiffe zu. In einer Entfernung von 5-10 km drehten unsere Boote ab und feuerten ihre Torpedos. Die Boote, welche nicht getroffen waren, fuhren mit äußerster Kraft zurück wieder in Deckung. Sobald die deutschen Torpedoboote eingesetzt wurden, drehten die feindlichen Schiffe bei. Dadurch wurden unsere Schiffe entlastet. Die Engländer haben am Tage keine Torpedoangriffe gefahren. Jetzt konnte man auf beiden Seiten brennende Schiffe sehen.

Als die Nacht angebrochen war, fuhren die Engländer einen Torpedoangriff auf das Linienschiff Westfalen. Es wurden von der Westfalen sieben Torpedobootszerstörer abgeschossen. Dann gab es ein schauriges Bild. Überall brannten die Schiffe. Unser Linienschiff Lützow mußte aufgegeben werden und ging unter. Die Besatzung wurde bis auf 2 Mann gerettet.

Linienschiff Pommern bekam einen Torpedoschuß. Vor unserem Boot sank ein englischer Zerstörer. 29 überle-

bene Engländer vom Zerstörer Nanath nahm unser Boot an Bord als Gefangene. Auf Seiten der Engländer gab es große Verluste. Die Schlacht dauerte die ganze Nacht. Man sah nichts als Signalisieren, Erkennungssignale und das Kanonenfeuer. Oft schlugen die Granaten dicht vor uns ein. Die Schlacht endete mit dem Morgengrauen.
Wir fuhren nach Wilhelmshaven mit dem Bewußtsein, dem Engländer eine Schlappe beigebracht zu haben. Auch von unserer Flottille blieben 2 im Skagerrak. Der größte Teil der Besatzung wurde von unseren Booten gerettet.
Als wir in Wilhelmshaven eingelaufen waren und unsere Gefangenen abgesetzt hatten, bekam unsere Flottille Befehl, sofort wieder auszulaufen nach dem Skagerrak. Deutsche Flugzeuge hatten noch einen Kutter mit Schiffsbrüchigen von dem kleinen Kreuzer Elbing beobachtet, welche wir holen sollten. Wir haben den ganzen Tag und die Nacht gesucht und konnten sie nicht finden. Dann kam ein Funkspruch, daß ein holländischer Dampfer sie aufgenommen hatte. Wir liefen jetzt zum zweiten Mal in Wilhelmshaven ein.

Fleißige Arbeit! 1-2

No. 20 Dangast, den 21.3.1935

## Vater erzählt von der Einnahme der Insel Ösel

Am 9. Oktober 1917 lagen wir in Libau. Hier im Hafen herrschte reger Betrieb. Es wimmelte von Feldgrauen. Nachts nahmen unsere Flottillen das 131. und 138. Infanterieregiment an Bord. Am anderen Tag fuhren wir mit den Feldgrauen an Bord Richtung Ösel. Wir fuhren um Ösel herum und kamen im Norden vor die Dagabucht. Hier mußten wir zwei schwere Forts passieren. Die Russen hatten bis morgens 4 Uhr den 10. Oktober verschärfte Bereitschaft. Um 4 Uhr 30 fuhr unsere Flottille mit 11 Zerstörern unbemerkt in die Dagabucht. Um 6 Uhr morgens gab es aus 44 10,5-Geschützen eine halbe Stunde Küstenbeschießung. Dann folgte die Ausbootung der Feldgrauen. Wir fuhren sie mit unseren Booten an Land. Eine halbe Stunde später waren unsere Boote auf dem Rückwege mit gefangenen Russen besetzt. Sie blieben vorläufig bei uns an Bord.

Am nächsten Tage mußten wir in die Kassar-Wik. Hier waren die russischen Streitkräfte und beschossen von See aus unsere Landtruppen. Die Russen mußten von der Küste ferngehalten werden. Wir waren mit 11 Zerstörern. Die Russen waren in der Übermacht. Nun drangen wir unaufhörlich vor und schossen den russischen Zerstörer Grom lahm. Jetzt ging es mit äußerster Kraft auf Grom zu. Wir gingen längsseits klar zum Entern. Die Matrosen von unserem Boot (B98) sprangen mit der Pistole in der Hand auf den russischen Zerstörer Gran und die deutsche Kriegsflagge wurde gehißt. Dieser Zerstörer wurde in Schlepp genommen. Da er aber noch brannte, und wir ihn nicht schnell genug löschen konnten, explodierte die Munitionskammer. Nun bekam Gran schwere Schlagseite. Unsere Matrosen mußten wir auf dem schleunigsten Wege wieder an Bord nehmen. Wir hatten kaum abgelegt, so sank der Zerstörer Gran vor unseren Augen in die Tiefe.

Nun ging es wieder mit voller Kraft ins Gefecht. Am anderen Tage kam der Russe angefahren und beschoß uns. Er zog sich aber auch gleich wieder zurück. Wir verfolgten ihn. Unser Boot war Flottillenboot und fuhr daher vorn. Als wir noch ein paar Seemeilen gefahren waren, flog unser Boot S98 von einer Mine getroffen in die Luft. Das ganze Vorschiff bis zur Kommandobrücke flog in hohem Bogen durch die Luft. 50% der Besatzung ging mit unter. Wir von dem Hinterschiff wurden von S97 aufgenommen.

In der Kassar-Wik blieben wir bei fast täglichen Gefechten mit russischen Zerstörern und Kanonenbooten bis zur endgültigen Besetzung der Inseln Ösel, Dagö und Mon. Dann fuhren wir mit unseren Booten, welche fast alle mehr oder weniger beschädigt waren, nach Kiel in die Werft.

Sehr interessante Arbeit. 1-2

No. 1 Dangast, den 27.4.1935

## Vater erzählt vom Überfall auf die Ubootssperre im englischen Kanal durch die 2. Torpedobootsflottille

Als unsere Boote nach der Öselunternehmung wieder repariert waren, galt es, einen neuen Schlag zu führen, gegen England. Wir bekamen Befehl, in den englischen Kanal einzudringen und die englische Ubootssperre zu vernichten. Die Sperre bestand aus einem breiten Stahlnetz, ungefähr drei Meter dick, welches bis auf den Grund reichte und dessen obere Fläche 7-8 m unter dem Meeresspiegel lag. Die Uboote, welche die Sperre passieren wollten, mußten auftauchen. Diese Sperre wurde über Wasser aber sehr streng bewacht. Unsere Uboote, die in der Irischen See waren, mußten aber zurück, und andere mußten wieder hin. Wenn sie auftauchten, wären sie in Grund geschossen worden. Dieses zu verhindern war unsere Aufgabe.

Wir fuhren nachts los, Kurs auf England. Am anderen Morgen kam sehr dicker Nebel auf, und wir mußten beim Nordhinder Feuerschiff ankern. Wir warteten, bis es sichtig wurde. Nun war keine Zeit mehr zu verlieren, und mit großer Fahrt ging es dem Kanal zu. Im englischen Kanal angekommen, es war nachts gegen 11 Uhr, haben wir uns zwischen die Engländer geschmuggelt. Unsere Flottille war die einzige deutsche Flottille mit drei Schornsteinen. Der Engländer hatte fast nur drei Schornsteinboote. Darum würden wir für Engländer gehalten. Wir fuhren weiter bis zur Höhe von Folkestone. Hier war die Ubootssperre. Die Sperrbewachung bestand aus einem großen Kreuzer in der Mitte vom englischen Kanal und vielen kleineren Fahrzeugen.

Zuerst galt es, den Kreuzer zu erledigen. Als wir auf 1000 m heran waren, nahm er uns in den Scheinwerfer. Wir fuhren ruhig weiter, als wenn wir hierher gehörten. Er ließ mit dem Scheinwerfer wieder von uns ab und hielt uns für eine englische Flottille. Ich stand auf der Brücke am Maschinentelegraphen und habe gestaunt über den eisernen Blick unseres Flottillenchefs, Kapitän Heineke. Als wir auf 300 m ran waren, beleuchtete der Kreuzer uns wieder. Jetzt durfte keine Zeit mehr verloren gehen. Wir waren hier mit 4 Booten. Kapitän Heinecke gab Befehl: Feuererlaubnis aus Geschützen und Torpedos! Nun beleuchteten unsere Scheinwerfer den englischen Kreuzer. Jetzt wußte er, wer wir waren.

Wir sahen noch, wie die Mannschaften auf dem Kreuzer an die Geschütze sprangen, aber es war zu spät. Im nächsten Augenblick fuhr ihm ein Torpedo von uns in die Seite. Er sank sofort in die Tiefe.

Nun folgten die Angriffe von den kleineren Fahrzeugen auf uns. In einer Stunde hatten wir rein Schiff gemacht. 28 englische Fahrzeuge waren erledigt. Diese Stunde werden wir nie vergessen, es ging auf Leben und Tod. Unsere Uboote tauchten auf und fuhren über das Sperrnetz.

Es war der bestgelungene Überfall zu See während des Krieges. Bei dieser Unternehmung waren wir mit 7 Zerstörern von der 2. Flottille. Ein Boot von uns (G101) war auf eine Mine gelaufen. Wir haben es aber noch mit nach Zeebrügge gebracht. Als wir in Zeebrügge einliefen, war gerade Wecken auf den Schiffen, welche im Hafen lagen. Alles wunderte sich, woher wir kamen. Das ganze Deck voll leeren Hülsen und Torpedorohren. Alles kam zu uns an Bord und war neugierig. Die nächste Nacht fuhren wir wieder nach Wilhelmshaven. Nachts um 2 Uhr kamen wir auf der Ems an und wurden von dem kleinen Kreuzer Emden, welcher auf uns wartete, empfangen. Die ganze Besatzung war angetreten. Als wir am anderen Morgen auf Schillig Reede ankamen, wurden wir von unseren Linienschiffen empfangen. Auch hier war die Besatzung angetreten, und die Bootskapellen spielten. In der Schleuse kam der Flottenchef Admiral Scheer zu uns an Bord. Er beglückwünschte uns, und es wurden noch eiserne Kreuze verteilt. Die meisten hatten es bereits. Der Flottillenchef Korvetten Kapitän Heinecke bekam den Orden Pour-Le-Merite. Im Hafen wurden wir auch mit großem Jubel empfangen. Wir aber waren müde und haben erstmal tüchtig ausgeschlafen, da wir in den letzten 8 Tagen fast gar keinen Schlaf gehabt hatten.

1 2.3.35

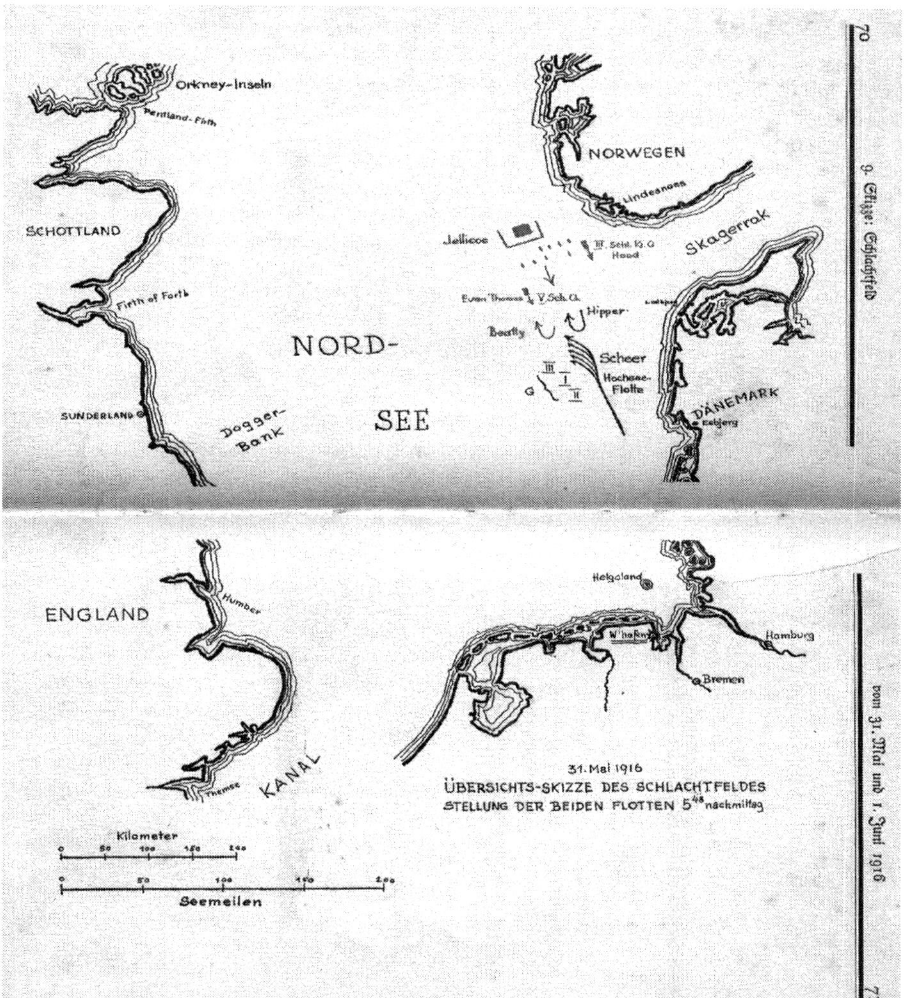
Orkney-Inseln
Pentland-Firth
SCHOTTLAND
Firth of Forth
SUNDERLAND
Dogger-Bank
NORD-
SEE
NORWEGEN
Lindesnaes
Skagerrak
Jellicoe
Hood
Evan Thomas
V. Sch. G.
Hipper
Beatty
Scheer
Hochsee-Flotte
DÄNEMARK
Esbjerg
ENGLAND
Humber
Themse
KANAL
Helgoland
Hamburg
Bremen
31. Mai 1916
ÜBERSICHTS-SKIZZE DES SCHLACHTFELDES
STELLUNG DER BEIDEN FLOTTEN 5⁴⁵ nachmittag
Kilometer
Seemeilen
70 9. Skizze: Schlachtfeld vom 31. Mai und 1. Juni 1916 71

Mutter ist nach ihrer Eheschließung nicht mehr zur Arbeit gegangen. Sie hatte genug mit der Besorgung des Haushalts für fünf Personen zu tun. Lotti wohnte inzwischen bei Tante Anna. Wenn Vater morgens früh zur Arbeit mußte, war Mutter die erste, die aufstand, das Feuer anmachte und Vater ein kräftiges Frühstück bereitete. Sobald Vater fort war, mußten wir Kinder geweckt und für die Schule ausgerüstet werden. Das ging immer in aller Ruhe ab. Hetze gab es morgens noch nicht. Wenn sie allein im Hause war, hatte sie den Haushalt, den Garten und die Tiere zu versorgen. Im Sommer war im Garten eine Menge Arbeit. Wenn Vater auch wohl das Land für die Einsaat im Frühjahr fertig machte, alle andere Arbeit hat Mutter besorgt. Wir besaßen immerhin 2400 qm Acker- und Gartenland, dazu ca. 2000 qm Pachtfläche (Deich), und bauten Kartoffeln, Rüben, Kohl und Gemüse an. Wie gut schmeckten die Zuckererbsen mit den eigenen Möhren zusammen gekocht, ich glaube, sie wurden mit einer Mehlschwitze angedickt. Oder wie gut war der Grünkohl, wenn Mutter aus den Stauden nur die Herzblätter herausschnitt. Nebenbei hatten wir immer Feriengäste, für die Mutter noch das Frühstück bereitete.

An jedem Montag war Waschtag, dann wurde die Wäsche zunächst im großen Waschkessel gekocht und anschließend mit der Hand auf dem Waschbrett gerubbelt. Wer kennt das heute noch! Getrocknet wurde alles auf der Leine draußen im Garten, wenn ganz schlechtes Wetter war, über dem Herd in der Küche. Das Wasser holte Mutter aus dem Regenbassin oder aus der Pumpe. Und wenn wir an einem so arbeitsreichen Tag von der Schule nach Hause kamen, stand immer ein schmackhaftes Mittagessen auf dem Tisch. Es tut mir heute noch leid, daß wir manchmal darüber gemeckert haben. Wie oft hatte sie noch einen Pudding für uns gemacht. Wir sind immer satt geworden, auch im Krieg, wo es doch wirklich nicht viel gab, haben wir nie Hunger leiden müssen. Heute frage ich mich manchmal, wie sie das immer geschafft hat. Sie war immer sehr erfinderisch, so backte sie im Krieg Maisbrot und Kartoffelkuchen. Auch das schmeckte noch. Auf dem Feld hatten wir Zuckerrüben angebaut. Daraus kochten Vater und Mutter in Gemeinschaftsarbeit Sirup. Wie war der doch schön goldgelb, und wie gut schmeckte der.

Vater arbeitete während der wenigen Freizeit, die er hatte, noch bei den Bauern oder Fischern. Er mauerte Schweineställe bei den Bauern oder Darren bei den Fischern, er half, wo er konnte. Dafür bekam er kein Geld, aber Getreide von den Bauern und Krabben von den Fischern. Bei Bäcker Brunken in Altjührden hat er gearbeitet. Dafür holte er in der schlechten Zeit, wenn er abends nach der Arbeit zu Hause war, mit dem Fahrrad von Altjührden noch ein Schwarzbrot für seine Familie, ganz ohne Marken. Mutter hat viel für die Familie genäht, denn es war immer etwas zu reparieren. Aber nicht nur repariert hat sie, sondern neue Kleider geschneidert für sich und Olga. Ich kann mich daran erinnern, daß sie mir ein-

### Wie eine Mutter verdient.

Es war ein netter Junge, mit dem ich neulich ein Stückchen Weges ging. Er kam vom Zeitungaustragen und erzählte voller Freude, wieviel er nun schon verdiene.

Ich fragte: „Wieviel Verdiener seid ihr denn daheim?"

„Zwei, der Vater und ich!"

„Und deine Mutter? Verdient sie nichts?"

„Mutter? Nein, die verdient nichts!"

„Was tut sie denn tagsüber?" forschte ich weiter.

„O, die ist morgens die erste aus dem Bett und abends die letzte im Bett, die kocht den Kaffee, weckt den Vater und macht ihm sein Frühstück zurecht, dann holt sie die Kinder aus den Federn, macht sie zur Schule fertig, und während wir in der Schule sind, macht sie die Betten, kehrt die Stube, räumt auf, kocht das Mittagsbrot, und nachmittags flickt und stopft und strickt sie, und so geht das den ganzen Tag!"

„Und was bekommt sie dafür?"

Da lachte der Junge: „Die Mutter arbeitet doch nicht für Geld, die tut das so! Die bekommt kein Geld!"

Ja, freilich, Mutter bekommt kein Geld, müht sich von der Morgenfrühe bis zum Nachtgrauen und verdient doch in vielen Fällen wahrscheinlich mehr als Vater und Sohn zusammen.

Haus-Mission.

mal einen Anzug mit einer kurzen Hose genäht hat, den ich sehr gerne anhatte. Unterwäsche bekamen wir aus Schafwolle, sogenannte Leibchen hielten den Körper im Winter sehr warm. Mutter war für die finanziellen Angelegenheiten zuständig. Sie hatte das Geld einzuteilen. Wenn Lohntag war und Vater von der Arbeit kam, übergab er Mutter die Lohntüte. Wir hatten eine Kassette "Aus eiserner Zeit", darin wurden Geld und wichtige Papiere aufgehoben. In jeder Woche wurde ein Teilbetrag des Lohnes für den Winter zurückgelegt, wenn Vater durch die schlechte Witterung Lohneinbußen hatte. Es gab noch keinen "Winterbau"und kein "Schlechtwettergeld" wie heute. Zu Abend aßen wir meistens warm. Wie gut haben mir die Bratkartoffeln mit Spiegeleiern oder das Bauernfrühstück geschmeckt. Es gab manchmal auch das Essen vom Mittag nochmal aufgewärmt. Das schmeckte aufgewärmt besonders gut.

Wenn wir im Winter geschlachtet hatten, aßen wir abends Blutwurst und Grütze, dazu eine trockene Scheibe Schwarzbrot. Eine Delikatesse. Lecker waren auch "Grieben" und Wurst - in Scheiben geschnitten - in der Pfanne. Ich könnte ins Schwärmen kommen, wenn ich an die "alte Zeit" denke.

Sonnabends war Badetag, wer hatte schon ein Badezimmer im Dorf? Ein großer Topf (Wecktopf) Wasser wurde heiß gemacht, dann die Zinkwanne reingeholt. Wenn es aus heutiger Sicht auch primitiv gewesen sein mag, für uns war es immer ein Vergnügen.

Unser Haus war nicht sehr groß, dafür aber gemütlich. Die Küche war geräumig, darin hielten wir uns auch am meisten auf. Die Stube war etwas kleiner, aber sehr wohnlich eingerichtet. In der Ecke stand ein kleiner Kachelofen und ein Vertiko, darauf zwei weiße Hunde. Familienfotos fehlten auch nicht. Vater und Mutter hatten ein geräumiges Schlafzimmer, natürlich mit nur einem kleinen Kleiderschrank -heute sind es gleich Riesenschränke-, und nebenan schliefen wir Kinder. Ich erinnere mich daran, daß die Wände im Winter Eisblumen und wir an der Federdecke im Mundbereich Eiskristalle hatten. Wer heizte schon ein Schlafzimmer. Die Tür von der Küche stand offen und ließ die Wärme in den Nebenraum. In der Waschküche, wo auch unsere Fahrräder standen, war gleichzeitig der "Gossenstein" zum Abwaschen des Geschirrs. Im angrenzenden Stallgebäude waren Ziegen- und Schweinestall, daneben das "Plumpsklo". Schlimm war es im Winter, wenn der kalte Ostwind wehte, konnte man nicht lange auf dem Klo verweilen. Schnell hätten wir uns eine Blasen- oder Nierenentzündung geholt. Der Rest vom Stall diente der Unterbringung der Winterfeuerung. Große Mengen an Torf mußten verstaut werden, daneben Kohlen und Brikett. Eine kleine Räucherkammer am Ende des Stalles bildete den Abschluß. Der Boden war vollgestopft mit Heu und Stroh für die Tiere.

Gegenüber heute war die elektrische Beleuchtung nur spärlich. In jedem Zimmer hing eine Lampe mit einer 25-Watt Glühbirne. Elektrische Geräte gab es nicht, später war ein Tauchsieder vorhanden. Das Bügeleisen wurde mit Holzkohlen heißgehalten. Wenn ich mich richtig erinnere, waren die Winter in meinen Kinderjahren kälter und schneereicher. Wie oft setzten schon im November Frost und Schneefälle ein. Weihnachten war doch fast immer weiß. An Weihnachten hängen so manch schöne Erinnerungen Schon Anfang Dezember fing Mutter an, mit uns Kindern Plätzchen zu backen. Beim Backen durften wir schon einmal naschen oder Teig aus der Schüssel probieren. Aufbewahrt wurden die feinen Plätzchen in 10 Liter-Marmeladeneimern, darin hielten sie sich lange frisch, Topfkuchen und Stuten backte Mutter natürlich auch, die gab es fast jeden Sonntag. Ja, Weihnachten war für uns ein schönes Fest. Mutter und Vater schmückten den Tannenbaum, aber so, daß wir Kinder das nicht sahen. Während des ganzen Tages lag am Heiligen Abend eine gewisse Spannung in der Luft. Was würde es wohl vom Weihnachtsmann geben? Ob er wohl registriert hatte, daß wir auch mal ungezo-

Das ist die stillste Zeit im Jahr,
immer wenn es Weihnacht wird.
Da fallen die Flocken, sie fallen so leis,
der Welt wächst ein Mantel,
so weich und so weiß,
immer wenn es Weihnacht wird.

Es dunkelt früh nach blassem Tag,
immer wenn es Weihnacht wird.
Da treten wir gern in die Stube ein
und rücken zusammen
im lichten Schein,
immer wenn es Weihnacht wird.

Hörst du den tiefen Glockenschlag,
immer wenn es Weihnacht wird?
Da macht uns nicht Nacht und Winter mehr bang,
im Herzen hallt wieder der heimliche Klang,
immer wenn es Weihnacht wird.

Lied von Norbert Wallner

gen waren? Abends hörten wir in der Stube Schritte und das Stubenfenster klappen. Ich hatte vor Aufregung überhaupt nicht bemerkt, daß Vater nicht da war. Schließlich wurde die Stubentür geöffnet, und da stand nun der schön geschmückte Tannenbaum mit all den Kerzen, Kugeln und Zuckerkringeln. Eine wahre Pracht. Und dann all die Geschenke. Für jeden hatte der Weihnachtsmann etwas aufgebaut. Was freuten wir uns über die Spielsachen. Ich glaube, Mutter und Vater hatten Tränen in den Augen, als sie uns Kinder mit den leuchtenden Augen und der Freude, die wir ausstrahlten, sahen.

Zu uns kamen am Heiligen Abend Lotti, Onkel Albert und Tante Anna. Wie schön war es bei selbstgebackenem Kuchen, Grog und Glühwein. Wir saßen lange in gemütlicher Runde zusammen. Zu Weihnachten bekamen wir jedes Jahr ein Päckchen aus Röhrenfurth von Oma und Opa Schmoll. Das war etwas ganz Besonderes. Ich habe in Erinnerung, daß Heinekes zu Weihnachten ein Paket schickten.

Meistens war Diedrich Boyn aus Varel vor dem Fest bei uns gewesen; er kam mit dem großen Koffer auf dem Fahrrad und hatte so allerhand Kurzwaren zu verkaufen. Wie gerne mochten wir zusehen, wenn er darin herumkramte. Für uns Jungen gab es zu Weihnachten oft eine neue Hose von Bleyle, die verkaufte Herr Boyn auch. Strümpfe waren immer fällig, denn wenn wir beim Schlittschuhlaufen hinfielen, war bestimmt ein großes Loch im Strumpf. Mutter konnte nicht dagegen anstopfen. Wenn die Bleylehose zu kurz geworden oder im Gesäßbereich durchgeschlissen war, nahm Diedrich Boyn die Hose mit, und in der Fabrik wurde an den Hosenbeinen ein Stück angestrickt oder auch ein ganzer Hosenboden eingestrickt. So konnte die Hose wieder eine Zeitlang getragen werden. Eine Reparatur war auf alle Fälle billiger als eine neue Hose.

Ende November Anfang Dezember wurde, sobald es kalt geworden war, geschlachtet. Hausschlachtung gab es in fast allen Häusern. Der Schlachter wurde bestellt, alles vorbereitet, und dann ging es frühmorgens los. Einen Trog hatten wir selber, und die Leiter, an die das Schwein nach dem Schlachten zum Abkühlen angebunden wurde, brachte Tante Anna mit. Der große Waschkessel wurde angeheizt, damit zum Abbrühen genügend heißes Wasser vorhanden war. Zunächst wurde das Schwein mit einer Axt betäubt und anschließend abgestochen. Das durften wir Kinder nicht sehen. Wir mußten im Schlafzimmer bleiben. Wenn das Schwein ausgeschlachtet war, kam es an die Leiter, damit es kalt wurde. Für Mutter und Tante Anna begann dann die Arbeit, die Därme mußten sauber gemacht werden. Dann kamen die Därme in eine Alaunlauge. Abends wurde der Darm zum Wursten benötigt. Zum Schlachtfest gab es immer eine Flasche Korn und eine Flasche Rum.

Abends kam der Fleischbeschauer, und wenn das Fleisch untersucht war, konnte der Schlachter das Schwein zerteilen. Die Schinken und Speckseiten sowie die “Eisbeine” wurden im Keller in Salz gelegt. Dann begannen wir damit, das Fleisch zu verwursten. Das Fleisch wurde durch die Wurstmaschine gedreht, kam in eine große Wanne, wurde geknetet und mit Pfeffer und Salz untermischt. Wenn das Mett abgeschmeckt war, wurden die Würste gemacht. Ich habe oft die Wurstmaschine gedreht. Neben der Mettwurst machten wir

Leberwurst, Rotwurst, Kochwurst und Blutwurst. Eine Delikatesse war die Grütze. Unserem Hausschlachter konnten wir einen großen Gefallen tun, wenn wir ihm abends nach dem Zerteilen des Schweines den "Bregen" (Gehirn) in die Pfanne taten. Wir haben den "Bregen" nie gegessen. Ich habe gerne beim Schlachten geholfen, Olga war die ganze Sache zu fettig, sie lief immer herum und wischte die Türklinken mit einem Lappen ab. Am Tag nach dem Schlachten wurden die Braten, Rippen und vieles mehr eingeweckt und Sülze gekocht. Hätten wir heute noch einmal von den guten Sachen! Mutter machte zum Schlachtfest einen dicken Braten. Vater mußte immer ein Stück Brot mit Mett haben. Wenn die Schinken und Speckseiten aus der Salzlauge kamen und die Würste trocken waren, wurde die Räucherkammer angeheizt und das Räuchern begann. Vater besorgte ein Spezialsägemehl.

Die Räucherkammer war für mich ein Alptraum. Als ich einmal sehr "dickköpfig" gewesen war, steckte Vater mich, ohne viel Worte zu machen, in die Räucherkammer. Die kurze Zeit im Dunkeln hat für Jahre gereicht. Wir schlachteten im Winter meistens zwei Schweine, und so hatten wir für die Wintermonate bis zum Sommer genügend Vorrat an Fleisch, Speck, Wurst und Schinken. Kartoffeln hatten wir eingekellert, auch genügend Gemüse war im Sommer eingeweckt worden. So brauchten wir nur wenig zuzukaufen. Milch gab uns die Ziege, und die Hühner legten die Eier. Kaninchen hatten wir auch immer.

Zum Schlachten muß noch etwas erwähnt werden. Es bestand auf dem Lande ein alter Brauch. Wenn das Schwein an der Leiter zum Kühlen hing, mußte aufgepaßt werden, daß der Schwanz nicht geklaut wurde. Geschah das, wurde der Schwanz am nächsten Tag von den Nachbarn zurückgebracht. Er mußte mit einer Flasche "Schluck" eingelöst werden. Heino Siefken hat einmal bei Klövers den Schwanz geklaut. Er besuchte Klövers am nächsten Tag und hat in einem unbeaufsichtigten Moment den geklauten Schwanz in die auf dem

Herdfeuer kochende Buttermilch geworfen. Tante Klöver hat sich erschrocken, als sie die Buttermilch umrührte, was wohl für ein Gegenstand in der Buttermilch war. Heino war der Streich gelungen.

Im Frühjahr war immer großer Hausputz. Alle Möbel wurden ins Freie gebracht, feucht abgewischt und gut ausgelüftet, Gardinen gewaschen, und die Betten über die Wäscheleine gehängt. Ein Fremder konnte den Eindruck gewinnen, ganz Dangast wolle auswandern.

Ostern war für uns Kinder wieder ein schönes Fest. Wochenlang freuten wir uns darauf. Meine Ostereier waren, soweit gutes Wetter war, jedes Jahr im Garten unter dem Rhabarberbusch versteckt. Wenn wir einen schönen ruhigen Ostermorgen hatten, konnten wir die Kirchenglocken von Wilhelmshaven über den Jadebusen herüberläuten hören.

Ernste Krankheiten kannten wir Kinder nicht. Es kam vor, daß wir uns im Winter schwer erkälteten, aber dann halfen die bewährten Hausmittel. Wir bekamen heißen Fliedertee zu trinken, dann eine Stunde ins Bett und ordentlich schwitzen. Danach fühlten wir uns schon wieder besser. Die Kinderkrankheiten bekamen wir wie alle anderen Kinder auch. Zu schaffen haben uns nur die Windpocken gemacht. Gefährlich war damals Diphtherie, eine Infektionskrankheit, für die es noch keine Schutzimpfung gab. Zwei Schulkameradinnen von Olga sind daran gestorben. Helmuth war einmal sehr schwer erkrankt, daran kann ich mich gut erinnern; er hatte Lungenentzündung. Dr. Zuschneit kam aus Varel und behandelte ihn. Helmuth hatte tagelang sehr hohes Fieber. Mutter hat ständig an seinem Bett gewacht, denn Lungenentzündung war früher eine sehr schlimme Krankheit. Die sogenannte Krise war am 7. Tag. Die ganze Familie wartete auf diesen Tag, und als das Fieber danach zurückging, atmeten wir auf. Helmuth hatte die Krankheit überwunden. Mutter hat das alles sehr mitgenommen, sie hatte den Tod von Heinz, der mit sechs Jahren gestorben war, noch vor Augen. Olga spielte gerne mit Hilda Frerichs. Hildas Vater war Mutters Vetter. Wenn Olga zu Hilda ging, wollte ich gerne mit, aber die Mädchen wollten alleine etwas unternehmen. So mußte ich zu Hause bleiben. An ein Ereignis erinnere ich mich besonders gut. Es war Sonntagmittag, Vater hatte sich zum Schlafen hingelegt. Olga ging zu Hilda, nahm mich aber nicht mit. Also setzte ich mich heulend auf den Deich, vor das Schlafzimmerfenster, wo Vater schlief. Es dauerte nicht lange, dann kam Vater rausgelaufen, nahm mich am Hals und gab mir eine Tracht Prügel. Das "Gedrinse" hatte ihn genervt. Das tat ordentlich weh, das Schlimmste war, ich durfte eine Woche das Haus nicht verlassen; an meinem Hals waren die fünf Finger von Vaters Hand zu sehen.

Im Hause von Frerichs wohnten auch Onkel Heinrich und Tante Gesine. Onkel Heinrich war der Bruder von Mutters Vater. Meine Eltern und Frerichs besuchten einander oft. Für Mütter, die mehrere Kinder zur Welt brachten, hatte sich das NS-Regime etwas Besonderes einfallen lassen: Sie verliehen (erstmals zu Weihnachten 1938) den Müttern ein sogenanntes "Mutterehrenkreuz". Tante Gesine bekam es in Bronze (es ist jetzt in meinem Besitz; vier bis fünf Kinder – in Bronze, sechs bis sieben Kinder – Silber, acht und mehr Kinder – Gold). Viele Frauen trugen den Orden mit Stolz.

Im Sommer waren wir Kinder viel am Strand zu finden oder spielten zu Hause auf dem Deich. Lustig war es, mit den kleinen Ziegenlämmern herumzutollen.

Das wichtigste Bekleidungsstück für uns war die Badehose. Wir badeten bei fast jedem Wetter und bauten Sandburgen am Strand. Schön war es, wenn wir am Strand vespern konnten, und Mutter uns eine Flasche Saftwasser mitgegeben hatte.

Wenn die Heuernte begann, stand Vater schon um vier Uhr in der Früh auf, um den Deich, den er gepachtet hatte, zu mähen. Standen wir auf, war die Arbeit schon vollbracht: Das Gras lag in Schwaden da. Beim Heuen durften wir helfen. Der von uns gepachtete Deich war der Staatsdeich. Der Deich am Strand war Privatdeich und mußte von der Gemeinde unterhalten werden.

Wie kam es zu dem Kuriosum, daß ein Deich mitten durch den Ort führt? Nach dem Deutsch-Französischen Krieg, ab 1874, ließ der damalige Deichvorsteher Sand im Bereich der jetzigen Rennweide abgraben und auf Segelschiffen nach Wilhelmshaven bringen. Dort wurde der neue Kriegshafen gebaut. Um die deichrechtlichen Genehmigungen für den Sandabbau zu bekommen, wurde die Deichlinie vom Deichvorsteher von der Rennweide zurückverlegt, mitten durch den Ort. So etwas war also auch früher schon möglich. Es ist noch eine Niederschrift aus dem Jahre 1875 (22.Mai) aufgetaucht. Danach haben damals im "Wirtshaus Klostermann" Verhandlungen über Entschädigungsansprüche der berechtigten Grundstückseigentümer für die Ländereien, die für die Deichschutzfläche benötigt wurden, stattgefunden (Gaststätte Klostermann war in der Dangaster Mühle). Nach einem Vermerk vom 21. Mai 1875 ist eine Entschädigungsregelung mit Hausmann J.H. Klostermann, Hausmann Diedrich Blanke und Hausmann Renke Brunken, alle Dangast, zustande gekommen.

Die Zuwegung zu unserem Haus verlief über den Deich. Der kleine, schmale Weg war sehr idyllisch. Da wir ja nur Fahrräder hatten, genügte eine Breite von zirka 60 cm. Im Frühjahr wurde der Weg hergerichtet und mit weißem Sand aufgefahren. Zum Sonntag wurde der Weg von Unkraut befreit und geharkt. Das war ein schöner

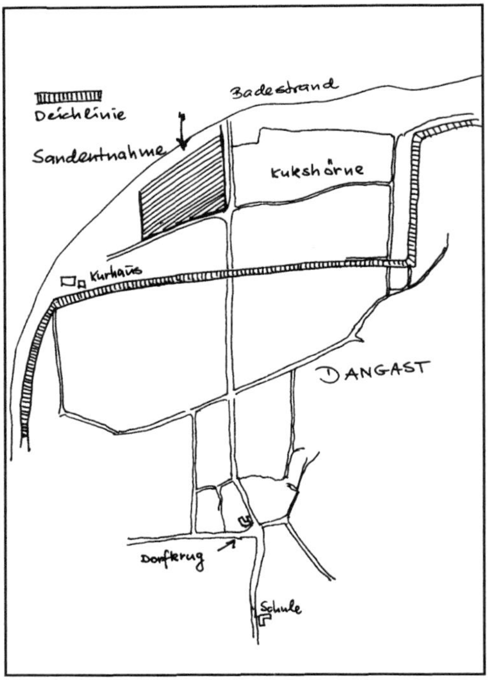


Anblick, der kleine Weg mit dem weißen Häuschen im Hintergrund. Rundherum die grünen Sträucher und Bäume.

Für Mutter war der Sommer sehr arbeitsreich. Sie mußte das Gemüse ernten und einkochen, die Beeren pflücken, Marmelade kochen und Saft machen. Obst war genügend im Garten, das Fallobst wurde zu Apfelmus verarbeitet oder geschält, in Scheiben geschnitten und im Backofen getrocknet. Hinter dem Haus stand ein Süßapfelbaum, dieser Apfel schmeckte besonders gut. 1936 haben Vater und ich vom Deckoffizier Kraul, der an der Rennweide wohnte, einen Boskop-Baum geschenkt bekommen. Wir haben ihn dort ausgegraben und bei uns im Garten wieder eingepflanzt. Er trägt noch heute, in manchen Jahren mehrere Zentner.

1936 waren Opa Schmoll und Onkel Martin aus Röhrenfurth bei uns in Dangast zu Besuch. Es war das einzige Mal, daß ich meinen Großvater gesehen habe. Damals war das Geld knapp, daher wurde nicht so viel gereist wie heute.

Über Onkel Lorenz, Vaters jüngsten Bruder, sollte kurz berichtet werden. Sein Lebenslauf fällt aus dem Rahmen. Lorenz hatte Kaufmann gelernt und arbeitete in seiner Heimat in seinem Beruf. Er hatte ein Hobby, das allerdings verboten war, die "Wilderei". Das paßte nun überhaupt nicht in die Familie Schmoll, wo doch sein Vater Forstaufseher war. Immer wieder stellte der Förster fest, daß nachts gewildert worden war. Eines Nachts war Lorenz wieder mit seinem Gewehr unterwegs im Wald und hatte geschossen. Ein Hirsch sank getroffen zu Boden. Im Jagdeifer hatte er nicht bemerkt, daß der Förster in seiner Nähe war. Der legte Lorenz die Hand auf die Schulter und hat ihn der Wilderei überführt. Der Förster wollte seinem Forstaufseher keine großen Unannehmlichkeiten machen, schließlich hatten sie seit vielen Jahren zusammengearbeitet. Onkel Lorenz wollte seinem Vater die Schmach ersparen und wanderte nach Amerika aus. Eines Tages - es muß um 1920 gewesen sein - bekamen Vater und Mutter in Dangast Besuch von einem Herrn im weißen Anzug mit zwei Hunden an der Leine. Es war Lorenz, der von Dangast weiter nach Hamburg und von dort mit dem Schiff nach Amerika wollte. Was passierte in Hamburg? Er konnte seine beiden Hunde nicht mit aufs Schiff nehmen. Also band er sie in Hamburg an, telegraphierte Vater, er möchte doch die Tiere, zwei Dobermänner, abholen (der Ort war genau von ihm bezeichnet worden), und ging alleine aufs Schiff. Vater hat ihm den Liebesdienst erwiesen, ist nach Hamburg gefahren und hat die Hunde tatsächlich vorgefunden. Ich glaube, Vater hat sie verkauft. Nach der Ankunft in Amerika hat Lorenz einige Male geschrieben und berichtet, daß er Gold graben wolle. Ein letzter Brief erreichte Vater aus einer Bar in Alaska, den er einen Tag vor dem "großen Abenteuer" geschrieben hatte. Über dreißig Jahre galt Onkel Lorenz als verschollen. 1955 stellte der Postbote einen Luftpostbrief aus Amerika zu, wir trauten unseren Augen nicht; er kam von Onkel Lorenz. Vater konnte es nicht glauben, aber sein Bruder lebte noch. Ich habe dann einen regen Briefkontakt mit meinem Onkel gehabt. Er hat mir über alles berichtet, aber das große Geld hat er nicht gemacht, wenn er auch wohl immer genug gehabt hat. Er war nicht verheiratet, lebte aber mit einer Amerikanerin zusammen. Als er wieder einmal Land erworben hatte - er vermutete dort ein Goldvorkommen -, ist er vor dem eigentlichen Ausbeuten der Mine an Krebs gestorben. Hinterlassen hat er nichts, Tante Elise aus Kassel hat sich um eine Erbschaft bemüht, aber daraus ist nichts geworden. Ich glaube, Onkel Lorenz war ein Lebemann, er hat mir einmal geschrieben: "Mein Leben war Wein, Weib und Gesang"!

Am 1. April 1939 verließ Olga die Dangaster Volksschule. Sie mußte zunächst ein sogenanntes "Pflichtjahr" absolvieren. Das Pflichtjahr für Mädchen wurde 1938 eingeführt. Sie bekam eine Stelle im Kurhaus bei Tapkens. Danach machte Olga eine Lehre bei der Landessparkasse zu Oldenburg in Varel.

Am 1. September 1939 brach eine schlimme Zeit an. Der 2. Weltkrieg begann. Zunächst führte Hitler Krieg gegen Polen, doch bald kämpfte er mit seinen Verbündeten "gegen die Welt". Zu Hause mußte alles auf Krieg eingerichtet werden. Schon im Jahre 1937 war "Verdunkelungspflicht" angeordnet worden. Alle Fenster mußten im Kriegsfall abends verdunkelt werden, damit kein Lichtschein zu sehen war. Selbst die Beleuchtung an Auto, Motorrad und Fahrrad mußte abgedunkelt werden; die Lampen bekamen eine schwarze Scheibe mit einem kleinen Schlitz. Vater und Helmuth machten Holzklappen, die vor die Fenster gesetzt wurden. Ihr Vorteil war, daß sie gleichzeitig wärmten.

Wenn Vater zur Arbeit war, mußte Mutter die Fenster verdunkeln, das heißt die Klappen abends anbringen und morgens wieder abnehmen. An einem stürmischen Morgen nahm Mutter die Holzklappen ab. Was dann geschah, weiß keiner. Lotti, die bei Beckers wohnte, wollte an diesem Morgen mit dem Fahrrad nach Varel. Als sie bei der Kombüse der Wehrmacht war, sah sie Mutter ankommen und hat angehalten. Unterhalten konnte sie sich mit Mutter nicht, denn Mutter konnte keinen Satz zusammenhängend sprechen. Was war geschehen? Lotti brachte Mutter nach Hause und legte sie ins Bett, dann wurde der Arzt in Varel verständigt. Zu Hause sah Lotti, daß die Klappe vom Küchenfenster hinten auf dem Hof lag. Ihr war sofort klar, daß die Klappe durch den Sturm Mutter beim Abnehmen gegen den Kopf geflogen sein mußte. Bald kam der Marinearzt Dr. Brüning aus Varel, er stellte eine schwere Gehirnerschütterung fest. Als wir von der Schule nach Haus kamen, wurden wir von Lotti empfangen und darauf vorbereitet, daß wir nicht mit Mutter sprechen konnten. Wir waren sehr traurig und litten mit unserer Mutter. Es dauerte Wochen, bis sie wieder genesen war.

Am 27. September 1941 heiratete Lotti den Schuhmachermeister Rudolph Eilers aus Jeringhave. Lotti zog nach Jeringhave, weil ihr Mann dort die Schuhmacherwerkstatt und den kleinen Laden von seinem Vater übernommen hatte. Als Rudolph zur Wehrmacht einberufen wurde und Ulla unterwegs war, kam Lotti zu uns nach Dangast. Ulla ist am 21. April 1943 bei uns zu Hause geboren. Beide wohnten einige Jahre bei uns.

Auch unserer Familie hat der Krieg großes Leid gebracht. Anfang Februar 1942 wurde Helmuth bei einem Einsatz seiner Einheit im Mittelabschnitt bei Wittebsk vermißt.

Im August 1943 wurde Vater schwer krank. Er hatte in den Jahren zuvor in Wilhelmshaven mit seiner Maurerkolonne die Reparaturen und Ausbesserungen der durch Bomben zerstörten und beschädigten Gebäude durchgeführt. Er mußte dabei zwangsläufig in viele Wohnungen oder Heime. Irgendwo hat er sich dabei angesteckt. Er bekam abends zu Hause beim Kartoffelnausmachen einen Blutsturz. Es war ein Schock für die ganze Familie. Der herbeigerufene Arzt stellte eine Lungentuberkulose fest. Am nächsten Tag kam er ins Krankenhaus nach Oldenburg. Oldenburg war für uns keine Entfernung, und so konnten wir Vater zusätzlich zu der Kost im Krankenhaus fast täglich mit Essen versorgen. Das hat ihm sehr geholfen, zumal er den festen Willen hatte, wieder gesund zu werden. Nach Monaten ging es wieder bergauf, und nach einem halben Jahr kam er in die Lungenheilstätte nach Wildeshausen. Dahin konnten wir nur sonntags fahren. Wir nahmen Lebensmittel für die ganze Woche mit. Nach immerhin fast einem Jahr in Wildeshausen kam Vater wieder geheilt nach Hause. Diese Zeit ist Mutter sehr schwer gefallen.

Am 1. Mai 1944 begann ich bei der Stadt Varel eine Ausbildung als Verwaltungslehrling.

Von Vaters Parteifreunden (SPD) waren zum Ende des Krieges verschiedene "Rote" ins Konzentrationslager gebracht worden. Vater wäre vielleicht der nächste gewesen, glücklicherweise begann aber das Dritte Reich zu wanken, und am 8. Mai 1945 war damit Schluß. Mit Adolf Heidenreich hat Vater gesprochen, nachdem er nach einigen Monaten wieder aus dem KZ entlassen worden war. Er hat Vater von der menschenunwürdigen Behandlung erzählt und ihm die Spuren der "Behandlungsmethoden" gezeigt. Wie viele haben das KZ nicht wieder verlassen können, weil sie in der Gaskammer oder am Galgen endeten. Auch zwei Vareler wurden während des Krieges vom Volksgerichtshof verurteilt und gehängt. Schrecklich!

Das Kriegsende rückte immer näher, die Lage wurde immer verworrener. Die Anfang des Krieges so zahlreichen Sondermeldungen verstummten. Daraus wurden jetzt Meldungen über "Frontbegradigungen" und planmäßige Rückzüge. Die Bombardierung der Städte wurde immer heftiger. Ganze Städte versanken in Schutt und Asche, und dabei wollte Hitler die Städte der Engländer ausradieren.

Am 30. April 1945, 22.30 Uhr, kam eine wichtige Meldung durchs Radio: "Der Führer Adolf Hitler ist heute in der Reichskanzlei für Deutschland gefallen". Ich schlief in dieser Nacht bei meinem Freund Gero. Wir hörten diese Meldung und gingen zu Geros Eltern. Dort herrschte sichtbare Betroffenheit. Ging damit doch eine Ära zu Ende, auf die sie einmal gutgläubig viel Hoffnung gesetzt hatten. Bei meinen Eltern war am nächsten Tag eine sichtbare Erleichterung zu verspüren. Die Aufgaben des Führers wurden von Admiral Dönitz übernommen, aber dieser konnte auch nur noch die Kapitulation der Deutschen Wehrmacht besiegeln. Am 8. Mai 1945 ruhten die Waffen. Der Krieg, der so viele (55) Millionen Opfer gekostet hatte, war zu Ende.

In Varel richtete sich in der Moltkestraße die Militärregierung ein, die ab sofort von dort die Anweisungen in Form von Militärverordnungen erließ.

Vater wurde aufgrund seiner langjährigen Zugehörigkeit zur SPD von der Militärregierung als Ratsherr der Gemeinde Varel-Land eingesetzt. Bei der nächsten, das heißt bei der ersten freien Wahl wurde Vater in den Gemeinderat und in den Kreistag gewählt. In der ersten Wahlperiode war er auch stellvertretender Bürgermeister. 1959 endete sein Mandat als Ratsherr durch Verzicht. Er hatte sein Ratsmandat niedergelegt, weil seine Parteigenossen ihm in den Rücken gefallen waren. Hinrich Klöver wollte die alte Sandkuhle neben Friedrich Gröning vergrößern und ausbeuten. Sie sollte das Gebiet von der jetzigen Saphuser Straße bis an den Deichfuß umfassen. Vater war dagegen, weil er den Geestrücken in Dangast erhalten wollte. Er war gegen eine Zerstörung der Landschaft. Eine kleine Kuhle war immer an dieser Stelle gewesen, da hatte Willi Gröning mit seinem Pferdefuhrwerk Sand "abgegraben" und verkauft. In den Böschungen nisteten unzählige Uferschwalben. Sie gruben ihre Nisthöhlen, manchmal bis zu zwei Meter, in das Erdreich. Die Nisthöhlen waren am hinteren Ende zur Aufnahme der Nester backofenartig erweitert. Nun sollte im großen Stil Sand "abgebaggert" werden. Das bedeutete gleichzeitig die Vernichtung der Uferschwalbenkolonie (jetzt gibt es keine Uferschwalben mehr in Dangast). Als in der Gemeinderatssitzung der Tagesordnungspunkt über die Erweiterung der Sandkuhle in Dangast zur Abstimmung stand, gab es nur eine Gegenstimme, die von Vater. Obwohl die SPD-Fraktion eine Ablehnung des Antrages besprochen hatte. Da gab es für Vater keine Gemeinsamkeit in seiner Fraktion mehr. Am nächsten Tag legte er sein Mandat nieder.

Vater war nach dem Krieg nur noch zur Abwicklung seiner Arbeit bei Karl Richter beschäftigt. Danach war er für die Gemeinde Varel-Land tätig, und zwar leitete er den Holzeinschlag der Gemeinde, weil die Bevölkerung nicht ausreichend mit Brennmaterial versorgt werden konnte, wurden viele Straßenbäume gefällt. Es war schade um so manche Allee. Auch der Birkenweg in Moorhausen fiel der Säge zum Opfer, und im Vareler Wald wurde stark ausgelichtet.

Ich habe in dieser Zeit im Vareler Forst mit Antonius Janßen, “Feuerungsminister”, Holz verkauft. Das Holz war raummeterweise gestapelt und jeder Stapel mit einer Nummer versehen, aber schon am Tage vor dem eigentlichen Verkauf mußten wir feststellen, daß nachts so mancher Stapel verschwunden war. Beim “Holzklau” im Vareler Wald sind auch angesehene Vareler Bürger geschnappt worden.

Vor ein großes Problem wurde die Bevölkerung durch Flucht und Vertreibung vieler Menschen aus Ostdeutschland gestellt. Sie flohen in den letzten Kriegsmonaten vor den anrückenden sowjetischen Truppen, außerdem wurden Millionen aufgrund der Potsdamer Konferenz im Juli/August 1945 aus den deutschen Ostgebieten vertrieben. Die zunächst in großen Sammellagern untergebrachten Flüchtlinge wurden auf die einzelnen Gemeinden verteilt, die dann für die Unterbringung der Flüchtlinge aufzukommen hatten. Vater war damals bei der Gemeinde Varel-Land in der “Flüchtlingskommission” tätig. Die Flüchtlinge kamen in Sammeltransporten mit dem Zug nach Varel und wurden von dort zunächst in Sälen und Turnhallen untergebracht. Vater hatte mit einem Bediensteten der Verwaltung die undankbare Aufgabe, freien Wohnraum zu beschaffen. Das geschah in der Weise, daß die von einer Familie nicht unbedingt benötigten Zimmer in ihrem Haus oder ihrer Wohnung beschlagnahmt wurden. Die Bauern hatten zum größten Teil eine sogenannte “gute Stube”, die nur selten genutzt wurde. Jetzt wurde sie dauernd bewohnt. Aber auch in sonst leerstehendem Wohnraum wurden die Flüchtlinge eingewiesen. Es war eine schwere Zeit für die Heimatvertriebenen, sie hatten alles verloren und mußten jetzt mit mehreren Personen (Babys, Kleinkinder, Kinder, Erwachsene und manches Mal noch die Großeltern) in einem Raum leben. Küchenbenutzung hatten sie meistens bei der aufnehmenden Familie, auch mußten die Toiletten mitbenutzt werden. Zank und Streit blieben da nicht aus. Auch in der ehemaligen Wirtschaftsbaracke der Wehrmacht wurden mehrere Flüchtlingsfamilien untergebracht. Mutter hat oft für die ankommenden Flüchtlinge etwas gekocht, damit sie nach der langen Fahrt zunächst einmal warmes Essen bekamen. Damals kam auch die Familie Reeh in die ehemalige Kombüse. Georg und Heinrich Reeh besuchen uns heute noch mit ihren Familien. Die Brüder vergessen nicht, was Vater und Mutter seinerzeit für sie getan haben.

Erinnerungen des Flüchtlings Georg Reeh an Dangast: „Wir kamen am 8. September 1945 nach langen Monaten der Flucht vor den Russen am Vareler Bahnhof in Viehwaggons an. Zum besseren Verständnis: Meine Vorfahren folgten 1761 dem Ruf der Zarin Katharina der Großen (von Anhalt-Zerbst) und wanderten aus dem Hessenland in die Ukraine aus. 1943 wurden wir von der Deutschen Wehrmacht – die sich zu der Zeit schon auf dem Rückzug von Stalingrad befand – mit nach Deutschland genommen. Über Nacht mußten wir damals Haus und Hof verlassen und mit nichts als der Ungewißheit in den Händen, was uns in Deutschland erwarten würde, und ob wir bei der Winterskälte überhaupt lebendig und nicht verhungert ankommen würden, ging es teils auf Pferdewagen oder in Viehwaggons auf die Reise. Viele Menschen haben diese Reise nicht überlebt. 1945 in Deutschland angekommen, wurden wir von Berlin aus in verschiedene Orte verteilt. Unsere Familie wurde Richtung Oldenburg-Wilhelmhaven geschickt. Dies war unser Weg bis nach Varel. Dort wurden wir dann über Langendamm und

Dangastermoor in Dangast angesiedelt. Wir bezogen mit Hilfe von Herrn Schmoll eine der ehemaligen Holzbaracken der Deutschen Flakabwehr. Wie uns zumute war, kann man eigentlich nicht mit Worten beschreiben. Es stürmte an dem Tag gewaltig, und das Meer mit seiner tobenden Brandung war etwas ganz Neues, für uns vorher nie Gesehenes. Unsere Mutter – der Vater war schon vor unserem Fluchtweg in der Ukraine verschleppt worden – war fest davon überzeugt, daß dies nun das Ende der Welt sei. Es begann auch hier eine harte Zeit für all diejenigen, die nichts Eigenes besaßen, eben die “Flüchtlinge”, wie sie uns damals nannten. Unsere Mutter muß in dieser Zeit übermenschliche Kräfte besessen haben. Sie ging mit vier eigenen Kindern, zwei Waisenkindern (deren Eltern sind in der Stalinzeit verhungert) und mit einem kleinen Neffen, der zur Zeit der Ausweisung bei uns zu Besuch war und nicht mehr zu seinen Eltern zurückkommen konnte, auf die Flucht. Sie hat uns in der ganzen Zeit täglich mit allem Lebensnotwendigen versorgt und uns davor behütet, in die Hände der Russen zu fallen.

In der Schule wurden wir in unseren Hosen, denen man die lange Reise noch ansah, von den Kindern komisch beäugt. Durch die Kriegszeit hatten wir ja auch Schulzeit verloren. So kam es, daß wir neben Kindern auf der Schulbank saßen, die zum Teil um Jahre jünger waren (zum Beispiel Marga Schmoll geb. Ritter). Andere Landkarten hingen in der Erdkundestunde an der Wand mit noch nie gesehenen Ländern drauf. Auf dem Nachhauseweg von der Schule wurden wir oft mit Steinen beworfen. Wie hat das unseren Kinderseelen damals weh getan!

Wir haben versucht, mehrere Schuljahre in einem Jahr zu überspringen um rechtzeitig den Anschluß an die Berufswelt zu schaffen. In die Dangaster Zeit fiel auch die Konfirmation von meinem Bruder Heinrich und mir. Mutter hat uns aus grauen Wehrmachtsdecken Anzüge dafür genäht. was waren wir stolz darauf!

Aber in Dangast gab es auch Menschen mit ungewöhnlicher Hilfsbereitschaft, unter ihnen einige, die ich hier gerne erwähnen möchte: Herr Schmoll, Herr Ritter, Fischer Nemann, Onkel Fiedi, Opa Warns und Onkel Heini Papen. Herrn Schmoll verdanke ich meinen beruflichen Werdegang. Er beschaffte mir in Wilhelmshaven eine Lehrstelle als Tischler und Treppenbauer und versorgte mich mit Werkzeugen (zum Beispiel Hobel und Dexel), die ich heute noch besitze und in Ehren halte. Herrn Ritter verdanken wir das Überleben, er gab uns so manches Brot umsonst. Fischer Nemann versorgte uns mit Fisch und Granat.

Von Onkel Fiedi erhielt ich immer ein gutes Trinkgeld bei Zeitungaustragen.

Bei Opa Warns sind wir nach dem Hacken auf dem Feld immer mit einem guten Abendbrot versorgt worden. Bei Onkel Papen haben wir auch immer auf dem Bauernhof geholfen und sind dann mit Essen versorgt worden.

Hätten wir all diese Hilfe nicht gehabt, wäre das Überleben für uns sehr schwer gewesen. Auch die menschliche Zuwendung hat uns sehr gut getan. Nach der Schulzeit kam unter anderem auch die Tanzstundenzeit. Hier erinnere ich mich noch an folgendes Problem: Wir hatten nur ein Paar "Sonntagsschuhe", die mußte ich mit meinem Bruder Heinrich teilen. Mir waren die Schuhe zwei Nummern zu klein. Wenn ich zur Tanzstunde ging (Heinrich mußte dann zu Hause bleiben), zog ich die Schuhe erst im Tanzsaal in Rallenbüschen an. Nach der Tanzstunde war ich froh, die Schuhe wieder ausziehen zu können. Wenn ich an die Zeit denke, werde ich heute noch traurig. Zum Abschlußball fand sich kein Mädchen, das die Partnerin eines armen Flüchtlingsjungen sein wollte. So habe ich an dem Abend auf der Bank gesessen und zugeschaut, wie sich alles um mich herum freute.

Nach der Lehrzeit hatte ich keine Arbeitsstelle, da die Firma, in der ich gelernt hatte, nach Bremen ging. So schwang ich mich auf mein selbstgebasteltes Fahrrad und fuhr mit meinem Gesellenbrief in der Tasche gen Süden ins Hessenland, wo meine Vorfahren vor 200 Jahren gelebt hatten. Im Hessenland fand ich Arbeit, mietete ein Haus und holte wenig später meine Mutter und die Geschwister nach. Inzwischen haben wir alle unser Fleckchen mit Haus und Garten gefunden.

Dangast blieb für mich jedoch all die Jahre über ein ganz besonderer Ort. Nach Dangast kehre ich jedes Jahr zurück, um bei Spaziergängen am Strand, übern Deich und durch den Groden meine Erholung zu finden.
– Georg Reeh –".

Vater und Mutter hatten immer noch Kontakt mit der Familie von Admiral Heineke. Der Admiral hatte Vater und Mutter 1921 beim Kauf des Hauses finanziell geholfen. Als nun nach dem Krieg die Familie Heineke in Kiel hungern mußte – der Admiral war inzwischen an einem Nervenleiden erkrankt –, halfen Vater und Mutter spontan. Wenn wir geschlachtet hatten, erging eine Einladung an Heinekes. Zu einem vereinbarten Termin kamen dann Frau Heineke und ihre Schwester, Frau von Gussow, mit dem überfüllten Zug nach Dangast. So habe ich Frau Heineke kennengelernt. Mutter packte vom Schlachten ein, ein Hahn oder eine Henne, auch schon mal eine Ente. Ebenso wurden Kartoffeln und sonstige Lebensmittel eingepackt. Mit schweren Taschen gingen die beiden Damen abends wieder zur Bahn. Vater begleitete sie mit dem Fahrrad, denn sie konnten die schweren Taschen nicht bis zum Bahnhof tragen. Was macht der Mensch nicht alles, wenn er Hunger hat. Für meine Eltern war es Ehrensache zu helfen; Heinekes hatten unserer Familie geholfen, jetzt konnten Vater und Mutter etwas wiedergutmachen.

In Dangast normalisierte sich das Leben allmählich wieder. Wie vor dem Krieg, fanden ab 1947 wieder jährlich die traditionellen Pferderennen auf der Rennweide statt. Das war ein großes Ereignis, das mehrere Tausend Menschen anzog. An der Straße zum Kurhaus waren etliche Buden aufgebaut. Auch Ritters hatten dort eine Schmalzkuchenbude.

1949 starb Opa Schmoll in Röhrenfurth. Vater und ich fuhren zur Beisetzung. So konnte Vater mir seine Heimat zeigen, die ich sehr schön fand. Zum ersten Mal habe ich damals, als Vater und ich zu Fuß von Schwarzenberg nach Röhrenfurth liefen, Glühwürmchen gesehen. Das war für mich etwas ganz Besonderes. Ich kannte wohl das Meeresleuchten im Jadebusen, aber Glühwürmchen waren etwas Neues.

1951 erkrankte Vater und kam ins Landeskrankenhaus Sanderbusch. Die Krankheit heilte aber verhältnismäßig schnell aus, so daß Vater das Krankenhaus bald wieder verlassen konnte. Ein Ereignis aus dem Krankenhaus bedarf festgehalten zu werden. Vater wäre beinahe als "reicher Mann" nach Hause gekommen. Er hatte einen Totoschein ausgefüllt und zeigte ihn seinem Zimmerkollegen. Der fing sofort von "Favoritenspielen" an zu sprechen und von ganz klaren Siegen der Spitzenvereine. Vater ließ sich beeinflussen, änderte den Tipschein und gab den neuen Schein ab. Am Sonntag kamen die Ergebnisse durchs Radio. Freude bei Vater, er hatte gewonnen! Aber leider waren nur auf seinem alten Schein alle Ergebnisse richtig angekreuzt. Immerhin bekam Vater anstatt 95.000,– DM noch 960,– DM. So ein Pech, 1951 waren 95.000,– DM eine Menge Geld.

In Dangast hatte der Badebetrieb wieder begonnen, und Feriengäste weilten wieder im Dorf. Vater war bei der Gemeinde als Kassierer für den Badestrand eingestellt worden. Dabei halfen ihm Fidi Gröning, Hein Boomgaarden und später Hinnerk Klöver. Vater hat seine Aufgaben am Strand mit großem Engagement wahrgenommen. Auch in seiner Eigenschaft als Ratsherr hat er sich stets uneigennützig für die Belange seines Heimatortes eingesetzt. Nur war es bei der damaligen Zusammensetzung des Gemeinderates sehr schwer, für Dangast und somit für den Fremdenverkehr Haushaltsmittel, sprich Geld, zu bekommen. Vater war schon froh, wenn einige Bänke und Strandkörbe angeschafft werden konnten. Auch im Kurverein war Vater viele Jahre ehrenamtlich tätig. So vergingen die Jahre. Olga hatte sich im Juli 1953 mit Walter Baumbach verlobt und am 27.8.1954 geheiratet. Übrigens, die Mitteilung über Olgas Verlobung erreichte mich auf der Insel “Wight” vor England. Gero und ich waren auf Urlaubsfahrt durch Holland, Belgien und England mit dem Motorrad. Olga hatte mir einen Brief mitgegeben, den ich an meinem Geburtstag, am 18.7. 1953, öffnen durfte.

Danach verließ sie das Elternhaus. Olga und Walter zogen bei Eilers in Dangast ein, die das Haus im Dorf 1954 von Schuster Gerdes erworben hatten. Sie sind 1954 von Jeringhave nach Dangast umgezogen. Ein Jahr später am 24.11.1955 heiratete ich Marga Ritter. Margas Eltern hatten seit 1938 in Dangast eine Bäckerei mit Kolonialwarenladen. Gekannt haben wir uns eigentlich immer. Beide waren wir ständig bei Pilles. Wir gingen damals schon gemeinsam spazieren. Als Pilles dann nach Steinhausen zogen, besuchten wir Pilles dort. So kam es, daß wir uns näher kennenlernten. Getraut wurden wir von Ge-meindedirektor Timpner im Standesamt in Langendamm. Anschließend fuhren wir mit unseren Trauzeugen, Baum-bachs, zu Pundt nach Jaderberg. Nach dem Essen waren wir bei Tante Hanna und Onkel Fritz in der Molkerei in Jaderberg zum Kaffee, und abends gab es nochmals warmes Essen. Es war ein schöner Tag. Die Hochzeit wurde am 26. November in der Bäckerei bei Ritters gefeiert.

Bis zur Fertigstellung der Wohnung bei Tante Anna wohnten wir bei Ritters, oder ich wohnte zu Hause. Onkel Albert war im Dezember 1954 gestorben. Seit dieser Zeit wohnte Tante Anna alleine im Hause sehr einsam.

Unser Sohn Detmar Helmuth wurde am 5. April 1956 im Sankt Johannes-Stift in Varel geboren. Marga war bis zur Entbindung drei Tage im Krankenhaus. Es war keine leichte Entbindung. Als Marga mit dem neuen Erdenbürger im April nach Hause kam, war es sehr kalt. Zu Hause angekommen, begann die Arbeit. Eine Waschmaschine gab es damals nicht und auch keine "Pampers". Windeln und Wäsche mußten mit der Hand gewaschen und draußen zum Trocknen aufgehängt werden. Mutter kam jeden Tag zu uns und hat die Wäsche aufgehängt. Für Marga, die nach dem längeren Krankenhausaufenthalt noch geschwächt war, war es einfach zu kalt. Marga war während der Schwangerschaft noch im Laden ihrer Eltern beschäftigt. Sie fuhr jeden Tag mit dem Fahrrad nach Hause. Auch als Detmar geboren war, hat sie sehr oft zu Hause gearbeitet.

1959 bauten wir uns ein kleines Haus, und zwar als Anbau an mein Elternhaus. Baubeginn war im August und zu Weihnachten waren wir bereits eingezogen. Gebaut wurde das Haus von Dangaster Handwerkern Heini Grimm und Heini Schwabach.

1965 traf uns ein harter Schicksalschlag. Vater mußte ins Krankenhaus. Wir meinten, es sei eine Routineuntersuchung, aber die Krankheit war schlimmer. Ich wurde am 15. März 1965 Stadtoberinspektor. Vater war sehr froh darüber. Wir besuchten Vater jeden Tag im Krankenhaus und waren erleichtert, daß es mit jedem Tag besser wurde. Er war auch sehr zuversichtlich und sagte uns: "Morgen darf ich die Beine wieder aus dem Bett baumeln lassen". Er mußte sonst liegen. Am folgenden Tag, es war ein Sonntag, kam Opa Ritter morgens früh zu uns und teilte uns mit, das Krankenhaus habe angerufen, wir möchten

*Ringsumher war noch alles frei*

sofort hinkommen, Vater ginge es sehr schlecht. Gut, daß ich im Januar ein Auto bekommen hatte, so konnten wir sofort zum Krankenhaus fahren. Es sah sehr ernst aus, Vater lag unter einer Sauerstoffmaske und wurde künstlich beatmet. Er hat sich nicht wieder erholt und ist am 22. März 1965 gestorben. Die Beerdigung war am 26. März, an Walters Geburtstag. Marga und ich haben Vater noch in der Leichenhalle gesehen. Er lag so friedlich da, es sah aus, als schliefe er nur.

**Konrad Schmoll †**

**Dangast.** Im Alter von 75 Jahren ist Konrad Schmoll, Vater des bei der Stadtverwaltung Varel tätigen Oberinspektors Albert Schmoll, gestorben. Für die SPD und auch für die Gewerkschaft ist Schmolls Ableben ein Verlust, denn bereits seit dem Jahre 1907 hat sich der Verstorbene stets unerschrocken zur Sozialdemokratie und zur Gewerkschaftsbewegung bekannt. Gleich nach dem 2. Weltkrieg trat Konrad Schmoll ins Blickfeld der Öffentlichkeit, als er Mitglied des Rates der Gemeinde Varel-Land und des Kreistages Friesland wurde. In diesen Gremien war er einer derjenigen, die sich stets für die Belange der Einwohnerschaft einsetzen. Mit der Familie des Verstorbenen trauern nicht nur seine Freunde, sondern auch die Mitglieder der SPD Varel-Lands und der Gewerkschaft.

*Auszug Rundschau*

**Varel-Land**

**Konrad Schmoll heimgegangen**

**EJ Dangast.** Im 76. Lebensjahre verstarb Konrad Schmoll, der am 17. Januar 1890 in Röhrenfurth bei Kassel zur Welt kam. Durch Heirat wurde er hier im Jahre 1916 ansässig; seit dieser Zeit hat er sich stets für die dörflichen und öffentlichen Belange eingesetzt. Von 1945 bis 1959 amtierte er als Ratsherr der Gemeinde Varel-Land und betätigte sich in verschiedenen Ausschüssen, auch im Verwaltungsausschuß. Dem Kreistag Friesland gehörte er ebenfalls an. Als eine bedeutende Aufgabe sah er die Herrichtung und rechte Verwaltung des gemeindeeigenen Badestrandes an. Er erkannte frühzeitig, welch große Bedeutung der Strand noch einmal bekommen würde und setzte sich gerade für diese Aufgaben mit großem Idealismus ein. Man schätzte ihn als einen aufrechten Mann, der nie mit seiner Meinung hinter dem Berg hielt und seinen Standpunkt stets energisch vertrat.

*Auszug NWZ, Gemeinnützige*

Am 1. Oktober 1970 erhielt ich die Beförderungsurkunde zum Stadtoberamtmann ausgehändigt. Zwei Tage zuvor war unsere Imke geboren worden. Detmar bekam mit vierzehn Jahren eine Schwester. Marga war in Sanderbusch im Krankenhaus. Am 29.9., ich war von der Arbeit zum Mittagessen nach Hause gekommen, ging das Telefon, als ich zur Tür hereinkam. Die Stationsschwester vom Krankenhaus teilte mir mit, daß eine Tochter angekommen sei. Ich hörte den ersten Schrei per Telefon und konnte auch schon kurz mit Marga sprechen. Die Freude war groß. Im Rathaus verbreitete sich die Kunde schnell, denn das Krankenhaus hatte schon versucht, mich dort zu erreichen; nur gut, daß ich genügend zu "trinken" mitgenommen hatte. Als ich am nächsten Tag Marga und Imke im Krankenhaus besuchte, konnte ich die Tochter zum ersten Mal sehen. Margas Zimmer wurde immer mehr zu einem wahren Blumenparadies, alle guten Freunde und Bekannten schickten Blumen ins Krankenhaus. Nach einigen Tagen konnten Mutter und Kind das Krankenhaus verlassen. Unser kleiner Dackel "Aki" war sehr eifersüchtig auf unser kleines Baby. Er ging, sobald Imke im Wohnzimmer war, zu Oma und blieb dort. Es dauerte nicht lange, dann war Aki tot.

Mutter war am 10. Februar 1979 sechsundachtzig Jahre alt geworden. Man merkte ihr an, daß die Kräfte nachließen. Im Herbst 1979 kam sie ins Krankenhaus nach Varel. Nach einigen Wochen konnte sie gut erholt das Krankenhaus wieder verlassen. Weihnachten konnten wir noch gemeinsam feiern. Im Februar 1980 mußte sie erneut ins Krankenhaus. Sie hat sich von ihrer Krankheit nicht mehr erholt und ist am 20. Februar 1980 im St. Johannes-Stift gestorben.

Nun war das Elternhaus leer, wir haben in all den Jahren mit Mutter und Vater unter einem Dach harmonisch zusammengelebt. Um 11.00 Uhr gab es immer Tee, entweder bei Marga oder nebenan. Auch Detmar und Imke fühlten sich dort sehr wohl.

Im Jahre 1986 hatte Dr. Bunje mir nach meiner Augenoperation geraten, mich in den Ruhestand versetzen zu lassen. Im Krankenhaus Sanderbusch war zwischenzeitlich auch mittels einer speziellen Untersuchung festgestellt worden, daß ich zurückliegend einen Herzinfarkt erlitten hatte. Nach einem halben Jahr Bedenkzeit stellte ich den Antrag auf Versetzung in den Ruhestand. Der Amtsarzt stellte meine Dienstunfähigkeit fest, und so wurde ich am 30. Juni 1987 “Pensionär”. Mit einer Feierstunde im großen Sitzungssaal endete meine dreiundvierzigjährige Dienstzeit bei der Stadt Varel.

Kaum war ich eine Woche im Ruhestand, da kam Margas Vater ins Krankenhaus nach Sanderbusch: Blinddarmentzündung. Als Oma uns am Montag informierte, war Opa schon operiert. Marga und ich waren am Nachmittag im Krankenhaus, konnten aber nicht zu ihm; er war aus der Narkose noch nicht wieder aufgewacht. Am nächsten Tag bekamen wir die Nachricht, wir möchten doch sofort zum Krankenhaus kommen. Wir wurden von den Ärzten informiert, daß Opa in der Narkose einen Schlaganfall erlitten hätte und nicht bei Bewußtsein sei. Marga hat ihn täglich im Kranken-

Nummer 150
Donnerstag, den 2. Juli 1987 V 2 **NWZ**

**Personalien + Glückwünsche**

●In den Ruhestand verabschiedet wurde jetzt nach 43 Dienstjahren in der Stadtverwaltung Varel **Albert Schmoll**(Mitte). Als „Mann des Ausgleichs“, der Konfrontationen vermied und Probleme bereits im Vorfeld klärte, würdigte Bürgermeister **MdL Karl-Heinz Funke** (zweiter von rechts) die Tätigkeiten von Albert Schmoll, der in der Stadtverwaltung bis jetzt „Chef“ des Hauptamtes war. In einer kleinen Feierstunde im Kreise zahlreicher Mitarbeiter des Rathauses, der politischen Vertreter der Fraktionen und im Beisein der Ehefrau Marga Schmoll (zweite von links) wurde der Stadtoberamtsrat verabschiedet. Mehrere Jahre bekleidete der nun angehende Ruheständler das Amt des stellvertretenden Stadtdirektors, vorübergehend war er auch mit der Wahrnehmung der Aufgaben des Stadtdirektors betraut. Seine Fähigkeit, sich in Menschen hineinzuversetzen, zeichne Albert Schmoll insbesondere aus, erläuterte Funke. Allerdings kenne er auch die Grenzen, wenn es um Kompromisse geht. Für sein loyales Verhalten gegenüber den Ratsfraktionen sprach Funke seinen Dank aus. Sein starkes Bestreben und Engagement, das öffentliche Wohl zu fördern, hob Stadtdirektor **August Osterloh** (links) in seiner Laudatio für Albert Schmoll hervor. Von der Pike auf an habe er die Verwaltung in allen Bereichen kennengelernt und mit seinen reichhaltigen praktischen Erfahrungen sei er seinen Mitarbeitern immer ein guter Ratgeber gewesen. Seine zahlreichen Ämter habe er immer überaus verantwortungsvoll und sachgerecht verwaltet, bescheinigte Osterloh seinem jetzigen Ex-Stellvertreter. Seinen Dank für die kollegiale Zusammenarbeit sprach auch **Focke Meyer** (rechts), Vorsitzender des Personalrates, dem Dangaster Albert Schmoll aus.

haus besucht, konnte aber nicht wieder mit ihm sprechen. Am 31. Juli 1987 ist er gestorben. Damit hatte niemand gerechnet. Im Frühjahr 1987 war Onkel Paul in Bremerhaven im Stadtpark tot umgefallen. Opa war damals noch mit Oma und Marga zur Beerdigung gefahren. Wer hätte daran gedacht, daß Opa seinem Schwager so schnell folgen würde? Plötzlich waren beide Schwestern Witwen.

Am 9. Mai 1988 wurde unser erstes Enkelkind, Thora, geboren. Wir wollten auf Amrum Urlaub machen. Am Hafen in Wittdün teilte uns der Taxifahrer mit: "Für Familie Schmoll liegt eine Mitteilung vor, es ist ein Kind angekommen." Günther Bunje und Ulla waren schon auf Amrum und holten uns vom Anleger ab. Die Freude war groß. In der Pension hing ein Zettel an der Tür; jetzt wußten wir, daß es ein Mädchen war, "Thora". Gleich gingen wir Getränke einkaufen, und dann wurde gefeiert mit "Köm" und Sekt.

Im Frühjahr 1994 stockten wir mein Elternhaus auf, es entstand eine Ferienwohnung.

# Der 2. Weltkrieg in Dangast

An einem Tag im Jahre 1938 bot sich uns Schuljungen ein nicht alltägliches Bild. Als wir morgens in der Schule saßen, fuhren Wehrmachtsfahrzeuge mit Kanonen auf Lafetten an der Schule vorbei. Wir konnten es nicht erwarten, bis die Klingel das Ende des Unterrichts einläutete. Sofort fuhren wir mit unseren Fahrrädern zum Strand. Dort, wo heute der Eingang zum Campingplatz ist, standen die Kanonen in einer Reihe. Das war für uns Jungen eine Sensation, denn Soldaten und Kanonen hatten wir aus dieser geringen Entfernung noch nicht gesehen. Interessiert hatten wir uns aber schon immer dafür . Das wiederholte sich dann einige Male, und bald begann die OT -Organisation Todt- mit dem Bau von Flakständen und Bunkern auf dem Gelände am Strand, östlich vom Dorf, neben Langes.

Am 25. August 1939 zogen in unser ruhiges, beschauliches Dorf die Soldaten der Deutschen Wehrmacht ein. Es war ein wolkenloser Himmel, ein wirklich schöner Augusttag. Am Strand herrschte friedliches Badeleben.

Zunächst waren es nur wenige Soldaten, die ihr Quartier in den Bunkern bezogen. Die Ankömmlinge warfen einen Blick hinüber nach Wilhelmshaven, das sich malerisch am Horizont ausmachte; rechts davon der rot-weiße Leuchtturm, der in Zukunft jeden Tag von Arngast herübergrüßen sollte. Die vor Wilhelmshaven auf Reede ankernden Kriegsschiffe gaben der friedlichen Umgebung aber eine eigentümliche Spannung. Auf dem Gelände der Batterie standen schon drei Geschütze, die in den letzten Monaten montiert worden waren. Bernhard Lange und ich waren in unserer Freizeit stets auf der Baustelle zu finden, damit uns nichts entging. Es lagen dort große Mengen an Stahlgewebe und Zement, Schalholz und Balken. Die riesigen Berge von Weserkies und die große Mischmaschine imponierten uns besonders.

Zugleich mit der Montage der Geschütze waren auch die ersten Bunker gebaut worden. Nur die gemauerte Stirnwand und ein bißchen Wellblech ragten aus dem Hang hervor.

Am 26. August kamen wieder Lkws mit Soldaten und Gerät. An diesem Tag kam auch der Batteriechef, Kapitänleutnant Bickelhaupt. Zwei Tage später traf Batterieoffizier Elingius, der später (1940) Batteriechef wurde, in Dangast ein. Das Munitionshaus am Meedenweg war ebenfalls in den letzten Monaten fertiggestellt worden. Wir dachten zunächst, es handele sich um ein Wohnhaus, so perfekt war es getarnt worden. Ein Garten wurde angelegt mit Wegen und Blumenrabatten. Das “Munihaus” war mit Munition vollgestopft worden.

Bald waren achtzig Soldaten auf dem Batteriegelände untergebracht. Das gleichzeitig errichtete Wirtschaftsgebäude -Kombüse, Schreibstube, Schneiderei und Schusterei- wurde eingerichtet, damit die Soldaten verpflegt und versorgt werden konnten. Die Bauarbeiten gingen auf dem Batteriegelände zügig voran. Die Bunker wurden schöner, laubenartige Vordächer entstanden vor den Bunkern, und auch in den Bunkern selbst wurde eine gemütliche Atmosphäre geschaffen, soweit überhaupt von "gemütlich" gesprochen werden konnte. Das Batteriegelände wurde mit Schilf, Gras und anderem Material getarnt. Nach einer Woche, am 30. August 1939, war die Batterie gefechtsklar.

Bei uns zu Hause wurde in dieser Zeit viel über das politische Geschehen gesprochen. Alle Menschen verfolgten die dramatische Entwicklung.

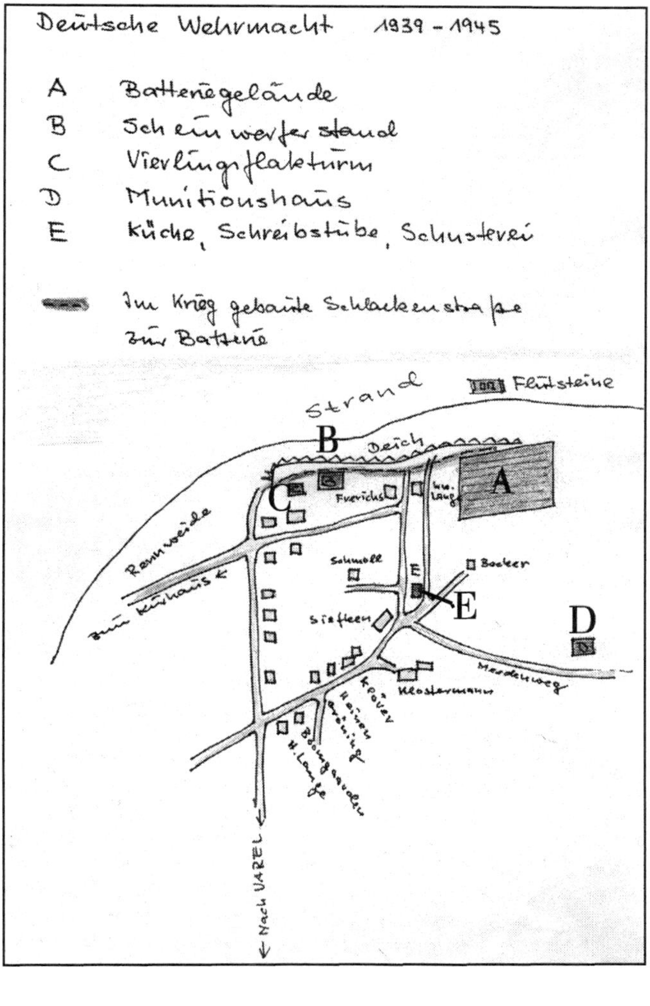

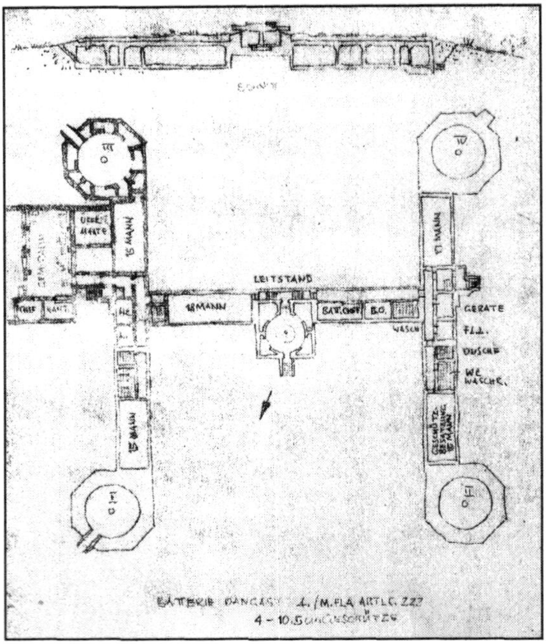


Dann kam am 1. September im Radio die Meldung vom Ausbruch des Krieges gegen Polen. Vater war in den frühen Morgenstunden dieses Tages aus dem Schlaf geholt und für einige Wochen zum Fliegerhorst Upjever dienstverpflichtet worden. Es mußten Unterstände und “Attrappen” gebaut werden.

Wir hatten einige Jahre zuvor ein Radio gekauft, aber keinen Volksempfänger, den wollte Vater nicht. So waren wir in der Lage, den Kriegsausbruch unmittelbar am Lautsprecher zu erleben. Die Nazis kontrollierten die öffentlichen Medien, die Kunst, die Jugendbewegung und die Architektur. Der Reichsminister für Volksaufklärung und Propaganda errichtet eine Reichsschrifttumkammer, eine Reichspressekammer, eine Reichsrundfunkkammer, eine Reichstheaterkammer, eine Reichsmusikkammer und eine Reichskammer der bildenden Künste.

Hitler an seine Soldaten: “Der polnische Staat hat die von mir erstrebte friedliche Regelung nachbarlicher Beziehungen verweigert; er hat statt dessen an die Waffen appelliert. Die Deutschen in Polen werden mit blutigem Terror verfolgt, von Haus und Hof getrieben. Eine Reihe von für eine Großmacht unerträglichen Grenzverletzungen beweist, daß die Polen nicht mehr gewillt sind, die deutsche Reichsgrenze zu achten. Um diesem wahnwitzigen Treiben ein Ende zu bereiten, bleibt mir kein anderes Mittel, als von jetzt ab Gewalt gegen Gewalt zu setzen.

Die deutsche Wehrmacht wird den Kampf um die Ehre und die Lebensrechte des wiederauferstandenen deutschen Volkes mit harter Entschlossenheit führen. Ich erwarte, daß jeder Soldat eingedenk der großen Tradition des ewigen deutschen Soldatentums seine Pflicht bis zum Letzten erfüllen wird. Bleibt Euch stets und in allen Lagen bewußt, daß ihr die Repräsentanten des nationalsozialistischen Groß-Deutschlands seid! Es lebe unser Volk und unser Reich!
Berlin, den 1. September 1939 Adolf Hitler"

Am 3. September wurde von England und Frankreich Deutschland der Krieg erklärt. Gleich am 4. September, ein sonniger Tag, kam das erste englische Flugzeug über Wilhelmshaven. Zum ersten Mal hörten wir Flakfeuer. Es war Ernst geworden. Kaum war die feindliche Maschine am Himmel aufgetaucht, da wurde sie auch schon von den Flakgeschossen getroffen. Sie stürzte in Wilhelmshaven ab, und zwar in den Hafen vor der "Emden".

Im Dorf mußte sich die Bevölkerung auf Krieg einrichten. Gleich nach Kriegsbeginn, und zwar am 6. September trat die Anordnung zur Zwangsbewirtschaftung aller Verbrauchsgüter in Kraft. Es wurden Ernährungs- und Wirtschaftsämter geschaffen. Der freie Warenverkehr hörte schlagartig auf. An seine Stelle trat die Verteilung der dem Kaufmann überlassenen Waren gegen Karten und Bezugsscheine. Lebensmittel, alkoholische Getränke, Zigaretten und Tabak, Kleidung, Schuhe und sonstige Dinge gab es nur noch auf Zuteilung. Die Lebensmittelkarten wurden bereits am 28. August von den Bezirksvorstehern an die Bevölkerung verteilt, Reichsbrotkarte,

Reichsfettkarte, Reichsfleischkarte, Reichszuckerkarte, Reichseierkarte, Reichstabakkarte, Reichsseifenkarte und andere. Für jeden Bürger wurden die monatlichen Rationen an Brot, Butter, Zucker, Milch, Käse usw. festgesetzt. Die Lebensmittelkarten trugen auf kleinen Abschnitten einen entsprechenden Aufdruck.

Die kleinen Abschnitte mußten von den Kaufleuten von der Stammkarte abgeschnitten, gesammelt und auf Bögen auf-

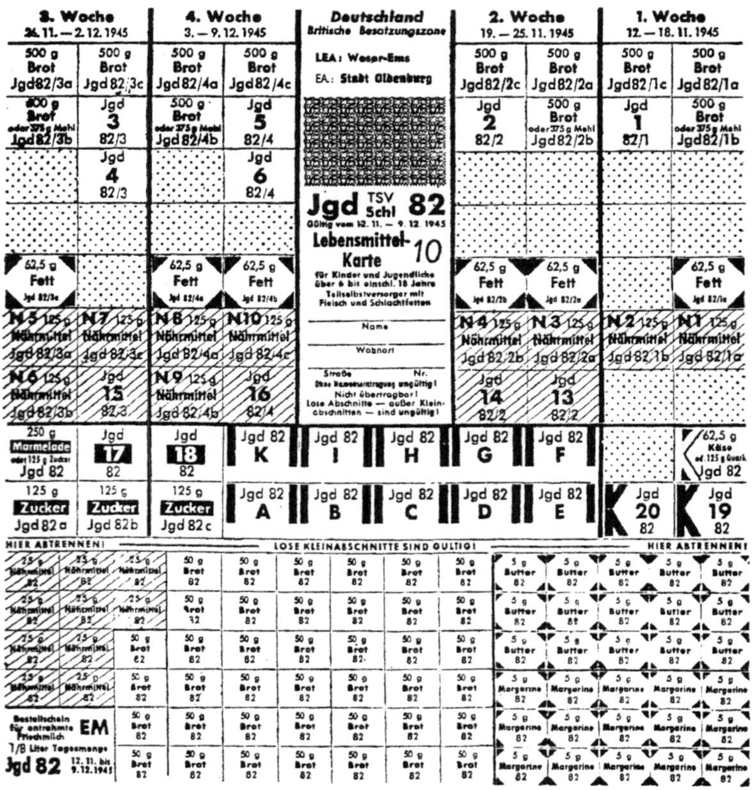


*Lebensmittelkarte für Kinder und Jugendliche im Bereich des Landesernährungsamtes Weser-Ems, Ernährungsamt Oldenburg, 12. November bis 9. Dezember 1945.*

geklebt werden. Die Kaufleute reichten diese Marken bei der Gemeindeverwaltung ein und bekamen für die abgerechneten Mengen Lebensmittel einen Bezugsschein. Damit konnten sie wieder im Großhandel einkaufen. Die Lebensmittelkarten waren unterschiedlich für Säuglinge, Kleinkinder, Kinder, Jugendliche und Erwachsene. Kleidung und Schuhe gab es auf Bezugsschein. Auch für ein Fahrrad mußte ein Bezugsschein bei der Gemeindeverwaltung beantragt werden. Von der Behörde wurde die Dringlichkeit geprüft, und wenn man Glück hatte, bekam der Antragsteller einen Bezugsschein. Fahrradbereifung gab es ebenfalls nur auf Bezugsschein. Öfen, Herde, Töpfe und Pfannen, Geschirr alles war nur auf Bezugsschein zu haben.

Je länger der Krieg dauerte, um so mehr wurden die Rationen gesenkt. In der Stadt, besonders in den Großstädten,

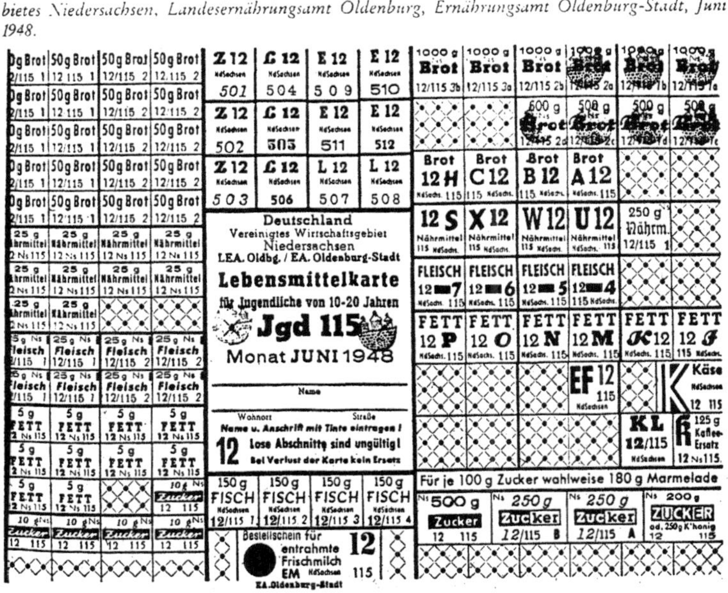


*Lebensmittelkarte für Jugendliche von 10 bis 20 Jahren des Vereinigten Wirtschaftsgebietes Niedersachsen, Landesernährungsamt Oldenburg, Ernährungsamt Oldenburg-Stadt, Juni 1948.*

begannen die Menschen zu hungern. Die Landbevölkerung, dazu gehörten wir ja auch, war besser dran. Sie waren "Selbstversorger" oder "Teilselbstversorger". Landwirte und landwirtschaftliche Nebenerwerbsbetriebe, die zum Beispiel Lebensmittel erzeugten wie Getreide, Kartoffeln, Schweine, Vieh, Geflügel und vieles mehr.

Wir hatten zu Hause zwei Schweine, eine Ziege, mindestens zehn bis zwanzig Hühner, einige Enten, auch schon mal eine Gans. Kaninchen wurden nicht einbezogen. Die Selbstversorger bekamen die eigenen Sachen angerechnet und entsprechend danach auch Lebensmittelkarten. Wenn wir unsere beiden Schweine schlachten wollten, wurden diese zunächst von einer amtlich bestellten Person, meistens dem Bezirksvorsteher – in Dangast war das Willi Gröning – gewogen. Dann durfte mit Genehmigung der Gemeindeverwaltung geschlachtet werden. Das Gewicht wurde der Gemeindeverwaltung gemeldet, damit die entsprechenden Karten für Selbstversorger ausgestellt werden konnten. Waren die Schweine schwerer als der Familie an Ration zustand, mußte Fleisch abgegeben werden. Da der Bezirksvorsteher darauf aufpaßte, daß die Schweine nicht mehr wogen, als der Familie zustand, kam eine Fleischabgabe auch so gut wie nie vor. Im Volksmund sagte man: "Das Schwein kennt den Weg zur Waage". Es soll Dörfer gegeben haben, wo immer dasselbe Schwein, ein kleines, gewogen wurde. Bei den Bauern ging in mancher Nacht das Licht nicht aus, wenn ein Schwein oder auch ein Rind ohne Erlaubnis sein Leben beschließen mußte. Auch ein Soldat der Batterie, der von Beruf Schlachter war, hat in Dangast kräftig Tag und Nacht geschlachtet. Ich habe mich als Kind gewundert, wenn bei uns nachts der Schlachter kam und Vater sagte: "Das Schwein hat ein Bein gebrochen, wir müssen notschlachten". Durch die "Schwarzschlachtungen" und durch die Erzeugung von Milch, Roggen, Weizen, Hafer, Gerste und Kartoffeln hatten die Bauern immer genügend Sachen zum

Tauschen. Der Schwarzhandel blühte. Den Bauern ging es gut, denn für ihre Erzeugnisse konnten sie alles tauschen, ob Kleidung, Geschirr, Herde, Öfen, Fahrräder usw. Wer nicht rauchte, tauschte seine Tabakkarten oder verkaufte sie zum Höchstpreis.

Da auch der Schnaps rationiert war, wurde vereinzelt auch Schnaps gebrannt. Aus Korn, Rüben und Kartoffeln wurde das begehrte edle Zeug hergestellt. Mit Saft oder verschiedenen Essenzen gemischt, schmeckte es ganz gut. Das Schnapsbrennen war natürlich auch verboten, aber gemacht wurde es doch. Es gab wahre Künstler unter den Hobbybrennern.

"Verdunkelung" wurde überall angeordnet. Kein Lichtschein durfte während der Dunkelheit nach draußen dringen.

Reichsluftschutzbund Untergruppe Süd

Varel, den 21. Nov. 1941

An die Blockwarte der Untergruppe Süd

Auf Grund des beiligenden Rundschreibens des Bürgermeisters der Stadt Varel, bitte ich die Blockwarte, die Luftschutzwarte anzuweisen, daß nochmals alle Volksgenossen innerhalb der L.-Gemeinschaft auf die Folgen, die durch schlechtes Verdunkeln entstehen, aufmerksam zu machen. – Jeder Verdunkelungssünder erhält außer einer Geldstrafe, einen Rügezettel an seinem Hause von der Polizei angebracht. – Ein Verstoß gegen die Verdunkelungsvorschriften ist in Zukunft u n v e r z ü g l i c h dem Gemeindegruppenführer des RLB. anzuzeigen. Dieses ist auch den für den jeweiligen Bezirk zuständigen Kontrollgängern mitzuteilen. Die Luftschutzwarte haben sich ebenfalls persönlich von der restlosen Verdunkelung innerhalb ihrer L.-Gemeinschaft zu überzeugen. Die Lichtstreifen an den Seiten der Fenster müssen verschwinden.

Heil Hitler

Untergruppenführer

Auch in der Schule wurden wir ganz auf Krieg eingestimmt. Es wurden uns Propagandafilme gezeigt, und an der Schulwand hing eine große Landkarte, an der der Frontverlauf täglich abgesteckt wurde. Auch an den Dienstnachmittagen des "Jungvolks" wurde über den Kriegsschauplatz gesprochen. Wir mußten marschieren und Kampflieder singen. Im Radio hörten wir laufend "Sondermeldungen".

Die Soldaten hatten neben ihrer Arbeit auf dem Batteriegelände schnell erkannt, daß sich die Salzwiesen am Strand vorzüglich als Sportplatz eigneten. Also stellten sie schnell zwei Fußballtore auf, und es konnte losgehen. Am Deich (jetzt Quellbad) entstand ein Scheinwerferstand (200 cm Ø, Reichweite bis 12 000 m) und in unmittelbarer Nähe davon ein Turm für Vierlingsflak. Seit August lag bei der kleinen Insel Arngast in der Jade der Flakkreuzer "Medusa". Der Leuchtturm wurde bereis 1938 auf den Krieg vorbereitet, und zwar erhielt er einen Anbau – Wohnbaracke – (Bauwerksfertig am 31.7.1938) und oben auf dem Turm wurde eine Plattform für die Aufnahme eines Scheinwerfers angebracht. Mein Bruder Helmuth hat als Zimmererlehrling der Firma Brunken, Varel, beim Bau des Anbaues gearbeitet. Die Wohnbaracke diente der Scheinwerferbesatzung als Unterkunft. Bernhard Lange und ich hatten guten Kontakt zu den Soldaten. Wir durften in Begleitung auf das Batteriegelände und auch bei ihren sportlichen Veranstaltungen mitmachen.

Am 17. November um 12.53 Uhr gab es Alarm auf der Batterie; die kleine Handsirene heulte. Zum ersten Mal bekam die Batterie Feuererlaubnis, und vier Salven verließen die Geschützrohre. Dann drehten die feindlichen Maschinen wieder ab.

Der erste Kriegswinter stand bevor. Nicht nur die Bevölkerung richtete sich auf die erste "Kriegsweihnacht" ein, auch auf dem Batteriegelände wurden die Bunker weihnachtlich geschmückt, und am 24. Dezember versammelten sich die Soldaten in der alten Bauarbeiterbaracke zu einer schlichten Feier. Anschließend feierten die Soldaten in den inzwischen fertiggestellten zwei Betonbunkern, die noch sehr feucht waren , aber trotzdem durch Kerzenschein und Tannenbaum eine feierliche Stimmung vermittelten. Zum Jahresende war es kalt geworden und Schnee gefallen. Ich erinnere mich noch daran, daß wir zu Hause Silvester gefeiert hatten, natürlich mit Glühwein und Schmalzkuchen – von Mutter selbst im Schmalztopf gebacken. Um Mitternacht sind wir zur "Kombüse" gegangen. Dort bekamen wir (Olga, Gero, Marianne und ich ) jeder ein Glas Grog aus dem großen Kessel. Das Jahr 1940 begann mit minus 20 Grad. Diese Temperaturen bestimmten auch den ganzen Winter. Für uns Kinder ideal, denn wir konnten lange Schlittschuh laufen. Im Jadebusen türmten sich die Eisschollen, alle Teiche und Gräben hatten eine dicke Eisschicht. Doch als im Frühling die Sonne wieder Oberhand gewann, waren alle froh. Auf der Batterie wurde ständig gebaut. Beckers und Edo Blanke, deren Grundstücke an das Batteriegelände angrenzten, mußten einen Geländestreifen für die Erweiterung der Batterie abgeben.

In ihrer Freizeit entwickelten sich einige Soldaten zu wahren Hobbygärtnern. Es entstand auf dem Batteriegelände ein kleiner Gemüsegarten, auch Blumenbeete fehlten nicht. Kaninchenställe wurden gebaut, auch ein Schweinestall war vorhanden. Schafe sorgten dafür, daß das Gras kurz blieb. Neben dem Dienst und den Bauarbeiten organisierten die Soldaten im Sommer 1940 ein großes Sportfest am Strand. Die Dangaster Bevölkerung nahm daran als Zuschauer großen Anteil. Übrigens war der Kontakt zwischen der einheimischen Bevölkerung und den Soldaten sehr harmonisch. Auch manche Freundschaften, besonders mit den jungen Mädchen, sollen sich angebahnt haben. Viele ehemalige Soldaten besuchen noch heute Dangast regelmäßig.

Ende Juli waren alle neuen Bunker fertig und wurden bezogen. Da der Bautrupp das Batteriegelände im September verließ, mußten alle weiteren Bauarbeiten von den Soldaten mit erledigt werden. Nur gut, daß der Batteriechef Fachmann (Diplomingenieur) war.

Alarm gab es meistens nachts, denn bei Mondlicht und sternenklarem Himmel flog der “Tommy” besonders gerne ein. Die Kanonen dröhnten, sie holten uns nachts als unmittelbare Nachbarn aus dem Schlaf, und am Himmel entwickelte sich ein wahrer Feuerzauber. In der Nacht vom 28. Oktober warfen die Engländer nicht weniger als fünfundzwanzig Leuchtbomben ab: Es war fast taghell. Manchmal sahen wir ein Flugzeug im Schnittpunkt der Scheinwerfer und auch schon einmal den Abschuß eines feindlichen Bombers.

Im Wirtschaftsgebäude – in der Kombüse – wurden Helfer gebraucht und dafür Dangaster Frauen für Küchenarbeiten eingestellt. In der Schreibstube saß mein Freund, der “dicke Sandmann”. Meistens saß auch noch der Spieß auf dem Schreibzimmer.

Weil die Sanitätsstube bei Langes untergebracht war, erhielt Frau Lange die meiste Post im Dorf, denn die Soldaten hatten als Absender den Vermerk “bei Frau Helene Lange in Dangast” angegeben.

Der “Sani” hat auch uns Jungen und Mädchen oft verpflastert und verbunden. Ich wurde vom Sanitäter versorgt, als ich mir beim Sturz aus einer Tanne im Sternwald eine Verletzung zugezogen hatte. An den “Einsatz des Höllensteins”, es hatte sich wildes Fleisch in der Wunde gebildet, denke ich noch heute. Marga wurde eines Nachmittags, als ich bei Bernhard Lange war, von Franz Radziwill zum “Revier” getragen. Sie war am Strand in einen Glasscherben getreten und hatte sich unter dem Fuß eine tiefe Schnittwunde zugezogen. Der “Sani” verband auch diese Wunde.

Olga hatte Mandelentzündung. Wir riefen den Sanitäter, und Herr Pallas kam. Er erschien immer noch, als Olga schon längst wieder genesen war. Was hatte das wohl zu bedeuten?

Im Winter 1940 kamen eines Abends, Vater war schon von der Arbeit zu Hause, zwei Soldaten in unser Haus. Sie sprachen mit Vater und teilten ihm mit, daß sie auf unserem Grundstück einen mobilen Scheinwerfer aufstellen müßten. Sie seien sechs Soldaten und müßten in unserem Haus untergebracht werden, natürlich nur für kurze Zeit. Vater willigte sofort ein, er war lange genug selbst Soldat gewesen, und so wurde abends unsere Stube ausgeräumt und ein Strohlager bereitet, damit alle schlafen konnten. Gegessen wurde bei uns am Tisch; auch wenn es sehr eng war, lief alles gut ab. Der Scheinwerfer stand auf dem Acker und das Aggregat vor unserer Haustür. Wenn nachts Einsatz war, machte das Aggregat einen Höllenlärm. Die Soldaten blieben etwa vierzehn Tage und zogen dann zu Hohns an der Hauptstraße um. Zum Frühjahr wurde der Scheinwerfer wieder ganz abgebaut.

Wenn Angriffe auf Wilhelmshaven geflogen wurden, kam das Flakfeuer von allen um den Jadebusen angelegten Batterien. Die nächsten Batterien neben Dangast waren nach Westen Blauhand und nach Süden Varelerhafen, Schweiburg und Seefeld. Draußen konnten wir uns bei Flakfeuer nicht aufhalten, denn die Splitter der detonierenden Granaten flogen durch die Luft zur Erde. Oft haben diese Splitter Menschen verletzt und Dachziegel zerschlagen. Aber nicht nur Splitter kamen wieder zur Erde, häufig schlugen auch "Blindgänger" ein – Granaten, die in der Luft nicht explodiert waren. Am Tage nach einem Angriff sammelten wir Schulkinder Splitter und gaben diese ab, denn Eisen wurde immer benötigt. Hier soll auch bemerkt werden, daß die Hauseigentümer aufgefordert wurden, die eisernen Hauseinfriedungen und Eisentore abzugeben für den Bau von Kriegsgerät. Bernhard Lange und ich nahmen uns nach einem Flakfeuer den Schlickschlitten und sammelten im Watt Splitter. Sie waren leicht zu finden, denn sie hatten im Schlick ein Einschlagloch hinterlassen. Am 24./25. September 1940 warfen die feindlichen Flugzeuge sogenannte "Brandplättchen" ab. Diese bestanden aus Zelluloid, 3 x 10 cm, mit einem kreisförmigen Phosphorstück, 2 cm Durchmesser. Wenn die Sonne das Phosphorplättchen traf, entzündete es sich und setzte die Ernte in Brand. Daher waren Schulkinder und Soldaten nach dem Angriff unterwegs, um die Plättchen schnell einzusammeln. Es kam auch vor, daß Flugblätter abgeworfen wurden, auch die mußten sofort eingesammelt und abgegeben werden.

Die Angriffe auf Wilhelmshaven nahmen im Sommer 1940 zu. Von Juli bis Oktober wurde fast jede Nacht geschossen. Wir hatten uns daran gewöhnt und das Dröhnen der Geschütze manchmal nachts nicht mehr gehört. Vater meinte, wir müßten uns im Freien einen Unterstand bauen. Also hoben wir zunächst einen Zick-Zack-Graben aus und später einen breiteren Graben von 1,50 x 4 m, den wir mit Balken und Erde abdeckten. In Zukunft ging es bei schweren Angriffen in den Unterstand. Die wichtigsten Papiere wurden mitgenommen.

Am 9. Oktober 1940 hatte die Batterie in

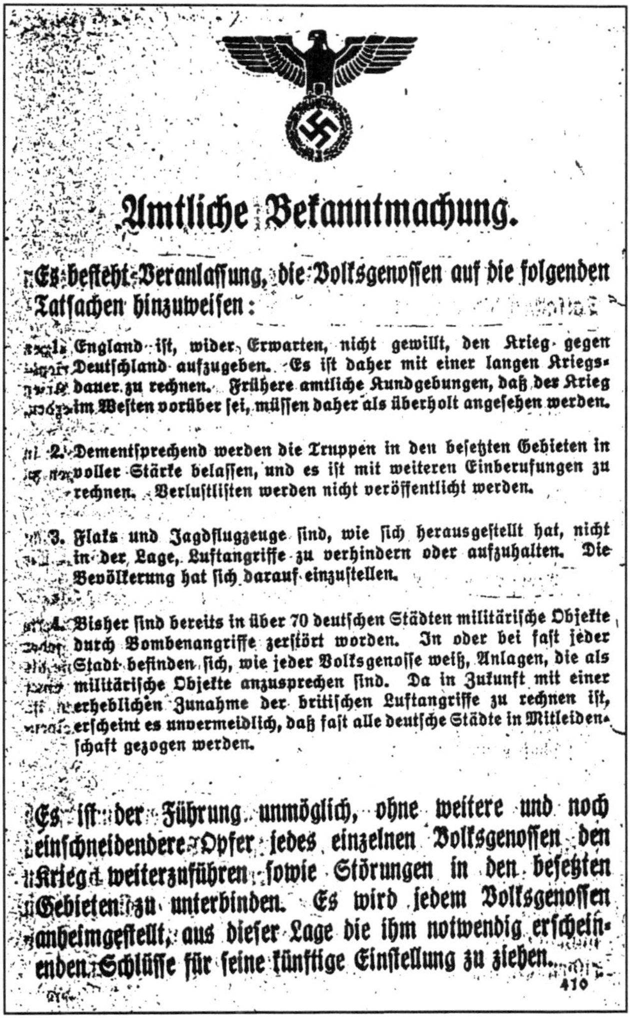

Amtliche Bekanntmachung.

Es besteht Veranlassung, die Volksgenossen auf die folgenden Tatsachen hinzuweisen:

1. England ist, wider Erwarten, nicht gewillt, den Krieg gegen Deutschland aufzugeben. Es ist daher mit einer langen Kriegsdauer zu rechnen. Frühere amtliche Kundgebungen, daß der Krieg im Westen vorüber sei, müssen daher als überholt angesehen werden.

2. Dementsprechend werden die Truppen in den besetzten Gebieten in voller Stärke belassen, und es ist mit weiteren Einberufungen zu rechnen. Verlustlisten werden nicht veröffentlicht werden.

3. Flaks und Jagdflugzeuge sind, wie sich herausgestellt hat, nicht in der Lage, Luftangriffe zu verhindern oder aufzuhalten. Die Bevölkerung hat sich darauf einzustellen.

4. Bisher sind bereits in über 70 deutschen Städten militärische Objekte durch Bombenangriffe zerstört worden. In oder bei fast jeder Stadt befinden sich, wie jeder Volksgenosse weiß, Anlagen, die als militärische Objekte anzusprechen sind. Da in Zukunft mit einer erheblichen Zunahme der britischen Luftangriffe zu rechnen ist, erscheint es unvermeidlich, daß fast alle deutsche Städte in Mitleidenschaft gezogen werden.

Es ist der Führung unmöglich, ohne weitere und noch einschneidendere Opfer jedes einzelnen Volksgenossen den Krieg weiterzuführen, sowie Störungen in den besetzten Gebieten zu unterbinden. Es wird jedem Volksgenossen anheimgestellt, aus dieser Lage die ihm notwendig erscheinenden Schlüsse für seine künftige Einstellung zu ziehen.

410

Dangast hohen Besuch. Der Küstenbefehlshaber Konteradmiral Bachmann besichtigte die Batterie. Natürlich versuchten wir Jungen so ein "hohes Tier" zu Gesicht zu bekommen.

Wenn die Engländer am Tage Angriffe gegen Wilhelmshaven flogen, konnten wir bei klarem Wetter die Flugzeuge beobachten. Hunderte von Maschinen kamen von Süden in Wellen angeflogen. Bei sonnigem Wetter konnten wir erkennen, wie die Bomben ausgeklinkt wurden und zur Erde fielen. In Wilhelmshaven sahen wir die Explosionen und die aufsteigenden großen Rauchwolken. So manche Bombe landete auch im Jadebusen.

Vater war im Kriege bei der Baufirma Karl Richter in Wilhelmshaven beschäftigt. An Neubauten war kaum noch zu denken, die Firma war fast ausschließlich mit der Beseitigung der Bombenschäden beschäftigt. Die Zerstörungen waren schlimm. Verschiedentlich nahm Vater mich mit nach Wilhelmshaven, so habe ich die Auswirkungen der Bombenangriffe mit eigenen Augen gesehen. Wenn es Alarm gab, gingen wir in den "Hochbunker". Das habe ich einige Male mitgemacht. Wilhelmshaven hatte verhältnismäßig viele Luftschutzbunker, darunter dreißig Großraumbunker, die jeweils tausendfünfhundert Menschen aufnehmen konnten. Die Großbunker waren über der Erde gebaut, oben spitz zulaufend, so daß Bomben, die den Bunker trafen, abgleiten konnten. Diese Bunker waren relativ sicher; ein Exemplar eines solchen Betongiganten steht heute noch am Bahnhof in Sande – der schiefe Turm von Sande.

Um den feindlichen Flugzeugen bei Angriffen die Sicht zu nehmen, wurde künstlich Nebel erzeugt. Im Jadebusen und in der Jademündung lagen kleinere Schiffe vor Anker. Die Schiffe (Nebelprahm) waren mit Fässern bestückt, deren Flüssigkeit bei Verbindung mit der Luft zu Nebel wurden. Wenn nun ein Angriff bevorstand, öffneten die Schiffsbesatzungen die Ventile an den Fässern, um Wilhelmshaven einzunebeln.

Eines Morgens, es hatte nachts schwerer Orkan geherrscht, trauten wir Jungen unseren Augen nicht: Oben am Deich im Groden lag ein großes Schiff. Wir liefen hin und stellten fest, daß es sich um einen Nebelprahm handelte. Das Schiff hatte sich nachts im Sturm losgerissen und war an den Deich getrieben worden. Mit der Besatzung, die noch an Bord war, bekamen wir schnell Kontakt. Manche Stunde haben wir unter Deck verbracht.

Im Groden, in der Nähe der alten Batterie am Deich, war ein sogenannter Scheinflugplatz installiert worden. In gebäudeförmig angelegten Betonrinnen wurde nachts Magnesium angezündet, um die feindlichen Verbände zu irritieren. Über Wilhelmshaven ließ man Fesselballone aufsteigen, um die feindlichen Maschinen am Tieffliegen zu hindern.

In Dangast wurde im zweiten Kriegsjahr 1940 eifrig am weiteren Ausbau der Batterie gearbeitet. Im Dezember war der Gemeinschaftsraum soweit hergerichtet, daß er für die Weihnachtsfeier genutzt werden konnte. Er hatte noch Holzfußboden, aber schon Dampfheizung.

Im Januar war es wie im Vorjahr bitterkalt. Die feindlichen Flugzeuge kamen fast jeden Tag. Am 8. Januar 1941 flogen immer neue Wellen Wilhelmshaven an. Die Batterie schoß pausenlos, nur minutenlang wurde zuweilen ein Rohr, das zu heiß geworden war, in den kalten Wind gedreht. Trotz 16 Grad Kälte hatten die Soldaten Rock und Troyer abgelegt, schwitzten aber trotzdem noch. Es mußten laufend neue Granaten herbeigeschafft und geschärft werden. Zwischendurch erhielten die Soldaten von der Kombüse heiße Fleischbrühe. Auch an den folgenden Tagen war ständig Alarm und wurde aus allen Rohren geschossen. Für uns Dangaster gehörte der Kanonendonner allmählich zum normalen Tagesablauf. In der Nacht von 15. zum 16. Januar wurde der erste schwere Angriff auf Wilhelmshaven geflogen. Die Soldaten auf der Batterie waren wieder ständig an den Geschützen. Alle vier Sekunden verließ eine Salve die Rohre. Auf Wilhelmshaven fielen zuerst Brandbomben, dann folgten Reihenabwürfe von Sprengbomben. Am Horizont hoben sich Brände ab. Es war ein schauriges Bild, am Himmel die Leuchtspurschnüre und die Blitze vom Bersten der Granaten, die vielen Scheinwerferkegel und am Boden die grellen Mündungsfeuer. Es war eine schlimme Nacht, Vater fuhr am nächsten Tag wie gewohnt zur Arbeit nach Wilhelmshaven und berichtete uns abends von den schlimmen Zerstörungen in der Stadt.

Nach einigen Tagen war wieder Ruhe eingekehrt. Die Soldaten auf der Batterie zählten zweitausend leere Hülsen. Das Thermometer sank weiter ab, hinzu kam starker Schneefall. In und um Dangast herum war Schneeschippen angesagt. Am 30. Januar gab es wieder Alarm. Die Engländer warfen über hundert Brand- und Sprengbomben in die Nähe der Dangaster Mühle. Das Tauwetter verwandelte die Wege in eine Schlammlandschaft. Die Soldaten konnten nur in Gummistiefeln die Verpflegung von der Kombüse holen. Natürlich war auch für uns Zivilisten der Weg zur Schule oder zum Einkaufen nur in Gummistiefeln möglich, die gehörten im Winter zur Ausrüstung. Mit dem Fahrrad waren die Wege nicht zu befahren, das Rad mußte bis zur Straße geschoben werden. Da im Krieg alle wehrtauglichen Männer zum Kriegsdienst einberufen worden waren, wurden für die notwendigen Verrichtungen Fremdarbeiter nach Deutschland geholt. Auch in Dangast waren bei den Bauern und Fischern überwiegend polnische Arbeitskräfte beiderlei Geschlechts beschäftigt. Die jungen Mädchen und Burschen mußten schwere Arbeiten verrichten, bekamen dafür aber nur wenig Geld. Im allgemeinen kann man sagen, daß es den fremden Arbeitskräften in Dangast bei den Bauern und Fischern gut ging. Dennoch gab es leider auch Fälle, wo die Ausländer schikaniert und geschlagen wurden. Am Sumpfweg in Langendamm war ein großes Barackenlager, wo die Fremdarbeiter wohnten, die in den Fabriken und größeren Betrieben arbeiteten. Auch in Varel bestanden mehrere Barackenlager für Fremdarbeiter.

Im Frühjahr 1941 bekamen alle vier Geschütze auf dem Batteriegelände Panzerkuppeln. Damit hatte sich die Sicherheit für die Geschützbesatzungen wesentlich verbessert. Auf dem Batteriegelände wurde wieder fleißig gearbeitet. Das Gelände wurde planiert, Wege angelegt und Bäume gepflanzt. Der Gemeinschaftsraum wurde laufend verschönert und wohnlicher gestaltet. Am 15. März erhielt der Batteriechef, Leutnant Elingius, aus der Hand des Abteilungskommandeurs das Eiserne Kreuz II. Klasse. Damit bekam die gesamte Batterie eine Anerkennung für die bisherigen Abwehrerfolge.

Am 9. Mai gab es nachts Alarm. Die Scheinwerfer erfaßten eine feindliche Maschine, mehrere Salven wurden abgefeuert, bis eine schließlich das Ziel traf. Zwei Mann sprangen mit dem Fallschirm ab, bevor die Maschine herunterstürzte. Im ersten Vierteljahr war sehr viel geschossen worden, des-

halb wurden die Geschützrohre am 20. Mai 1941 ausgewechselt. Die Batterie hatte fast zwanzigtausend Schuß Munition verschossen. Nach dem Einsatz des "Würzburggerätes", das auf einem hohen Betonbunker installiert wurde, konnte festgestellt werden, daß die Salven besser plaziert wurden. Es war Sonntag, der 22. Juni 1941, Olga und ich schliefen noch, als Vater in unser Schlafzimmer eintrat und uns weckte. Er sagte zu uns: "Kinder, wir haben den Krieg verloren, Hitler ist in Rußland einmarschiert." Vater war seine Erregung deutlich anzumerken. Er wußte, was jetzt für Unheil auf Deutschland und seine Menschen zukommen würde. Millionen Soldaten würden sterben müssen. Wir Kinder waren ebenfalls erschüttert. Nach dem kalten Winter folgte ein heißer Sommer. Die Soldaten hatten inzwischen einige Paddelboote und ein Schlauchboot. Ein Badesteg von 70 m Länge war von den Soldaten gebaut worden. Dieser Badesteg war auch uns willkommen. Bernhard Lange und ich konnten jetzt mit dem kleinen Paddelboot dort anlegen.

Am 27. Juli fand ein großes Sportfest statt. Die Soldaten hatten ihre Frauen und Kinder und auch die Dangaster Bevölkerung dazu eingeladen. Während die Soldaten am Strand ihre sportlichen Wettkämpfe absolvierten, fand vor dem Batteriegelände ein Kinderfest statt. An hübsch gedeckten Tischen gab es Kuchen und Kakao. An dieses schöne Fest kann ich mich gut erinnern. Sommer und Herbst gingen ohne große Ereignisse dahin, und zum Winter begannen die Soldaten in den Unterkünften mit dem Basteln der Weihnachtsgeschenke für die Frauen und Kinder daheim. An den Dienstnachmittagen von BDM und Jungvolk wurde fleißig für den Weihnachtsbasar des Winterhilfswerkes gebastelt. Im Gemeinschaftsraum der Batterie wurden viele Vorträge gehalten und Weiterbildungskurse angeboten.

Am 10. November tauchte plötzlich aus dem Nebelschleier zwischen "Medusa" und der Batterie ein zweimotoriger Bomber auf und jagte nur 4 bis 5 Meter über dem Wasser dahin. Schnell war der Spuk wieder vorbei, denn die Maschine flog so niedrig, daß nicht geschossen werden konnte.

Inzwischen wurde die dritte Kriegsweihnacht gefeiert. Auch bei uns wurde das Weihnachtsfest immer bescheidener, wir freuten uns schon darüber, daß wir warm sitzen konnten und satt zu essen hatten. Der Weihnachtsbaum fehlte aber nicht, Kerzen gab es auf Zuteilungsschein. Die Soldaten feierten im festlich geschmückten Gemeinschaftsraum. Sie hatten sogar ein Klavier für 120,– RM kaufen können, so daß die Feier musikalisch umrahmt werden konnte. Am 2. Weihnachtsfeiertag waren die Dangaster Kinder, siebzig an der Zahl, von den Soldaten in den weihnachtlich geschmückten Saal des Kurhauses eingeladen worden. Bei Kakao und Kuchen und dem Vorführen von zwei Märchenfilmen verbrachten Kinder und Soldaten einen schönen Nachmittag. Zum Abschluß bekam jedes Kind eine große Tüte mit Süßigkeiten und Gebäck. Eine nette Geste, die das gute Verhältnis zwischen Soldaten und Einwohnern dokumentiert.

Ende des Jahres wurde auf der Batterie noch einmal aus allen Rohren geschossen. Zum Jahreswechsel braute die Kombüse einen kräftigen Punsch. Gero und ich gingen nachts bei der Kombüse vorbei, um Hein Holwedel mit seinen Leuten ein frohes neues Jahr zu wünschen. Wir bekamen einen Punsch und sind dann zum Scheinwerfer weitergegangen, wo Hein Fischer Dienst tat.

Am 8. Januar 1942 besuchte der Kommandeur der Nordseestation, Admiral Densch, die Dangaster Batterie. Wieder einmal ein hoher Besuch in unserem kleinen Dorf.

In der Nacht zum 11. Januar gab es wieder Alarm. Es wurde stark geschossen und eine Maschine getroffen. Fünf Mann sprangen nacheinander mit dem Fallschirm ab, bevor die Maschine abstürzte. Auch der Winter 1942 war sehr kalt. Im März stürmte und schneite es noch einmal kräftig. In einem 48-Stunden-Schipp-Einsatz wurden die Straßen freigeschaufelt, so daß Proviantwagen und der Dangaster Milchwagen wieder durchkonnten.

Am 15. März, dem Heldengedenktag, stellte die Batterie in Varel den Ehrenzug. Es sei die Frage erlaubt: "Was sind Helden?" Für mich eine unbeantwortete Frage.

In Dangast trafen seit Kriegsbeginn Mitteilungen der Wehrmachtsdienststellen über "Gefallene" ein. Mein Bruder Helmuth war 1940 zu den Pionieren nach Oldenburg einberufen und nach der Ausbildung nach Brest an die Atlantikküste in Frankreich versetzt worden. Er war in Paris gewesen und hatte uns eine Karte vom Eiffelturm geschickt. Im Herbst 1941 war er in Dangast in Urlaub. Doch er mußte nach vierzehn Tagen wieder zurück zu seiner Einheit. Es fiel ihm sichtlich schwer, wieder von zu Hause fortzugehen. Im Weggehen sagte er zu Mutter: "Ich komme nicht wieder." Uns allen kamen die Tränen. Ein schwerer Abschied. Und so kam es dann auch. Über Weihnachten war seine Einheit nach Rußland verlegt worden, Mittelabschnitt, Waldaihöhen. Kaum dort angekommen, kamen die Soldaten sogleich zum Einsatz, obwohl sie nicht für den Winterkampf ausgerüstet waren. Wir haben später von einem Überlebenden dieses Einsatzes erfahren, daß es so kalt gewesen sein soll, daß die deutschen Soldaten nicht schießen konnten. Wir haben lange keine Post von Helmuth erhalten, im März 1942 kamen dann eines Tages mit der Post alle von uns geschriebenen Briefe, als Päckchen zusammengeschnürt, zurück. Da wußten wir, was die Stunde geschlagen hatte. Es dauerte nicht mehr lange, bis uns der Brief von seiner Einheit vom 23. März 1942 erreichte. Helmuth war in Rußland (Welisch-Witebsk) vermißt. Jetzt hatte das Schicksal auch in unserer Familie zugeschlagen. Als ich am nächsten Tag zur Schule mußte, ich war zwölf Jahre alt, fing ich in der Stunde an zu weinen. Die Schüler und der Lehrer wußten Bescheid, was geschehen war, denn in einem Dorf spricht sich

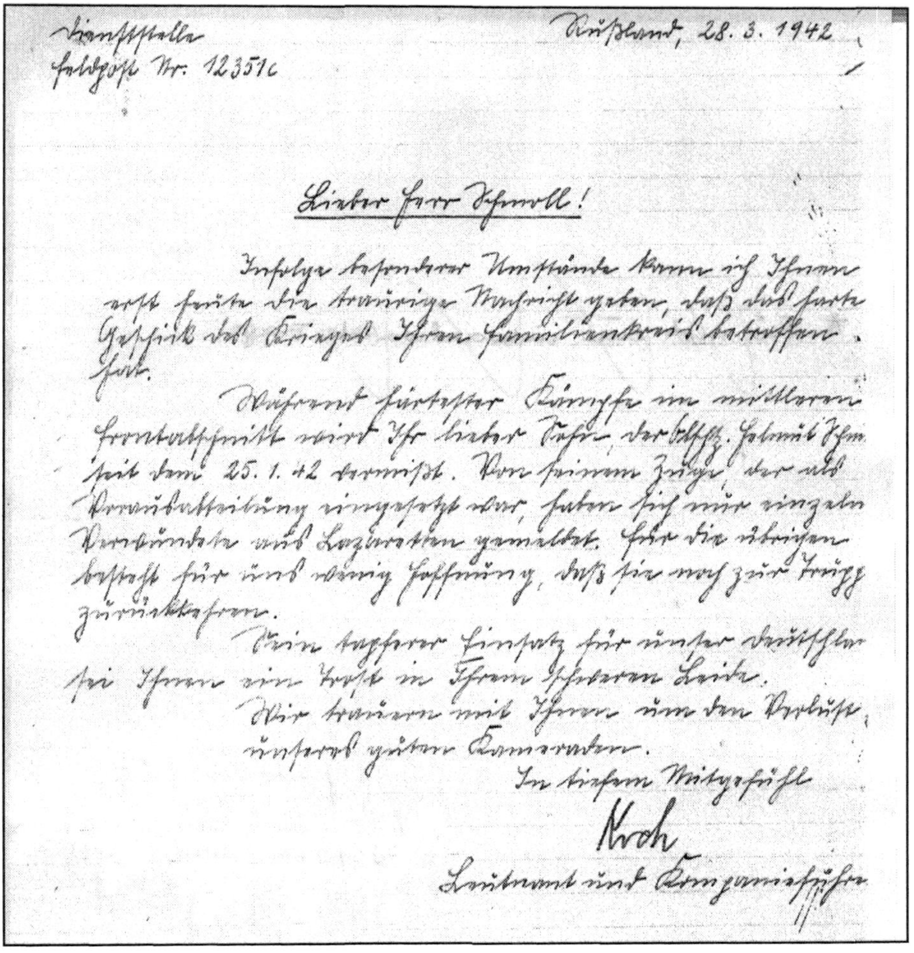

Dienststelle
Feldpost Nr. 12351c

Rußland, 28. 3. 1942

Lieber Herr Schmoll!

Infolge besonderer Umstände kann ich Ihnen erst heute die traurige Nachricht geben, daß das harte Geschick des Krieges Ihren Familienkreis betroffen hat.

Während härtester Kämpfe im mittleren Frontabschnitt wird Ihr lieber Sohn, der Obgfr. Helmut Schm. seit dem 25. 1. 42 vermißt. Von seinem Zuge, der als Vorausabteilung eingesetzt war, haben sich nur einzelne Verwundete aus Lazaretten gemeldet. Für die übrigen besteht für uns wenig Hoffnung, daß sie noch zur Truppe zurückkehren.

Sein tapferer Einsatz für unser deutsches Deutschland sei Ihnen ein Trost in Ihrem schweren Leide.

Wir trauern mit Ihnen um den Verlust unseres guten Kameraden.

In tiefem Mitgefühl

Koch

Leutnant und Kompanieführer

ein Ereignis schnell herum. Unser Lehrer wollte mich trösten und sprach von den Frontsoldaten. Mir ist nur in Erinnerung geblieben, daß von dem aufopferungsvollen Kampf der Soldaten für Deutschland gesprochen wurde und dem Bereitsein, für das Vaterland den Heldentod zu sterben. Aber ich weiß gewiß, Helmuth wollte nicht den "Heldentod" sterben, er wollte leben, einfach nur leben. Von diesem Zeitpunkt an herrschte in unserem Hause Trauer. Die Ungewißheit, ob er nun vermißt oder gefallen war, quälte uns, vor allem Mutter.

Immer wieder brachte in unserem Dorf der Postbote eine Trauerbotschaft, es gab kaum eine Familie, die in ihrem Kreis keinen Kriegstoten zu beklagen hatte, mal war es der Vater, dann der Sohn oder Bruder. Es war eine schlimme Zeit. Wofür mußte in Millionen von Familien der kriegsführenden Völker solches Leid gebracht werden?

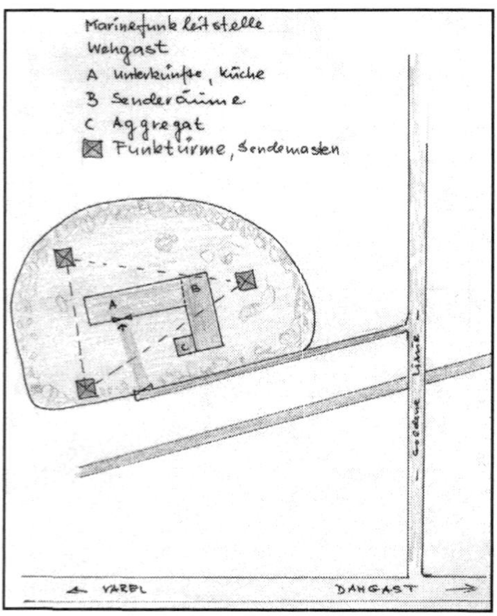


Von einer militärischen Anlage habe ich noch nicht berichtet. In Wehgast war in den ehemaligen Bunkern aus dem 1. Weltkrieg eine Marinefunkleitstelle eingerichtet worden. Drei hohe Funktürme waren weit sichtbar und verrieten die Existenz der Einrichtung. Wir Jungen waren oft bei den Soldaten zu Gast. In den Bunkern herrschte eine auffallend peinliche Sauberkeit. Staub durfte es nicht geben, die Geräte waren zu empfindlich. Die Fußböden waren so blank, daß wir uns darin spiegeln konnten. Die Funkleitstelle hatte über Sengwarden ständigen Kontakt mit den deutschen U-Booten.

Am 8. April 1942 wurde wieder Wilhelmshaven angegriffen. Als es wieder Sommer wurde, verbrachten die Soldaten ihre Freizeit am Badestrand. Am 9. Juli wurden bei einem "Störangriff" britischer Bomber von der Küstenflak drei Flugzeuge abgeschossen.

Ende Juli waren die Dangaster Kinder traditionsgemäß zum Kinderfest eingeladen und im Gemeinschaftsraum mit Kakao und Kuchen bewirtet worden. Am 9. August fand am Badestrand das Sportfest der Soldaten statt mit anschließendem gemütlichem Beisammensein mit den Dangaster Einwohnern. Es entstand ein herzlicher Kontakt – ob hier die weiblichen Gäste gemeint sind? In Varel entwickelte sich in den Tagen des Monats Juli und Anfang August eine große Hektik. Die Kasernen am Steinbrückenweg waren fertig und vollständig eingerichtet. Die Marinegarnison sollte eingerichtet werden. Am 7. August 1942 war es soweit, tausend Soldaten zogen feierlich in die "Garnison Varel" ein.

Die Batterie Dangast hatte in den Sommermonaten nur geringe Gefechtstätigkeit. Am 14. September brachte ein größerer Nachtangriff auf Wilhelmshaven die Soldaten wieder auf Trab. Rings um und über Dangast brummten die Feindmaschinen. Für Minuten war die ganze Umgebung und der halbe Jadebusen von den vielen

Leuchtbomben, die oft in Bündeln wie Christbäume vom Himmel schwebten, taghell erleuchtet. Das brennende Wilhelmshaven, darüber die Leuchtspurgeschosse, das Krachen der Granaten und der Splitterregen ließen alle, die das Schauspiel sahen, erschauern.

Als Herbst und Winter im Dorf Einzug hielten, sah man auf der Batterie die Soldaten seltener, das Leben spielte sich überwiegend unter der Erde ab. Es wurden Interessengruppen und Arbeitsgemeinschaften gebildet, um das Allgemeinwissen zu erweitern und die Berufskenntnisse zu vertiefen. Gebastelt wurde auch wieder kräftig. Die "Fabrikate" wurden 1942 sogar in Wilhelmshaven in einer Ausstellung gezeigt. Eine Wilhelmshavener Zeitung hatte wie folgt berichtet: "Das Ergebnis der Ausstellung `Frohes Schaffen unserer Marinesoldaten`in Wilhelmshaven hat die Wünsche und Vorstellungen weit übertroffen. Viele sorgfältig ausgewählte künstlerische und handwerkliche Meisterstücke erregten volle Bewunderung."

Die Batterie bekam im Dezember vom Abteilungsinspekteur ihren ersten "Wimpel" als Zeichen der Anerkennung überreicht, weil der Batterie am 9. November 1942 um 21.27 Uhr der Abschuß einer Maschine gelungen war. Bei diesem Abschuß hatte ein neues Gerät seine Feuerprobe bestanden. Einen solchen Wimpel zu bekommen war sehr schwer. Am 20. Dezember überflog eine Blenheim, aus Süden kommend, das Batteriegelände in 15 m Höhe. Leutnant Vahlenkamp und einige Unteroffiziere feuerten mit leichten Waffen. Eindeutige Treffer in der Kanzel wurden beobachtet. Während des Beschusses löste sich ein kleines Metallstück von der Maschine. Der linke Motor war ausgefallen und die Tragfläche zwischen linkem Motor und Kanzel aufgerissen. Die Maschine verschwand über dem Wasser in einem Dunstschleier.

Die vierte Kriegsweihnacht wurde gefeiert. Das Weihnachtsfest der Zivilbevölkerung fiel sehr bescheiden aus. Zu kaufen gab es kaum noch etwas. Eine kleine Sonderzuteilung zum Fest, und das war schon alles. Den Soldaten diente der Gemeinschaftsraum auch in diesem Jahr für die Feier am Heiligen Abend. Auch in den einzelnen Unterkünften hatten die Soldaten Weihnachtsbäume aufgestellt. Zu Silvester wurden die Soldaten wie in jedem Jahr mit Punsch und Grog von der Kombüse versorgt.

Anfang 1943 war wieder ein besonderer Tag für die Batterie: Der Küstenbefehlshaber der Deutschen Bucht, Konteradmiral Kiesentzki, und der Brigadekommandeur, Konteradmiral Öhler, besuchten Dangast. Wir Jungen vom Strand sahen die Wagenkolonne angefahren kommen und waren froh, die hohen Offiziere gesehen zu haben. Die Besichtigung war mit anerkennenden Worten zu Ende gegangen. Dem Batteriechef wurde öffentlich das beste Zeugnis ausgestellt: "Diese Batterie ist in meinem ganzen Abschnitt wohl die schönste, und auch das Gefechtsbild zeigte mir einen regen, flotten Geist, und die Persönlichkeit seines Chefs bürgt mir am besten, daß es auch weiter so bleiben wird."

Ab Januar 1943 flogen immer häufiger Verbände von vierzig bis fünfzig Maschinen ein.Am 11. Februar 1943 flogen gegen 19.50 Uhr vierzig bis fünfzig Feindmaschinen von allen Seiten Wilhelmshaven an. Die Batterie schoß einige Salven ab. Vier Maschinen wurden getroffen und stürzten ab. In Wilhelmshaven fielen mehrere Bomben ins Munitionsdepot und brachten Munition zur Explosion. Ein Krachen und Donnern brach an, als wenn ununterbrochen Schnellfeuer geschossen wurde. Vier- bis fünfmal gingen Feuerpilze hoch und stiegen ein paar hundert Meter in den Himmel. Die Hölle war ausgebrochen. Sekunden nach den großen Explosionen kamen ein Rollen und ein so starker Luftdruck nach Dangast herüber, daß die eisernen Bunkertüren auf dem Batteriegelände schlugen. Im Dorf waren an den Dächern Schäden entstanden, auch an unserem Hausdach waren auf der Nordseite Dachziegel heruntergekommen. An unserem Küchenschrank bekam die

Ornamentglasscheibe einen Sprung, den man heute noch betrachten kann.

Bei Ritters im Dorf platzten die Schaufensterscheiben, und im Kurhaus regnete es Zementbrocken und Mörtel von Decken und Wänden. Eigentlich war es ein grandioses Feuerwerk, die explodierende Leuchtspurmunition spritzte nach allen Seiten auseinander, dazwischen flogen rote und weiße Signalpatronen. Brennende Fetzen wurden hoch in die Luft gewirbelt. Der Boden zitterte bis nach Dangast herüber. Nach zwölf Stunden explodierte immer noch Munition. Die ganze Stadt lag in einer undurchdringlichen Qualmwolke. Wie pausenloser Salventakt schwerer Batterien krachte es wenn in Wilhelmshaven wieder ein schwerer Brocken hochging. Fünfzig Stunden nach dem Angriff zogen immer noch gelbe Rauchfladen hoch.

Im Frühjahr 1943 war das Wetter schlecht. Im Januar 1943 war zum ersten Mal ein geschlossener Verband am hellen Tag eingeflogen. Zweiundvierzig viermotorige amerikanische Bomber näherten sich der Batterie in 6000 m Höhe. Die Soldaten empfingen den Verband mit “eisernen Grüßen”. Die Bomber flogen in Richtung Wilhelmshaven. Bei den Luftkämpfen wurde ein deutscher Jäger abgeschossen und stürzte in die Jade.

Im Sommer wurden auf dem Batteriegelände zwei Baracken aufgestellt. Die eine wurde mit zwanzig russischen Kriegsgefangenen belegt, die andere diente den Unteroffizieren als Sommersitz. Die Batterie kam in den Monaten bis Juni nur wenig zum Einsatz, weil sich die Angriffe der viermotorigen amerikanischen Bomber gegen das Rheinland richteten. Am 11. Juni beschoß die Batterie nachmittags einen Feindverband. Die Soldaten waren zufrieden, daß die Schüsse prima im Verband lagen und eine Maschine getroffen abstürzte. Diesen Abschuß konnte der Abteilungskommandeur, Korvettenkapitän Ölmann, der zufällig in der Batterie war, miterleben.

Die russischen Kriegsgefangenen auf der Batterie wurden für alle anfallenden Arbeiten eingesetzt. Wenn auf dem Batteriegelände keine Arbeit war, konnten die Dangaster Einwohner für die Erledigung von Arbeiten Gefangene anfordern. Hermann Helmer (Soldat) brachte die Gefangenen morgens zu den Arbeitsstellen und holte sie abends wieder ab. Wir hatten auch ab und zu zwei Russen für die Gartenarbeit und zum Holzhacken. Sie wurden bei uns gut verpflegt und aßen mit uns am Tisch, obwohl das verboten war. Alex, ein kräftiger Russe, er soll Kunstmaler gewesen sein, war verschiedentlich bei uns, ich würde ihn gerne einmal wiedersehen.

Bernhard Lange und ich waren gut mit den Soldaten befreundet. Sie nahmen uns oft mit in den Gemeinschaftsraum, wenn dort Kinonachmittag war. Der Batteriechef, Oberleutnant Elingius, hat ein Auge zugedrückt. So manchen Film haben wir dort gesehen.

Im Dorf Dangast fielen am 11. Juni 1943 sechs Sprengbomben. Es muß angenommen werden, daß es Notabwürfe waren. Die Bomben fielen wie dargestellt; Häuser wurden nicht getroffen. Ich war an dem Nachmittag bei Gero. Als Alarm kam, gingen wir in den Schulbunker. Wir hörten plötzlich laute Detonationen, wußten aber nicht, was geschehen war. Als wir aus dem Bunker kamen, sahen wir die Bombentrichter. In einer Reihe

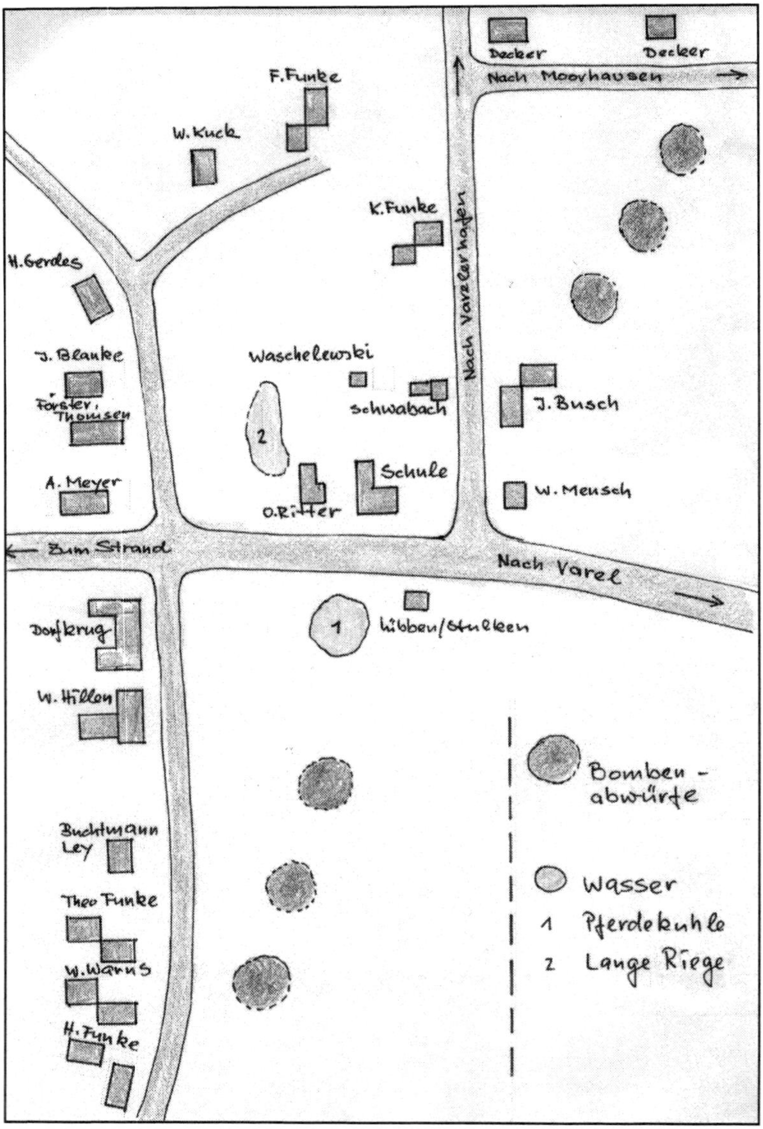

Decker
Decker
Nach Moorhausen
F.Funke
W.Kuck
K.Funke
Nach Varelerhafen
H.Gerdes
J.Blanke
Waschelewski
Förster Thomsen
schwabach
J.Busch
2
Schule
A.Meyer
O.Ritter
W.Mensch
Zum Strand
Nach Varel
1
Lübben/Stukken
Dorfkrug
W.Hillen
Bomben-abwürfe
Buchtmann Ley
Wasser
Theo Funke
1 Pferdekuhle
2 Lange Riege
W.Warns
H.Funke

von Bauer Hinrich Funke, Deichstraße, in Richtung Pferdekuhle bis hin zur Moorhauser Straße waren die Bomben gefallen. Bei Ritters waren im Laden die Fensterscheiben zertrümmert. Die Dächer der umliegenden Häuser wurden beschädigt. Der Schulbunker wurde übrigens von Heini Schwabach, einigen Erwachsenen und uns Schulkindern gebaut. Als Baumaterial diente das Holz des neuen Anlegestegs, der vom Kurhaus bis zur Fahrrinne führte und Anfang des Krieges abgebaut worden war. Das Holz lagerte beim Kurhaus, es wurde mit dem Pferdegespann zur Schule gebracht.

Der alte Anlegesteg - die Dampferbrücke - war Anfang der Dreißiger Jahre durch Eisgang (Eisschollen) zerstört worden. Daraufhin wurde nach neuesten wassertechnischen Gesichtspunkten eine neue Brücke gebaut. Auch mit der neuen Brücke sollte Dangast kein Glück haben, sie wurde, wie schon ausgeführt, zu Luftschutzbunkern verarbeitet. Bis zum heutigen Tage ist eine derartige Brücke nicht wieder gebaut worden.

Im Außengroden zwischen Dangast und Varel warfen die Engländer mehrere Luftminen ab. Es muß an dem Tag gewesen sein, als Luftminen in Winkelsheide mehrere Wohnhäuser beschädigten. Brandbombenabwürfe, wenn auch nur vereinzelt, gab es des öfteren. Nicht alle Brandbomben entzündeten sich, daher sammelten wir Schuljungen die Blindgänger ein. Aufpassen mußten wir, wenn die Brandbomben im unteren Bereich einen roten Streifen hatten, dann handelte es sich um Bomben mit einem Sprengsatz. Ich habe einen Sprengsatz hochgehen sehen, zum Glück ist nichts passiert, es war eine ziemliche Detonation. Die Brandbomben waren sechseckig, etwa 50 cm lang und 8 cm im Durchmesser. Im Zusammenhang mit dem Abwurf von Brandbomben sei an dieser Stelle erwähnt, daß auf Weisung des Reichsluftschutzbundes jeder Hauseigentümer verpflichtet war, dafür zu sorgen, daß auf dem Dachboden eines jeden Hauses für eine eventuelle Brandbekämpfung ein Eimer Wasser, ein Eimer Sand mit

Schaufel und eine “Feuerpatsche” stehen mußten. Zum Eimer Wasser gehörte noch die Handspritze. Die uniformierten Beamten des Reichluftschutzbundes gingen in die Häuser und kontrollierten die Vollständigkeit der Gerätschaften für eine Brandbekämpfung. Jeder Bürger bekam Anfang des Krieges eine "Volksgasmaske". Ich kann mich nicht daran erinnern, daß die Gasmasken jemals geprüft wurden. Zwei dieser Gasmasken habe ich noch.

Es war während des Krieges streng verboten, “Feindsender” zu hören. Vater und Onkel Albert waren alte Sozialdemokraten und mit dem Dritten Reich nicht einverstanden. Wenn abends Onkel Albert und Tante Anna zu uns kamen, hörten Onkel Albert und Vater den “Londoner Rundfunk”. Einer aus unserer Familie mußte sich dann draußen aufhalten und sofort jeden Besucher melden. Auch im Winter waren wir auf Posten, wenn es noch so kalt war. So erfuhren wir nicht nur von einer Seite die Ereignisse auf den Kriegsschauplätzen, denn das deutsche Propagandaministerium hat die Bevölkerung nur unzureichend informiert. Das Abhören der Feindsender stand unter Strafe. Wer ertappt wurde, mußte mit einer Bestrafung rechnen. An besonderen politischen Feiertagen marschierten SA und SS in Varel auf. Auch sonstige Pgs und viele Dangaster Bauernjungen nahmen an den Aufmärschen teil. Die Frauen der “Deutschen Frauenschaft” trafen sich zu den Frauenschaftsnachmittagen und trugen ihre Frauenschaftskleidung. An ein Ereignis kann ich mich noch sehr gut erinnern. Der Führer kam am 1. April 1939 mit dem Sonderzug zum Stapellauf des Schlachtschiffes “Tirpitz” nach Wilhelmshaven und passierte dabei natürlich auch den Bahnhof Dangastermoor. Die Dangaster Frauen der Frauenschaft fuhren mit dem Rad zum Bahnhof, um dem Führer zuzuwinken. Der Führer soll kurz gegrüßt haben, dann war die Schau vorbei.

Von 1939 bis Sommer 1943 wurde auf dem Batteriegelände unentwegt gearbeitet und verbessert. Sauber schlängelten sich die Wege durch die grünen, gepflegten Rasenflächen von den Eingangstoren zu den einzelnen Kampfmitteln und Unterständen. Der Blumengarten war prächtig und alles war so gut getarnt, daß kein Fremder diese Anlage als Flakbatterie erkannt hätte. Die Soldaten verbrachten einen herrlichen Sommer auf der Sportwiese am Badestrand oder beim Paddeln. Lange sollte diese Ruhe nicht dauern. Die Engländer und Amerikaner kamen immer häufiger in so großen Zielhöhen, daß die bewährten 10,5 Geschütze nicht mehr viel ausrichten konnten. Aus diesem Grunde begann am 12. Juli 1943 die Auswechslung der 10,5 Geschütze durch die größeren und stärkeren Brüder, die 12,8. Einige Lkws mit dreißig Mann vom Arbeitsdienst, bewaffnet mit Spaten und Schaufel, fuhren vor dem Batteriegelände auf. Den alten Soldaten tat es weh, daß die schöne Anlage, die nach vier Jahren endlich fertig war, wieder aufgerissen wurde. Die Arbeitsdienstmänner gruben große Löcher für die neuen Geschützbettungen. Berge von Sand und Erde türmten sich auf. Gleise, Kipploren und Bretterstapel verunzierten die einst so schöne Anlage.

*Langes Haus, die alten 10,5-Geschütze mit Panzerkuppeln, ein neues 12,8-Geschütz, im Hintergrund unser Haus*

Das alljährlich stattfindende Sportfest war erst am 15. August. Viele Dorfbewohner waren wiedergekommen und feierten anschließend auf dem Batteriegelände in einer Baracke bis spät in die Nacht hinein. Man konnte fast vergessen, daß Krieg war. Am 25. August feierte die Batterie ihr vierjähriges Bestehen.

Im September waren die Arbeiten für die neuen Standorte der Geschütze abgeschlossen. Voller Spannung warteten die Soldaten auf die neuen Geschütze. Am 7. September war es soweit, schwer beladene Lkws erreichten die Batterie, die 12,8 waren da. Ein Geschütz nach dem anderen rollte heran und wurde sofort aufgebaut. Auf den neu erbauten zweiten Leitstand sollte ein neues "Hazemeier-Gerät" kommen. Aber der Kran blieb im weichen Boden stecken, also mußten die Soldaten anfassen. Als schließlich der Kran stand, konnte das Gerät auf den Betonbunker gehoben werden. Nachdem am 30. September alles aufgebaut war, konnten die Geschütze eingeschossen werden. Ein ganzer Stab von Offizieren weilte an diesem Tag in Dangast. Die ersten Granaten verließen in Anwesenheit der Stabsoffiziere die Rohre. An zwei Geschützen mußten noch Kinderkrankheiten beseitigt werden, am 1. Oktober waren alle Geschütze gefechtsklar.

An der Ostfront spitzte sich die Lage immer mehr zu. Die Rote Armee eroberte Stalingrad zurück, das wurde zum Wendepunkt des Krieges. Zur gleichen Zeit kündigte Goebbels in Berlin den "totalen Krieg" an.

Die Anfang des Krieges so zahlreichen Sondermeldungen verstummten immer mehr und wurden im Rundfunk durch Meldungen über "Frontbegradigungen" und planmäßige

Rückzüge ersetzt. Die Bombardierung der Großstädte wurde immer stärker. Ganze Städte sanken in Schutt und Asche. Es wurde ein gezielter Krieg gegen die Zivilbevölkerung. Wollte Hitler nicht die englischen Städte "ausradieren"?

Am 20. September kamen dreiundzwanzig Marinehelfer zur Batterie nach Dangast in Einsatz. Im Dorfbereich mußten sie Zick-Zack-Gräben und Einmannlöcher ausheben. Auch auf unserem Grundstück waren sie am Buddeln. Sie hatten mächtigen Hunger, Mutter hat oft eine Pfanne Bratkartoffeln und Spiegeleier für die Jungs gemacht.

Für die Soldaten brach mit den neuen Geschützen auch eine neue Zeit an, weil die Geräte und Waffen von früh bis abends Artilleriedienst erforderten. Die alten 10,5 Geschütze wurden abgebaut und abtransportiert.

Allmählich richteten sich die Angriffe der feindlichen Verbände nicht mehr nur gegen das Rheinland, auch Wilhelmshaven wurde häufiger von Kampfgeschwadern der 8. US-Luftflotte angegriffen. Das bedeutete, daß auch die neuen Geschütze und Geräte mehr gefordert wurden.

Oberleutnant Elingius verließ Dangast am 30. September 1943 und wurde am 1. Oktober 1943 Kommandant auf der Medusa (bis Ende Oktober 1944).

Am 3. November 1943 (es herrschte starker Nebel) war ein schwerer Angriff auf Wilhelmshaven gewesen, an dem fast fünfhundertfünfzig Bomber beteiligt waren. Die deutschen Jagdflugzeuge waren in schwere Luftkämpfe mit den feindlichen Bomberverbänden und Begleitjägern verwickelt worden. Ein deutscher Pilot, dessen Flugzeug abgeschossen worden war, konnte sich zwar mit dem Fallschirm retten, landete aber in den Fluten des Jadebusens. Zum Glück konnte er eine "Pricke" (langer Birkenstamm als Fahrwasserkennzeichnung) erwischen, an der er sich festhalten konnte. Wäre Arthur Nemann nicht zu der Zeit mit seinem Fischkutter in unmittelbarer Nähe an der Pricke vorbeigekommen, hätte der Pilot wohl ertrinken bzw. erfrieren müssen, es war November und die Wassertemperatur sehr niedrig. Arthur Nemann war zum Lebensretter geworden. An Land warteten schon etliche Dangaster Einwohner, denn die anderen Fischer, die schon an Land waren, hatten von Arthur Nemann von dem Ereignis gehört. Der Soldat wurde noch am Strand mit warmen Decken und heißen Getränken versorgt und anschließend in das Haus von Agnes Meyer (Zollhaus) gebracht. Dort kümmerte sich der Militärarzt um ihn. Bevor der Pilot wieder zu seiner Einheit zurückkehrte, war er in der Dangaster Schule zu Gast. Es wurden Lieder gesungen, Gedichte aufgesagt und "Fritz Maier" so hieß der Pilot, von uns Kindern beschenkt. Er soll später bei einem Einsatz gegen England den Fliegertod gefunden haben.

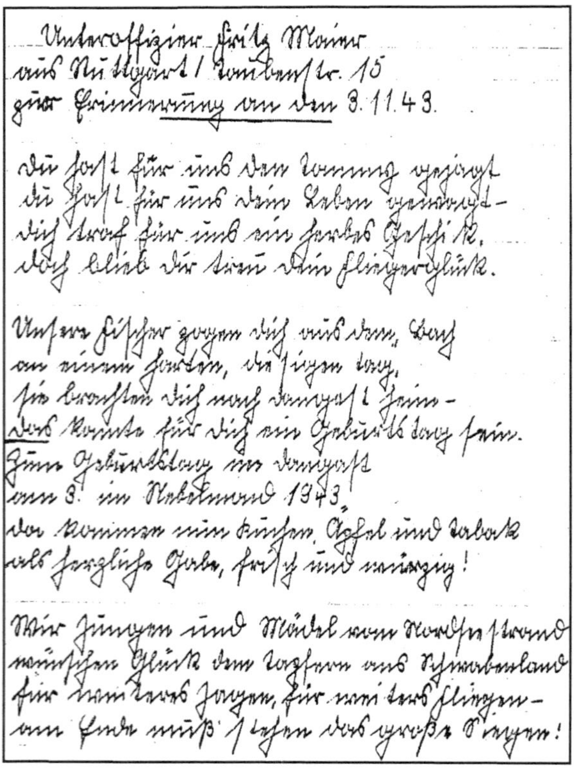
Unteroffizier Fritz Maier
aus Stuttgart / Landhausstr. 15
zur Erinnerung an den 3.11.43.

Du hast für uns den Tommy gejagt
du hast für uns dein Leben gewagt
dich traf für uns ein hartes Geschick.
doch blieb dir treu dein Fliegerglück.

Unsere Fischer zogen dich aus dem Bach
an einem harten, diesigen Tag,
sie brachten dich nach Dangast heim -
das konnte für dich ein Geburtstag sein.
Zum Geburtstag in Dangast
am 3. im Nebelmond 1943,
da kommen nun Kuchen, Apfel und Tabak
als herzliche Gabe, frisch und würzig!

Wir Jungen und Mädel vom Nordseestrand
wünschen Glück dem Tapferen aus Schwabenland
für weiteres Jagen, für weiteres Fliegen -
am Ende muß stehen der große Siegen!

Anfang 1944 wurde Wilhelmshaven mehrmals von fliegenden Festungen der Amerikaner in Tagesangriffen bombardiert.

Am 15. April 1945 wurde zum ersten Mal die schwimmende Flakbatterie "Medusa" bei einem Tiefangriff mit Raketengeschossen angegriffen. Ein weiterer Angriff wurde am 18. April 1945 geflogen. Acht Jagdbomber griffen das Schiff mit zwanzig Bomben erfolglos an. Am folgenden Morgen wurde die “Medusa” mehrmals von “Thunderbolt” angegriffen. Die erste Bombe schlug auf der Brücke ein, weiter wurde die “Medusa” unter der Wasserlinie getroffen. Dieser Angriff forderte zweiundzwanzig Tote und sechsundfünfzig Verletzte. Die “Medusa” mußte sich gegen die feindlichen Flugzeuge alleine verteidigen, da die umliegenden Batterien wegen Munitionsmangel nur schießen durften, wenn sie selbst angegriffen wurden. Die “Medusa” wurde 1904 gebaut, außer Dienst gestellt, im 1. Weltkrieg wieder in Dienst genommen, danach wieder außer Dienst gestellt und im 2. Weltkrieg zum Flakschiff umgebaut. Auf dem Deck waren 6 Geschütze 10,5 und leichte Flak. Das Schiff hatte 280 Mann Besatzung. (2 Gesch. 3,7 cm, 6Gesch. 2 cm, 1 Gesch. 2 cm Vierling).

Wilhelmshaven wurde immer häufiger von fliegenden Festungen bombardiert. Die deutsche Flugabwehr wurde durch “Folien” (Aluminiumstreifen) gestört, so daß die Meßgeräte die feindlichen Flugzeuge nicht genau orten konnten. Messungen waren kaum mehr möglich. Nach einem Angriff konnte man überall die kleinen silbernen Streifen finden.

In den letzten Kriegsjahren setzten die Engländer mehr und mehr Tiefflieger ein. Es war furchtbar. Personen mit Pferd und Wagen, die Menschen auf den Feldern, eben alle Bewohner, die sich im Freien bewegten, wurden von den feindlichen Tieffliegern mit Bordwaffen beschossen. Wenn wir zur Arbeit fuhren und Tiefflieger zu hören waren, sprangen wir vom Fahrrad und suchten am Grabenrand Schutz.

Am 20. April 1945 griffen morgens um 10.42 Uhr fünfzehn “Spitfire” den Personenzug von Wilhelmshaven nach Varel an. Der Angriff galt vornehmlich der Lokomotive. Fünf Tote und zahlreiche Verletzte waren zu beklagen. Opa Winter, Margas Großvater, war Heizer auf der angegriffenen Lok. Er mußte wenige Tage vor Kriegsschluß noch sein Bein verlieren. Es war sehr tragisch.

Zum Ende des Krieges erfuhr die Bevölkerung von einer Wunderwaffe, die die deutsche Wehrmacht in absehbarer Zeit einsetzen könne. Es waren die V 1- und V 2-Geschosse, die in Peenemünde entwickelt und gebaut wurden. Auch in Nordhausen/Harz waren unter der Erde riesige Bunker, in denen Tausende von jüdischen Häftlingen und Fremdarbeitern die schrecklichen Vernichtungswaffen herstellen mußten. Viele

Vor 50 Jahren

## Wunderwaffe wird erstmals gestartet

**Usedom, 3. Oktober 1942:** Start der ersten Fernrakete der Welt mit flüssigem Treibstoff vom Gelände der deutschen Meeresversuchsanstalt in Peenemünde auf der Ostseeinsel Usedom. Die sogenannte ‚A 4' wurde von Wernher von Braun entwickelt. Sie ist fast 6000 Stundenkilometer schnell, fliegt über 320 km weit und erreicht eine Flughöhe von 96 Kilometern. Die 14 Meter lange Rakete kann eine Nutzlast von 1000 Kilogramm tragen.

Nachbetrachtung:

Die Entwicklung der Rakete war lange geheimgehalten worden. Sie galt als „Wunderwaffe", weil die Alliierten kein Gegenmittel gegen die mit fast sechsfacher Schallgeschwindigkeit ankommendende Rakete fanden. Die NS-Propagandisten machten sie nach ihrem ersten Angriff 1944 auf London und Antwerpen als Vergeltungswaffe ‚V 2' bekannt. Auf Hitlers Anordnung war 1943 in einer unterirdischen Fabrik bei Nordhausen die serienmäßige Produktion der A 4-Rakete, wie sie eigentlich hieß, aufgenommen worden. Bis Kriegsende wurden über 5000 V 2-Flugkörper hergestellt. Allein von September 1944 bis März 1945 schossen deutsche Einheiten über 3000 dieser Fernraketen auf feindliche Ziele.

Die V 1 dagegen, ebenfalls in Peenemünde entwickelt, erfüllte nicht die in sie gesetzten Erwartungen. Mit ihrer Geschwindigkeit von 500 bis 600 km/h und einer Flughöhe von 1000 m konnte die rückstoßgetriebene Flugbombe nach anfänglichen Erfolgen von britischen Jägern abgeschossen oder durch Fesselballone vorzeitig zur Explosion gebracht werden.

Die deutschen Versuche auf dem Gebiet der Raketenentwicklung reichen zurück bis in die 30er Jahre. Ziel der Forschungen zunächst auf dem Flugplatz Kummersdorf bei Berlin war nicht allein der Bau einer Flüssigkeitsrakete für militärische Zwecke. Als langfristige Perspektive stand die Entwicklung von Flugkörpern zur wissenschaftlichen Erforschung des Weltraums dahinter. 1936 entstand dann der Bau der bis dahin größten und modernsten Raketenversuchsanstalt in Peenemünde.

Sie umfaßte eine Reihe von Raketenprüfständen, Laboratorien und einen Windkanal, in dem Überschallgeschwindigkeiten erzeugt werden konnten. Leiter des Instituts war Walter Dornberger, Wernher von Braun arbeitete als technischer Direktor.

Start der ersten Fernrakete der Welt mit flüssigem Treibstoff vom Gelände der deutschen Meeresversuchsanstalt in Peenemünde auf der Ostseeinsel Usedom. Bilder: Keystone, Archiv

*Auszug Nordwest-Zeitung*

Zwangsarbeiter haben dabei ihr Leben gelassen. Die Geschosse wurden von der Atlantikküste auf London abgefeuert. Sie richteten großen Schaden an. In Dangast war am Kurhaus für kurze Zeit eine Einheit der V-Geschosse stationiert, allerdings gab es in diesem Bereich keine Abschußrampen.

Die Entwicklung strahlengetriebener Kampfflugzeuge für die deutsche Wehrmacht war gegen Ende des Krieges fast abgeschlossen, aber zum wirksamen Einsatz konnte die Wehrmacht diese modernen Kampfflugzeuge nicht mehr bringen.

Während der letzten beiden Kriegsjahre war ich zweimal im Bannausbildungslager der Hitlerjugend in Upjever, mit mir Heinz Janßen und Hans Hohn aus Dangast. Dort wurden wir an den Waffen "MG 42", "Karabiner 98" und "Panzerfaust" ausgebildet. Mit der Panzerfaust wurde auf dem Übungsplatz des Flugplatzes geschossen, scharf. Beim zweiten Aufenthalt im Ausbildungslager bekamen wir serbische Uniformen in olivgrün und Wickelgamaschen. Einfach scheußlich, wir schämten uns, daß wir so herumlaufen mußten. Auf dem Flugplatz in Upjever mußten auch Gefangene arbeiten. Morgens sahen wir die ausgehungerten Menschen, von Wärtern mit aufgepflanztem Seitengewehr umgeben, an unseren Unterkünften vorbeimarschieren. Es handelte sich um ausländische Arbeitskräfte aus dem Strafarbeitslager in Bant ,auch „Gelbkreuzlager" genannt. Furchtbar , was mußten diese Menschen wohl ertragen? Von Menschenwürde konnte man da nicht mehr sprechen.

Am 25. September 1944 wurde aufgrund des Erlasses des Führers der "Deutsche Volkssturm" gebildet. Von den Führern der NSDAP wurde zum "Schanzen" aufgerufen. Alle abkömmlichen verfügbaren Männer wurden in Sammelunterkünften an der Küste untergebracht und zum "Schippen" eingesetzt. Es sollte kein Atlantikwall entstehen, aber einer eventuellen Landung feindlicher Truppen an der Küste Hindernisse entgegengestellt werden.

Auch die Hitlerjugend war gefordert und wurde zum "Schutzwallbauen" an die Küste gebracht. Ich war Lehrling bei der Stadtverwaltung Varel und kam somit mit der Vareler Hitlerjugend nach Horumersiel. Wir waren in einem ehemaligen Getreidespeicher untergebracht. Als wir ankamen, mußte als erstes ein "Donnerbalken" gebaut werden. Toiletten gab es nicht. Unsere Aufgabe war es, entlang der Küste "spanische Reiter" aufzubauen, d. h. Pfähle von Hand mit einem Rammbock einzuschlagen, die dann mit Stacheldraht versehen wurden. In Dangast gab es keinen Schutzwallbau. Von Horumersiel aus sahen wir hinüber zur Vogelinsel Mellum. Auf Mellum war damals eine Flakstellung errichtet worden. Da die Insel nur von seichtem Wasser umgeben war, wurde ein 1800 m langer Anlegesteg ins Meer gebaut, um die Versorgung der Flakstellung mit Material, Gerät und Proviant sicherzustellen. Nach dem Krieg ist der Anleger von der Firma Jan Meyer ,Varelerhaven, abgebaut worden.

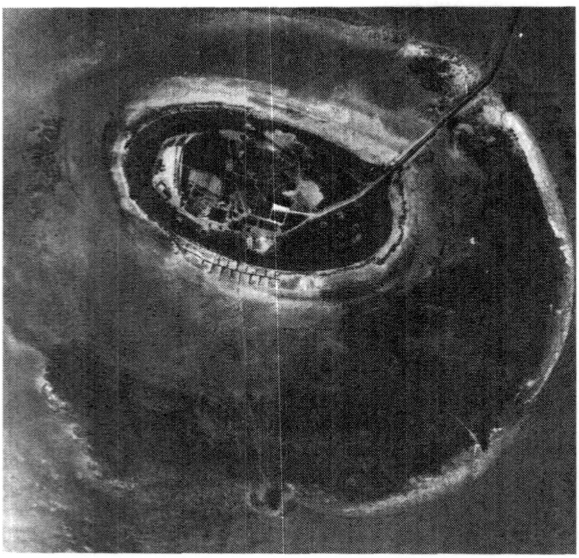

Zur Erheiterung muß folgende Begebenheit festgehalten werden. Wir Jungen waren am Deich und bauten unseren Verteidigungszaun. Am Nachmittag kam der Lagerführer auf die Baustelle, er spornte uns an, einen bestimmten Abschnitt bis zum Abend fertigzustellen. Als Belohnung könnten wir dann am folgenden Sonntag nach Hause fahren. Der Lagerführer hatte sein Wort nicht gehalten, denn für den nächsten Tag, hatte sich der Bannführer angesagt. Wir nahmen mit einigen Jungen den Wortbruch zum Anlaß, ohne Erlaubnis per Bahn nach Hause zu fahren. Als wir am Sonntag gegen Abend das Lager wieder erreichten, wurde uns schon bei der Ankunft für den nächsten Tag Strafexerzieren angedroht. Das geschah auch, einige Stunden liefen und robbten wir durch die Gegend, den Deich rauf und runter. Einige Tage später wurden die "freiwilligen Urlauber" vor das "Banngericht" befohlen, die Verhandlung fand in einer Wirtschaft statt. Dort saß nun das hohe Gericht. Uns wurde mitgeteilt, daß wir uns "unerlaubt von der Truppe entfernt" hätten und dieses Verhalten der Desertion gleichzusetzen sei. Wir bekamen Gelegenheit, Gründe für unser Verhalten darzulegen. Jeder suchte nach einer Ausrede, Wäsche tauschen, Krankheit in der Familie und anderes mehr. Wir wurden alle zur Wochenendarbeit auf dem Flugplatz in Upjever verurteilt (drei Wochenenden). Nur einer von uns wurde freigesprochen, er hatte keine Ausrede vorgebracht, sondern dem Bannführer in strammer Haltung erklärt: "Bannführer, dafür gibt es keine Entschuldigung." Antwort des Bannführers "freigesprochen!" Wir konnten nur noch an einem Wochenende in Upjever arbeiten, dann wurde die Bahnverbindung zu schlecht. Das hat es gegeben!

Die Parteigrößen kamen auf immer ausgefallenere Ideen, sie glaubten offensichtlich immer noch an den Endsieg. Im Kreis Friesland wurde der "Panzervernichtungstrupp Friesland" ins Leben gerufen. Dem Trupp gehörten Jungen von vierzehn bis fünfzehn Jahren an, die sechzehnjährigen waren ja schon "Flak- und Marinehelfer". Ausgebildet wurden die "Kinder" in Obenstrohe. Dem Verantwortlichen, der den Einsatz des Panzervernichtungstrupps Friesland und somit der Jungen kurz vor dem Ende des Krieges verhindert hat, sei heute noch gedankt. Was wäre wohl aus dem letzten Aufgebot geworden? Ich mag es mir nicht vorstellen.

Der 1944 ins Leben gerufene Volkssturm hatte auch in

Dangast eine Abteilung und Einsatzleitung. Alle Männer, die noch einigermaßen gut zu Fuß waren, und wir Jungen wurden zum Volkssturm einberufen und auf den Führer, Adolf Hitler, vereidigt. Der Führer hatte zum Kampf Mann gegen Mann aufgerufen. Die Männer mußten geloben, dem Führer bedingungslos treu und gehorsam zu dienen, lieber sterben zu wollen als Freiheit und soziale Zukunft seines Volkes preiszugeben. Zu diesem Zeitpunkt konnten auch Frauen Wehrmachtsangehörige werden, aber nicht zum Kampf mit der Waffe.

Im Oktober 1944 wurden hunderttausend Mädchen für die Besetzung von Scheinwerferständen eingesetzt. Auch dem Dangaster Scheinwerferstand wurden einige Mädchen zugeteilt, Hilda Frerichs, Olgas Freundin, wurde auf der Batterie am Leitstand eingesetzt.

Der Volkssturm begann überall in Stadt und Land mit dem Bau von Panzersperren. Auch in Dangast wurden die Zufahrtsstraßen mit solchen Sperren versehen. Zum Bau der Panzersperren wurden Baumstämme und dicke Kanthölzer, sogenannte Bohlen, verwendet. Auf den Straßenbermen bis zum Graben wurden Baumstämme senkrecht eingegraben. Dazwischen wurden bei Bedarf Bohlen gelegt, und somit war die Straße geschlossen. Ob dadurch die Panzer aufgehalten worden wären, möchte ich bezweifeln. Einige Granaten oder Sprengladungen, und die Fetzen wären geflogen. Die ganze Sache hatte sicher nur einen psychologischen Sinn.

Und jetzt begab sich folgendes, es muß festgehalten werden. Der Volkssturm Dangast wurde zur Übung gerufen. Ausgangslage der Übung waren "feindliche Panzer" in Dangastermoor bei Raffel. Willi Nacke, Soldat, wegen Verwundung beim Volkssturm, war Führer des Volkssturms in Dangast. Ich wurde zum Melder bestimmt. Gero sollte "Panzer" sein. Die Übung ging los. Geros Fahrrad als Panzer wurden leere "Konservendosen" angebunden, und ab ging die Fahrt. Sobald ich Gero hörte, das heißt das Klappern der Blechdosen, raste ich mit meinem Fahrrad von der Panzersperre los zur Mühle und meldete dem dort etablierten Einsatzstab "feindliche Panzer im Anmarsch bei Dangastermoor!" Man "spielte" Krieg, hatten die Verantwortlichen den Ernst der Lage nicht begriffen?

Vater war krank gewesen und konnte aus gesundheitlichen Gründen nicht zum Volkssturm. Er hatte einige Aufforderungen bekommen, war diesen aber nicht gefolgt. Im April 1945, es war an einem sonnigen Sonntagmorgen, kam mein Freund Gero zu uns. Er wandte sich an Vater: "Herr Schmoll, einen schönen Gruß von Vater, er möchte Sie bitten, zum Volkssturm in die Schule zu kommen." Vater ist dann zur Schule gefahren. In den Kasernen in Varel war kurz vor Kriegsende noch das OKM - Oberkommando der Marine - untergebracht worden.

Die Kriegshandlungen kamen immer näher, und bald verlief die Front bei Neuenburg, Grabstede, Hahn-Lemden. Gero und ich waren in der von den Soldaten verlassenen Funkbetriebsbaracke beim Kurhaus und holten uns heraus, was die Soldaten zurückgelassen hatten. Wir konnten alles gebrauchen. Plötzlich krachte es fürchterlich, die Dangaster Batterie hatte in die Erdkämpfe eingegriffen. Wir ließen alles liegen und liefen schnell nach Hause. Die Geschütze feuerten Tag und Nacht, was die Rohre hergaben. Wir hatten Angst, daß bald zurückgeschossen würde, und packten die wichtigsten Sachen zusammen. Im kleinen Erdbunker wurde alles verstaut.

Ausschnitt aus einem der letzten "Lageberichte" der Kreisleitung Varel
(Lagebericht vom 27. April 1945)
Lagebericht Nr. 24
Lage im Gau:
Im Kampfabschnitt Delfziejl gelang dem Feind ein Einbruch in Nansum nordostwärts Delfzijl und Woldendorp südostwärts

Delfzijl. Aus dem Raum Rheiderland keine wesentliche Veränderung gegenüber dem Vortage. Südlich Leer wurden unsere beiden Brückenköpfe bei Bingum-Hirnberg auf das Nordufer der Leda zurückgeworfen. Leer liegt unter Artilleriefeuer aus Richtung Bingum-Estrum. Der aus Potshausen in Richtung Stickhausen vorgestossene Gegner konnte die Jümme noch nicht überschreiten. Stickhausen von eigenen Truppen besetzt. Feindkräfte fühlten aus Potshausen über Rinzeldorf weiter vor. Die Strasse Nordmoor-Filsum-Stickhausen-Detern unter gezieltem Artilleriefeuer. Aus dem Raum Strücklingen gelang dem Gegner die Bildung eines Brückenkopfes ostwärts Bollingen. Das Strassenkreuz südlich Sedelsberg wurde vom Feind erreicht. Den Brückenkopf Edewechterdamm konnte der Gegner trotz mehrfach vorgetragener Versuche nicht wesentlich nach Norden erweitern. Er steht nördlich Ohrwege an der Strassengabel und nördlich Ekern. Nach Westen konnte er den Südrand von Wittenberg erreichen. Wittenberg nordwestlich von Westerscheps. Bad Zwischenahn lag heute nacht für längere Zeit unter heftigem Artilleriefeuer. An der Strasse Edewecht-Oldenburg steht der Gegner bei Wd. Moore an der Küstenkanalstrasse bei Jordanshof. Weiterer Verlauf der HKL. Richtung Osten, Petersdorf, nördlich Nikolausdorf, Beverbruch, Hengstlagermoor, südlich des Landwehrgaben, nördlich Sannum, nördlich Sandhatten, nördlich Kirchhatten, nördlich Kirchkimmen. Die Gauhauptstadt wurde auch gestern erneut wieder unter zusammengefasstes Artilleriefeuer genommen. In der Nacht lag auch Hude unter Artilleriebeschuss. Nordenholz vom Feind besetzt. Feind drückt bei Langenberg in Richtung Hude. Neuenlande vom Feind besetzt, ebenfalls Strom. Anschliessend steht der Feind in Hasenbürgen und hat Lankenau und Seehausen genommen. Lemwerder und Altenesch unter Artilleribeschuss aus Richtung Neuenlande. Hasbergen zum Teil besetzt. Im Bereich des Fallschirm-Armee-Oberkommandos wurden in der Nacht vom 26. auf den 27. April sieben Panzer, ein Panzerspähwagen, drei Lkw und drei Jabos abgeschossen.

Vater hatte seit seiner Einberufung zum Volkssturm Telefondienst in der Schule. Als er eines Morgens nach Hause kam, sagte er, heute nacht habe er sich mit Edo Pille ausgesprochen. Ein alter SPD-Mann und ein Angehöriger der NSDAP hatten zusammengesessen und ehrlich miteinander geredet.

Im Logierhaus beim Kurhaus hatte die Wehrmacht kistenweise "Eierhandgranaten" gelagert. Bewacht wurden die Granaten nicht. Hans Hohn, Gero und ich hatten davon erfahren. Wir gingen zum Kurhaus, holten uns aus den Kisten einige Eierhandgranaten und steckten sie in die Taschen. Wir hatten im Bannausbildungslager gelernt, damit umzugehen. Die ersten warfen wir beim Kurhaus ins Wasser, nachdem wir die Zünder gezogen und gezählt hatten. Eine Explosion und eine Wasserfontäne folgten. Die letzten warfen wir in die Pferdekuhle bei der Schule - wieder ein Knall und eine Wasserfontäne. Es war grober Leichtsinn, aber was macht man als Junge von fünfzehn Jahren nicht alles.

Der Gemeinnützige

Tageblatt für Oldenburg und Ostfriesland

Varel, Sonnabend, den 5. Mai 1945

127. Jahrgang

**Männer und Frauen im Nordseeraum Weser-Ems!**

Seit Wochen versucht ein zahlen- und materialmäßig überlegener Gegner von Südwesten und Süden kommend unsere Front aufzureißen und unsere Heimat sich zu unterwerfen. Durch den tapferen und beispielslosen Einsatz unserer Soldaten, Hitler-Jugend und Volkssturmmänner gelingt es ihm nur schrittweise Boden zu gewinnen. Auf verhältnismäßig engem Raum zusammengedrängt, hat die Führung Maßnahmen ergriffen, die möglichst viel Menschen, Blut und Volksgut schonen sollen. Es ist dabei Selbstverständlichkeit, daß diese Schritte nur von den verantwortlichen Stellen gegangen werden können. Alle solche beabsichtigten Maßnahmen erfordern eine gewisse, oft nur von Stunden begrenzte Zeit. Wenn auch damit eine starke Nervenbeanspruchung der Bevölkerung eintritt, so gilt es doch, im Interessen aller, Ruhe, Ordnung und Disziplin zu halten.

Nur in der Ausschaltung aller unruhestiftender Dinge liegt die Hoffnung, das Beste für unsere Heimat zu erreichen. Unruhe wird zu Chaos, Chaos ist das Verderben jedes einzelnen. Daher wird mit allen Mitteln gegen Unruhestifter vorgegangen.

6 Jahre haben wir mit unseren Soldaten den Kampf anständig durchgestanden. Laßt uns gemeinsam auch die letzten schweren Stunden meistern!

Die Kapitulation der Deutschen Wehrmacht stand kurz bevor. Geros Vater hatte noch allerhand Karabinermunition. Gero und ich meinten, es wäre schade, wenn die ganze Munition in feindliche Hände fiele. Also holten wir uns jeder einen Karabiner aus dem Schrank und feuerten einen Schuß nach dem anderen auf eine Eisenplatte am Bunker. Unsere Väter wurden auf das Schießen aufmerksam und verboten uns sofort, weiterzuschießen. Die Parlamentäre wurden für den Nachmittag in Dangast erwartet, im Hause von Adolf Busch (Bauerei) hatte sich die deutsche Wehrmacht mit ihrem Führungsstab unter Leitung von Major Meuth einquartiert. Nachmittags war ich wieder bei Pilles in der Schule, wir sahen, wie die englischen Parlamentäre mit einer weißen Fahne am Fahrzeug an der Schule vorbei zur Bauerei Busch fuhren. Die Waffenruhe wurde vereinbart, der Krieg war aus. Dangast hatte Glück gehabt, es wurde von Kampfhandlungen verschont. In der Nacht vor der Kapitulation hatten die Soldaten der Batterie die Lebensmittelvorräte an die Dangaster Einwohner verschenkt. Mit Karren und Handwagen wurde während der ganzen Nacht transportiert. Auch Inventar und sonstiges Gerät gingen in den Besitz der Dangaster über. Wir hatten einige Stühle aus dem Gemeinschaftsraum bekommen, darauf haben wir lange gesessen. Die Soldaten brachten uns nachts etliche Säcke mit sogenannten “eisernen Rationen”: hartem Keks. Die Säcke wurden auf dem Boden unter dem Stroh versteckt. In den folgenden Jahren haben die Kekse uns über den Hunger geholfen. Wenn ich morgens zur Arbeit mußte, bekam ich vorher von diesen Keksen, übergossen mit heißer Milch, sehr schmackhaft, wenn es sonst nichts gab. Nach der Kapitulation kamen die Soldaten in Gefangenschaft. Zunächst wurden in der Schule und bei den Bauern in den Scheunen Sammellager eingerichtet, und von dort ging es weiter in ein Kriegsgefangenenlager ins Jeverland. Nur etwa zehn Soldaten blieben noch vierzehn Tage auf dem Batteriegelände.

Sie wurden von den Kanadiern des Dangaster Camps beaufsichtigt und versorgt. Die Soldaten mußten die Geschützmunition, die im Munitionshaus am Meedenweg lagerte, entschärfen. Die Kanadier haben die entschärfte Munition dann abgefahren. Nach zwei Wochen gingen auch diese Soldaten in die Gefangenschaft ins nördliche Jeverland. Ihnen waren ein Ackerwagen und zwei Pferde auf der Batterie belassen worden. Mit diesem Fahrzeug, beladen mit genügend Proviant von den Besatzungstruppen - das Verhältnis zwischen Siegern und Besiegten war hier gut - sind die zehn Mann dann nach Rüstersiel gefahren. Der kanadische Offizier hatte ihnen einen Passierschein ausgestellt, und so sind sie ohne Kontrolle mit dem Proviant bei den anderen Soldaten von der Batterie Dangast gut in Rüstersiel angekommen; die Freude war groß, als es was zu essen gab.

# Nach der Kapitulation

Ab dem 5. Mai 1945, morgens 8.00 Uhr, ruhten die Waffen. Die Kapitulation der Deutschen Wehrmacht vollzog sich am 8. Mai 1945. Auch in Dangast fanden schon Tage vorher Kapitulationsverhandlungen statt. In der Bauerei von Adolf Busch im Dorf hatte sich der Einsatzstab der in diesem Raum stationierten Streitkräfte unter der Führung von Major Meuth einquartiert. Ich war bei Pilles,- zur Arbeit brauchte ich an diesen Tagen nicht -, als die englischen Parlamentäre mit einer weißen Fahne am Jeep zum Stab von Major Meuth fuhren, wo die Übergabeverhandlungen geführt wurden. Alle atmeten auf, der Krieg war zu Ende, unser Dorf von Kampfhandlungen verschont geblieben. In Varel hatte sich die Militärregierung eingerichtet, die bereits am 8. Mai die ersten Verordnungen erließ. Waffen und Munition mußten abgegeben werden, Ausgangsbeschränkungen wurden auferlegt. Sämtliche Abzeichen und Nadeln der NSDAP sowie Hakenkreuzabzeichen waren sofort von Häusern, Fahnenstangen und Kleidern zu entfernen. Am 17. Mai 1945 ernannte die Militärregierung Theodor Tantzen - Hering vorläufig zum Minister-

MILITÄRREGIERUNG

**Reiseverbot**

1. Das Betreten oder Verlassen dieser Stadt bzw. dieses Dorfes ist bis auf weiteres allen Personen verboten. Ausgenommen sind Angehörige der Alliierten Streitkräfte, und Personen die im Besitz eines von einem Offizier der Militärregierung unterzeichneten Erlaubnisscheines sind.

2. Wer dieser Bekanntmachung zuwiderhandelt wird verhaftet und Militärgerichtlich verfolgt.

IM AUFTRAGE DER MILITÄRREGIERUNG

präsidenten des Landes Oldenburg, der erließ am 17. Mai 1945 folgenden

" Aufruf "

Die Alliierte Militärregierung von Deutschland hat mir durch vorläufige Ernennung zum Ministerpräsidenten Gelegenheit gegeben, den Wiederaufbau im Lande Oldenburg zu leiten unter der Aufsicht der Militärregierung. Der religiöse und moralische Tiefstand im deutschen Volk ist sehr groß, die Not auf allen Gebieten unermeßlich. Überall nur Trümmerhaufen. Schuld daran trägt das Nazi-Verbrechertum. Jeder, der nicht blind ist, muß das begreifen und anerkennen. Nur dann ist unsere Lage nicht hoffnungslos und der Wiederaufbau möglich. Die Militärregierung kommt nicht als Unterdrücker. Sie will ein gesundes Deutschland der Ordnung und der Gerechtigkeit. Sie will, daß die Wirtschaft in Stadt und Land so rasch wie möglich voll in Gang kommt. Ich verlange, daß alle Anordnungen der Militärregierung und meine Anordnungen strikt befolgt werden, und erwarte die Mitarbeit aller Bevölkerungskreise.

Tantzen

Die Militärregierung setzte sofort einen Gerichtshof ein. Wer z. B. gegen die Sperrstunde verstieß, bekam sieben Tage Gefängnis, wer ein Seitengewehr nicht abgeliefert hatte, 200,– RM Strafe, wer eine Pistole mit Munition nicht angegeben hatte, sogar ein Jahr Gefängnis. Wer ohne Kennkarte angetroffen wurde, bekam vierzehn Tage Gefängnis und wer Gasschutzkleidung vom Eisenbahngelände entwendete, sogar sechs Monate Gefängnis. Die Stadtverwaltung hatte diese Strafen öffentlich bekanntzugeben, damit die Bevölkerung abgeschreckt wurde.

Wohnraum durfte ab sofort nur noch mit ausdrücklicher Genehmigung des Wohnungsamtes der Stadt bzw. der Gemeinde vermietet werden. In Dangast richteten die kanadischen Truppen nach der Kapitulation ein "Camp" ein.

Einbezogen waren das Kurhaus mit allen Gebäuden, die Häuser Gramberg, Hinck, Dr. Düser und Dr. Hermann. Am Haus Dr. Hermann (jetzt Strandhus) war der Schlagbaum des Camps. Dort stand ständig eine Wache. Zum Camp gehörte auch das Gelände des ehemaligen Hitlerjugendlagers von der Straße zum Siel bis zum Kurhaus. Dort wurden die Fahrzeuge abgestellt und nach und nach Fahrzeughallen gebaut. Bevor die Truppen einzogen, mußten die Dangaster Einwohner die Häuser und das Kurhaus in Ordnung bringen, und alle Räume fegen und wischen. Ich mußte z. B. dafür sorgen, daß in jeder Lampe auch eine Glühbirne war. Als wir am Aufräumen waren, kam die politische Polizei mit einem Jeep angefahren; sie fragten nach Edo Pille. Herr Pille mußte in den Jeep einsteigen und wurde mitgenommen. Die Polizei fuhr zunächst mit ihm in seine Wohnung in der Schule, dort konnte er sich ein paar persönliche Dinge mitnehmen. Dann fuhren sie nach Varel. In einem Hauskeller wurden die Nationalsozialisten vorübergehend untergebracht, bevor sie in ein Internierungslager (Esterwegen) kamen.

Die Familien, deren Häuser beschlagnahmt wurden, mußten die Wohnungen räumen und kamen bei Verwandten oder Bekannten unter oder wurden in eine andere freie Wohnung eingewiesen. Die Bevölkerung hatte einen guten Kontakt zu den Besatzungstruppen. Wir hatten durch einen Zufall "Fred" aus Prinz Albert, Kanada, kennengelernt. Er kam zu uns und brachte Schokolade und Süßigkeiten mit. Es kam auch vor, daß sich die fremden Soldaten in Dangaster Mädchen verliebten. Einige sind heute in Kanada verheiratet. Wir Jungen tauschten unsere Uniformsachen, Koppelschloß, Schulterriemen und sonstige Sachen gegen Zigaretten oder Schokolade ein. Die Soldaten nahmen auch an den Tanzveranstaltungen im Dorfkrug teil. Ich erinnere mich daran, daß ein leicht angetrunkener kanadischer Soldat während einer Tanzveranstaltung im Saal in die Decke geschossen hat. Gut im

Gedächtnis sind mir auch die großen Schnitten Weißbrot mit Marmelade, die ich einmal vom Wachhabenden am Schlagbaum bekommen habe. Eines Morgens schauten wir aus dem Schlafzimmerfenster und sahen einen kanadischen Soldaten der auf dem Deich schlief und einen großen Bowlentopf (noch mit Bowle gefüllt) im Arm hatte. Ich bin zum Camp gegangen und habe dem wachhabenden Soldaten davon berichtet, so gut es ging. Es war der bewußte Fred. Ich bekam dafür die Riesenschnitte Weißbrot und Schokolade. Wann hatten wir je ein so leckeres Brot gegessen.

Eine Verordnung der Militärregierung traf auch uns. Der Besitz von optischen Geräten - Ferngläsern, Fotoapparaten - und Rundfunkgeräten mußte angegeben werden, und zwar waren sie auf einem Stück Papier aufzuführen, das draußen an der Haustür angebracht werden mußte. Lotti wohnte damals mit Ulla bei uns. Sie hatte einen Fotoapparat von Rudolph in Verwahrung. Wir gaben diesen an, und als die Kanadier zur Kontrolle kamen, verlangten sie den Fotoapparat und nahmen ihn mit. Weg war er!

Die einzige Familie, die im Camp wohnen durfte, waren die Wegeners, weil Frau Wegener als Dolmetscherin bei den Kanadiern tätig war. Man konnte sie ständig mit den Offizieren im offenen Jeep sehen, sie war auch dabei, wenn die Dangaster Häuser kontrolliert wurden. Selbst die Gärten wurden mit Eisenstangen nach Waffen und Munition abgesucht. Schnaps tauschten die Soldaten gerne gegen andere Sachen. Wir hatten noch eine Flasche Korn im Keller, dafür hat Olga einen Kleiderstoff bekommen. Das Kleid hat sie lange getragen.

Alle militärischen Anlagen der deutschen Wehrmacht in Dangast - die Batterie mit Scheinwerferstand und Munitionshaus, die Marinefunkleitstelle in Wehgast und die alten Bunker aus dem 1. Weltkrieg - wurden von den Besatzungstruppen gesprengt. Auf dem Batteriegelände lag alles in Trümmern. Durch einen tragischen Unfall ist der zwölfjährige Heiko Pille dort an einem Sonntagmorgen tödlich verunglückt. Ein schwerer Schicksalsschlag hatte die Familie Pille getroffen. Auch dieses Unglück war im weitesten Sinne eine Folge des schlimmen Krieges, der unserem Volk über 7 000 000 Tote gebracht hat. Die Besatzungstruppen haben Dangast im Sommer 1946 wieder verlassen.

Ende 1945 begann in Nürnberg der Prozeß gegen die Verantwortlichen des Dritten Reiches - auch "Kriegsverbrecher-Prozeß" genannt. Im Oktober 1946 wurden die Urteile gegen die einundzwanzig Hauptangeklagten verkündet.

# Was wußten wir über die Juden?

Die “Lösung der Judenfrage” war ein Hauptprogrammpunkt der Nationalsozialistischen Deutschen Arbeiterpartei.

In der Oberklasse der Schule in Dangast wurde auch über das Weltjudentum gesprochen. Uns wurde generell ein negatives Bild über die Juden vermittelt. Im Programm der NSDAP hieß es: Staatsbürger könne nur sein, wer deutschen Blutes sei, ohne Rücksicht auf Konfession. Kein Jude könne daher Volksgenosse sein. Mischehen zwischen “arischen” Deutschen und Juden waren verboten. Ein Jude durfte ab 1939 weder Betriebsführer sein, noch Inhaber von Einzelhandelsgeschäften und nicht selbständig ein Handwerk betreiben. Zum Ende des Krieges sickerte es durch, daß Juden und sogenannte “Volksschädlinge” in ein “KZ” (Konzentrationslager) verschleppt wurden.

Schon in der “Kampfzeit” - 1929 - 1933 - zeigte die Vareler SA bei Propagandafahrten große Spruchbänder mit folgenden Aufschriften:

“Wer seinen Freund beim Juden sucht,
sei verachtet und verflucht,"

oder: “Keine Kuh dem Juden”,

oder: “Unsere Stärke - erbgesunder Nachwuchs”.

Ich erinnere mich daran, daß die Nationalsozialisten es nicht gerne sahen, wenn die Einwohner in Geschäften von Juden einkauften.Im April 1933 ordnete das Reichswirtschaftsministerium eine Boykottierung der von Juden geleiteten Geschäften und Unternehmungen an. Die SA stellte in Varel bewaffnete Posten vor den jüdischen Geschäften auf, sie hinderten die Bevölkerung mit Gewalt am Betreten der Läden. Vor den Geschäften kam es zu Auseinandersetzungen, die SA setzte Gummiknüppel ein. Als Mutter eines Tages aus Varel vom Einkaufen kam, erzählte sie uns, daß sie von SA-Männern fotografiert worden wäre, als sie aus dem Geschäft (Bekleidung) des Juden Weiß (Dieler) gekommen sei. Die Fotos wurden von der SA in einem Aushangkasten am Gebäude der Staatszeitung unter der Rubrik "Die hier abgebildeten Personen kaufen bei Juden" ausgehängt.

Die Hetze gegen die Juden wurde nach meiner Information seit 1933 immer schlimmer und von jedem wahrnehmbar. Schließlich mußten die Juden in der Öffentlichkeit einen "Judenstern" am Kleid, Mantel oder Anzug sichtbar tragen.

Am 9. November 1938 - "Reichskristallnacht" - kam es auch in Varel zum Schlag gegen die Juden. Sie wurden nachts aus ihren Häusern geholt und mußten sich auf einem Platz sammeln. Die SA-Männer zündeten die Synagoge an, die bis auf die Grundmauern niederbrannte. Die Ausschreitungen gegen die Juden waren brutal und von gemeiner Art. Die Juden wurden am 9. November mit Lastkraftwagen abtransportiert in eine ungewisse Zeit. Vater und Mutter vernahmen die Kunde von diesen Ereignissen mit großer Betroffenheit. Auch bei Vater am Bau waren Juden als Maurer beschäftigt, sie erschienen nicht wieder zur Arbeit. Er konnte das alles nicht fassen. Nach einigen Tagen wurde bekannt, daß die SA-Männer auch den Judenfriedhof in Hohenberge verwüstet, die Grabsteine umgeworfen und teilweise auch beschädigt hatten. Das Vermögen der Juden wurde eingezogen, ihre Häuser und Möbel verkauft. So mancher Vareler Bürger ist dadurch in den Besitz eines Hauses gekommen.

Nach dem Krieg mußten von den Erwerbern noch einmal Entschädigungen gezahlt werden. Für manchen Vareler Bürger war das sehr peinlich. Es kam auch vor, daß die Reklameschriften der ehemaligen jüdischen Besitzer mit der Zeit an den Hausfassaden wieder zum Vorschein kamen. Dann mußte schnell der Maler mit einem großen Pinsel kommen und die Zeugnisse früheren Unrechts wieder beseitigen. Ich weiß, daß mein Chef nach dem Krieg die von ihm erworbenen Sessel aus einem Judenvermögen noch einmal bezahlen mußte.

Was haben die Menschen sich gedacht, wohnten jahrelang in Häusern jüdischer Mitbürger die geraubt wurden, und machten sich in deren Sesseln breit!

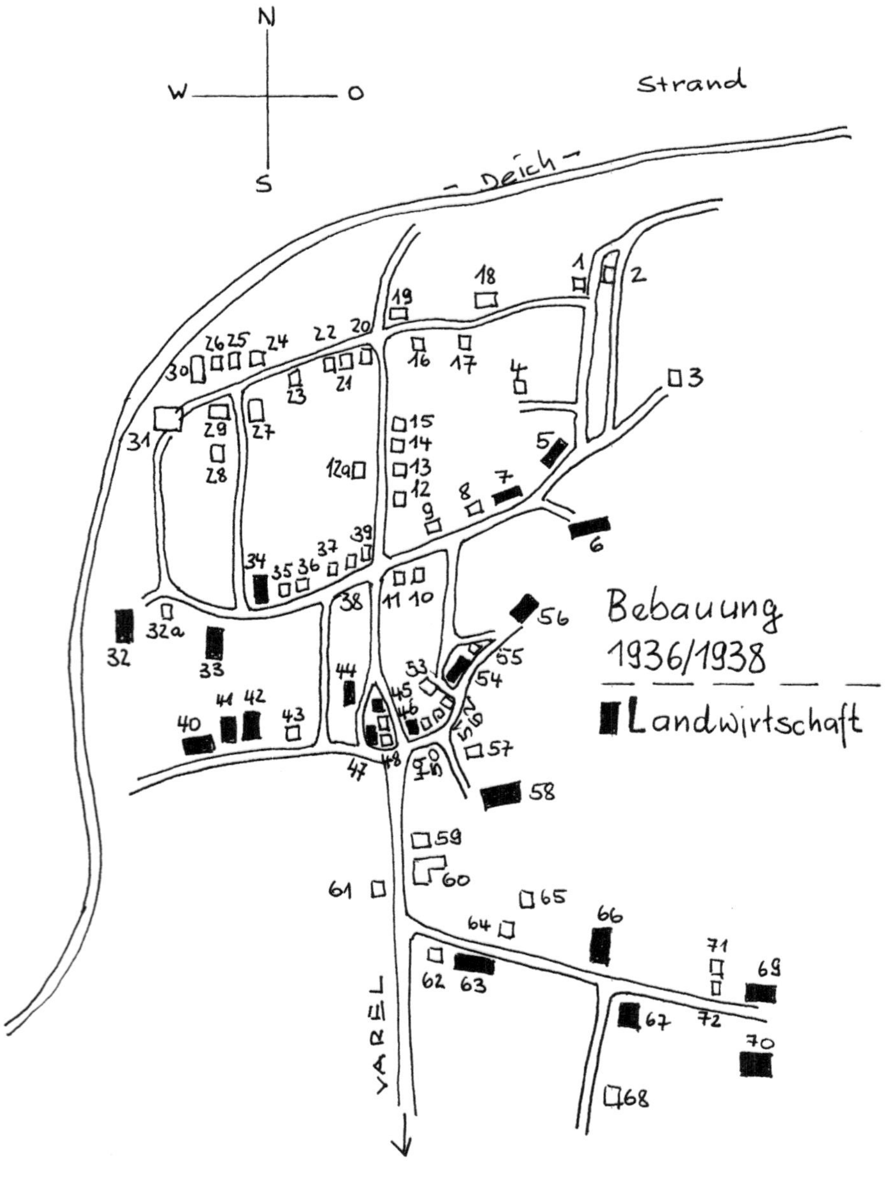
N
W
O
S
Strand
– Deich –
Bebauung
1936/1938
Landwirtschaft
VAREL
1 2 3 4 5 6 7 8 9 10 11 12 12a 13 14 15 16 17 18 19 20 21 22 23 24 25 26 27 28 29 30 31 32 32a 33 34 35 36 37 38 39 40 41 42 43 44 45 46 47 48 49 50 51 52 53 54 55 56 57 58 59 60 61 62 63 64 65 66 67 68 69 70 71 72

# Wovon lebten die Dangaster?

Familien in Dangast 1936/1938

1 Hinrich Frerichs
Hermann Frerichs
2 Willi Lange
3 Albert Becker
4 Konrad Schmoll
5 Berta Siefken
6 Ernst Klostermann
7 Hinrich Klöver
8 Hermann Heinen
9 Friedrich Gröning
10 Jacob Boomgaarden
11 Heinrich Lange
12 Adolf Pade
12aGeorg Lange
13 Adolf Blanke
14 Heinrich Grimm
15 Zollhaus, Petzold
16 Johann Blanke
17 Arthur Nemann
18 "Tante Clara"
Diedrich Busch
19 Diedrich Nemann
20 Buchtmann
21 Gustav Abken
22 Kraul
23 Hermann Bülter / Adolf Lübben

24 Dr. Hans Hermann, Kinderheim und Privatschule
25 Dr. Düser
26 Gramberg
27 Kurhaus-Posthaus
28 Heinrichsdorf, Kinderheim
29 Hans Gramberg
30 Kurhaus, Logierhaus
31 Kurhaus
32 Fritz Lüers
32aJohann Vogel
33 Diedrich Blanke
34 Arnold Ihnken
35 Richard Blanke
36 August Blanke
37 Hinrich Schröder
38 Prof. Franz Radziwill
39 Hermann Janßen, Hinrich Meyer
40 Hinrich Funke
41 Wilhelm Warns
42 Theo Funke
43 Buchtmann
44 Heinrich Papen
45 Adolf Busch
46 Friedrich Brüning
47 Wilhelm Hillen, Bürgermeister von Varel-Land
48 Dorfkrug, Friedrich Brüning
49 Hinrich Meyer
50 Edo Thomsen und Willi Förster
51 Joh. Blanke
52 Heini Gerdes
53 Ernst Janßen
54 Wilhelm Gröning
55 Hinrich Gronevold / Buchtmann
56 Joh. Warns

57 Wilhelm Kuck, Erich Helmke
58 Friedrich Funke
59 Otto Ritter
60 Volksschule, Edo Pille, G. Baumgarte
61 Hermann Stulken / Martha Lübben
62 Hermann Martens / Adolf Busch
63 Joh. Busch
64 Heinrich Schwabach
65 Waschelewski
66 Karl Funke
67 Georg Decker
68 Hermann Decker
69 Günther Hillen
70 Martha Garlichs / Heinrich Hedemann
71 Joh. Bolting / Betten
72 Hogenkamp
Als ich im Jahre 1936 zur Schule kam, hatte Dangast folgende Bevölkerungsstruktur:

Bauern Dangast
Siefken, Berta
Meyer, Gustav – danach Klostermann, Ernst
Klöver, Hinrich
Warns, Johann
Gröning, Willi
Funke, Friedrich
Busch, Adolf
Hillen, Wilhelm
Papen, Heinrich
Funke, Theodor
Funke, Hinrich
Warns, Wilhelm
Ihnken, Adolf
Blanke, Adolf

| | | |
|---|---|---|
| | Lüers, Fritz | |
| | Meier, Alfred | |
| | | |
| | Wehgast | |
| | Busch, Johann | |
| | Funke, Karl | |
| | Garlichs, Martha | |
| | Hillen, Günther | |
| | Garlichs, Karl (Groden) | |
| | Dangaster Weide | |
| | Klostermann, August | |
| | Grimm, Heinrich | |
| | Cordes, Willi | |
| | Funke, Gustav | |
| | Ahlers, Hinrich | |
| | Müller, August | |
| | | |
| Fischer | Blanke, August | K |
| | Nemann, Diedrich | K |
| | Nemann, Arthur | B |
| | Blanke, Johann | K/B |
| | Blanke, Adolf | K/B |
| | Lange, Willi | K |
| | -auf See geblieben- | |
| | Lange, Heinrich | K/B |
| | Blanke, Richard | B |
| | Blanke, Willi | B |
| | Blanke, Bernhard | B |
| | Lange, Georg | K |
| | Blanke, Johann, Dorf | B |
| | -auf See geblieben- | |
| | Buchtmann, Johann | K |
| | Buchtmann, Wilhelm | K |
| | Thomsen, Edo | K |

Neben der Kutterfischerei (B) wurde sehr stark die Korbfischerei (K) betrieben

Kolonialwaren/Bäckereien

Brüning, Friedrich (Kolonialwaren, Gastwirtschaft, Poststelle) zunächst im Dorfkrug (bis 1938)
Hartmann, Gustav
Bäckerei und Kolonialwaren
ab 1938 Otto Ritter (jetzt Antik/Trödel
Müller, August
Bäckerei in der Dangaster Mühle

Gaststätten

Kurhaus, K. A. Tapken
Tante Klara, Diedrich Busch
Dorfkrug, Friedrich Brüning
ab 1938 Hans Gramberg

Sonstige Gewerbebetriebe

Gustav Papen
-Schmiede und Fahrräder-
Foto Evers
- Kiosk bei Nemann am Kukshörner Weg-
Bademoden im Haus Gramberg
Heinrich Gerdes, Schuhmacher
Während des Krieges eröffnete Minna Pade im Haus Gerdes einen Milchladen.

Bauunternehmen/Zimmereien

Grimm, Heinrich, Bauunternehmer
Schwabach, Heinrich, Zimmermeister

Die Dangaster Landwirte besaßen kleine bis mittlere Höfe. Die Arbeit in der Landwirtschaft war damals schwer, weil es verhältnismäßig wenig Maschinen gab, so mußte die meiste Arbeit von Hand verrichtet werden.

*IM MÄRZEN DER BAUER*

2. Die Bäurin, die Mägde, sie dürfen nicht ruhn; sie haben im Haus und im Garten zu tun. Sie graben und rechen und singen ein Lied, sie freun sich, wenn alles schön grünet und blüht.

3. So geht unter Arbeit das Frühjahr vorbei, da erntet der Bauer das duftende Heu; er mäht das Getreide, dann drischt er es aus: im Winter da gibt es manch fröhlichen Schmaus.

Sobald im Frühjahr die Sonne höher kam, begann die Bestellung der Felder. Das Lied "Im Märzen der Bauer die Rößlein anspannt" hatte seine Bedeutung. Zunächst mußte der Stalldung auf das Land aufgebracht werden, aber nicht etwa per Lader und Miststreuer, nein, die Mistwagen wurden von Hand beladen. Auf dem Acker wurde der Mist (Dung) mit einem Misthaken abgeladen - in kleine Haufen - und anschließend mit der Forke auf dem Acker verteilt. Wenn diese Arbeit verrichtet war - es dauerte meistens länger als eine Woche - , wurden die Pferde vor den Pflug gespannt und der Acker gepflügt, tagelang. Ich habe mich immer gewundert, wie gerade die Furchen waren. Korn wurde mit der Hand gesät, manchmal auch mit der Saatmaschine. Kartoffeln wurden hinter dem Pflug auch mit der Hand gesteckt. Ebenfalls wurde der Grünkohl, die "Oldenburger Palme", hinter dem Pflug mit der Hand gepflanzt.

Die Bauern hatten sich noch nicht spezialisiert, sondern betrieben sowohl Weide- als auch Ackerwirtschaft Das Futter für das Vieh im Winter wurde ausschließlich selber erzeugt. Jeder Bauer hatte neben einem Gemüsegarten auch einen Obstgarten. Der Fuhr- und Maschinenpark war spärlich. Es waren vorhanden:

| | |
|---|---|
| mehrere Ackerwagen | Heuwagen (Leiterwagen) |
| Wippe | Federwagen |
| Kutsche (nur wenige Bauern) | Pflüge |
| Eggen | Mähmaschinen |
| Harkmaschine (Heu) | Staubmühle |
| Dreschmaschine (sehr wenige) | Rübenmaschine |
| Dippelmaschine (Rüben säen) | |

Zur Ausrüstung des Milchwagenfahrers gehörten noch zwei Rollwagen. Ein Vergnügen für mich war es, wenn ich mit Oma Siefken und Georg mit der Kutsche ausfahren durfte. Die Kutsche wurde auf Hochglanz gebracht, die Lampen mit Kerzen bestückt und den Pferden das "Sonntagsgeschirr" angelegt.

Der Bauer trug bei besonderen Anlässen weiße Handschuhe und auf dem Kopf einen Zylinder.

Bei der Ernte mußte das Getreide zum Teil noch mit der Sense (Sichel) gemäht werden. Die Garben wurden von Hand gebunden und in Hocken aufgesetzt. Als Kinder spielten wir “Verstecken” in den Hocken. Es gab auch Bauern, die schon von Pferden gezogene Mähmaschinen einsetzten. Wenn das Korn gut getrocknet war, wurde es eingefahren. Die Garben wurden mit der Forke auf den Wagen gehoben und gut verstaut. So mancher schlecht beladene Wagen ist umgekippt. Die Heuernte war entsprechend schwer. Das Gras wurde überwiegend mit der Mähmaschine gemäht. Das Heu wurde mehrmals mit der Forke oder Harkmaschine gewendet, manche Bauern hatten auch einen Heuwender. Mit der Harkmaschine wurde das Heu nach dem Trocknen zusammengeharkt und

## Die Ernte.

O seht das fröhliche Leben auf dem Felde! — Der Landmann hat zwar schwere Arbeit; aber er streicht sich den Schweiß aus dem Gesicht und singt ein munteres Lied. Hei, wie die blanken Sensen rauschen und die langen, schweren Halme zu Boden sinken! — Der eine Schnitter da wetzt mit dem Wetzstein seine Sense; denn sie muß scharf sein, wenn sie viele Halme auf einen Hieb durchschneiden soll.

Das Roggenfeld ist bald abgemäht. Es steht nur noch eine kleine Ecke. Da hinein hat sich das Häschen verborgen, das jetzt lustig herausspringt. Seht, wie schnell es laufen kann! — Den Mähern folgen fleißige Mägde, die das in Reihen liegende Getreide aufnehmen, in Strohbänder legen und zu Garben binden. Die Garben werden dann in Haufen zusammengestellt, die der Landmann Hocken nennt.

Auf dem Felde drüben haben die Schnitter ihre Arbeit schon beendet, und der Erntewagen steht hoch beladen auf dem abgemähten Acker. Noch eine Garbe und noch eine wird hinaufgegeben; jetzt ist's genug. Der Knecht läßt die Peitsche knallen, und nun ziehen die Pferde das schwere Fuder mühsam über den lockern Boden des Feldes, bis sie auf die feste Straße kommen, wo es leichter geht.

Bald schwankt der Wagen durch das weite Tor in den Hof und in die geöffnete Scheune. Da gibt es Arbeit für den Winter. Denn wenn der Schnee die Felder deckt, so geht es in den Scheunen: klipp klapp klipp! klipp klapp klipp! Die Drescher schlagen mit schweren Flegeln die Körner aus den Ähren, und ganze Säcke voll Korn wandern auf den Getreideboden und dann nach der Mühle oder auf den Markt.

Ernst Lausch. (Heitere Ferientage.)

anschließend eingefahren. Auch die Heuwagen wurden von Hand beladen. Das Fuder wurde mit “Bindebaum” und Tauen (Reep) zusammengehalten. Im Groden ist Bauer Wigbers auf dem Heuwagen bei einem Gewitter vom Blitz erschlagen worden. Die Zuggräben zwischen den Weiden mußten jedes Jahr gereinigt werden, man nannte dies “Schlöten”. Eine sehr schwere Arbeit. Mit dem Haumesser (Grabenmesser) wurden die Grabenkanten abgeschnitten und danach mit einer breiten Hacke herausgeholt. Rüben wurden überwiegend auf dem schweren Kleiboden im Groden gesät, die Reihen waren kaum abzusehen. Rüben mußten von Hand verzogen und gehackt werden. Es war ein mühseliges Stück Arbeit, ein so riesiges Rübenfeld zu hacken. Melkmaschinen waren nicht vorhanden, und so mußten die Kühe mit der Hand gemolken werden. Die Arbeit war schwer und nahm Tag für Tag viel Zeit in Anspruch. Die Bauern stellten die Milchkannen morgens sehr früh an den Weg. Hinrich Klöver kam dann mit Pferd und Wagen, sammelte alle Milchkannen ein und brachte die Milch der Dangaster Bauern zur Molkerei nach Rallenbüschen, später nach Varel. Hermann Stellmann, der gutmütige Milchfuhrmann, der auch schon einmal Kinder mitfahren ließ und sonstige Gefälligkeiten für die Einwohner erledigte, mußte jede Kanne - meistens 20 l - auf den Rollwagen heben und mittags auf dem Rückweg wieder abladen. Milch wurde an jedem Tag, ob Wochen-, Sonn- oder Feiertag, und bei jedem Wetter zur Molkerei gebracht. Später wurden die Pferde durch einen Trecker ersetzt. Die meisten Bauern besaßen in Grünenkamp oder Neuenburgerfeld ein Torfmoor, also wurde im Sommer Torf für den Hausbrand gestochen. Aber auch Weißtorf wurde gegraben als Streu für die Pferdeställe. Ende des Sommers begannen die Bauern, den Torf mit Pferd und Wagen nach Hause zu holen. Ein weiter Weg.

Wenn es Herbst wurde, freuten wir Kinder uns auf das Eintreffen der Dreschmaschine. Dann wurde im ganzen Dorf das eingebrachte Korn gedroschen. Die Maschine ging von Hof zu Hof, die Bauern halfen sich gegenseitig, weil dabei viel Arbeitskräfte benötigt wurden. Zu Mittag gab es meistens Erbsensuppe. Es soll Stammarbeiter beim Dreschen gegeben haben, die wochenlang nur Erbsensuppe bekamen. Die Dreschmaschine wurde von einem Bulldog angetrieben. Ein weiteres Ereignis im Dorf war das Eintreffen des "Kartoffeldämpfers". Fuderweise wurden die Kartoffeln angefahren, im Dämpfer gekocht und anschließend in Silos eingelagert; ein gutes Viehfutter für den Winter.

Wie bewältigten die Bauern nun all diese Arbeiten? Jeder Bauer hatte mindestens eine Magd und einen Knecht. Sie mußten - aus heutiger Sicht gesehen - für einen Hungerlohn schwerste Arbeiten verrichten. Für das Personal gab es keine Zimmer wie heute, sondern Mägde und Knechte schliefen im "Alkoven". Der Alkoven für die Mägde befand sich meistens an der Küche. Einen Schrank gab es höchstens auf dem Gang zum Stall. Der Alkoven der Knechte war im Stall, vor dem Vieh. Das Zeug hing zum Teil an einem Nagel im Stall. Gewaschen haben sie sich grundsätzlich vor dem Vieh. Später wurde die Situation besser.

Bei den Fischern war es ebenso wie in der Landwirtschaft, es gab wenig technische Hilfsmittel. Die Korbfischer begannen im Frühjahr damit, ihre Fangkörbe, es konnten mehrere Dutzend sein, mit der "Schlöp" (Schlickschlitten) zum Tief (Fahrrinne) zu bringen und aufzustellen. Jeder Korbfischer

Granatfang am Jadebusen (Leeren der Körbe)

hatte einen bestimmten Platz am Tief zugewiesen bekommen. Täglich rutschten die Korbfischer mit ihrer Schlöp zu den Körben, um den Fang - überwiegend Granat - nach Hause zu holen. Vom Strand wurden die Krabben mit dem Handwagen weitertransportiert. Die Krabben wurden zu Hause gekocht. Die Kutterfischer fischten im Jadebusen und im Jadegebiet bis Mellum. Damals gab es in Dangast keine Anlegemöglichkeit wie heute. Die Fischer ankerten mit ihren Booten etwa 100 m vor dem Strand.

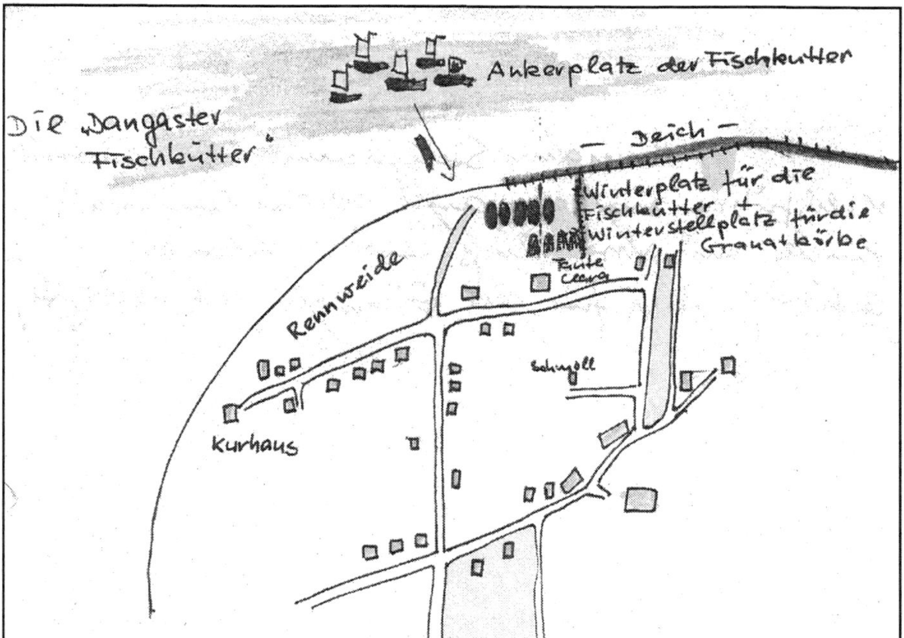


Der Fang wurde in Ruderboote geladen und an Land gebracht. Am Strand warteten die Frauen mit dem Handwagen, später mit dem Pferdegespann. 1938 bauten sich die Fischer eine kleine Lorenbahn vom Watt an den Strand, dann war der Transport des Fanges vom Ruderboot zum Handwagen nicht mehr so schwer. Die dicken Krabben, die Schollen, Butt, Stint und Aale wurden frisch verkauft. Es gab aber keine Verkaufsorganisation wie heute. Darum hatte jeder Fischer seine “Granatfrauen”, die die Krabben und den Fisch von Haus zu Haus verkauften. Am Fahrrad waren große Körbe angebracht, und mit einem Litermaß wurden die Krabben ausgemessen und verkauft. Plastiktüten gab es nicht, sie wurden auch nicht benötigt, denn wer Krabben kaufen wollte, brachte ein Gefäß mit. Die Granatfrauen hatten beim Verkauf ihrer Waren, jede für sich, ihren eigenen “Verkaufsschnack” drauf. Der wurde so laut und schnell gesprochen, daß alle ihn hörten, aber nicht verstanden.

Die kleinen Krabben, Krebse und kleinen Fische, der sogenannte Gammel, wurden auf einer “Darre” getrocknet. Wenn die Fischer in Dangast am Darren waren, verschwand das Dorf in einer blauen Dunstwolke. Es stank bestialisch, heute nicht mehr denkbar. Die vielen Fischer haben den kleinen Fremdenverkehrsort ganz schön “eingequalmt”. Die getrockneten Krabben wurden als Hühner- oder Schweinefutter verkauft. Einige Fischer brachten den Beifang als Dünger auf den Acker. Wenn der Gammel nicht sofort untergegraben oder eingepflügt wurde, begann er im Sommer mächtig zu stinken.

Wer keine Darre hatte, trocknete die kleinen Krabben auf einem geteerten Schuppendach. Dem Fischersohn Bernhard Lange habe ich oft geholfen, die kleinen Krabben auf dem Schuppendach zu trocknen.

Vater und Onkel Albert gingen in ihrer Freizeit schon mal ins Watt zum "Buttgrubbeln". Sie gingen bei Ebbe langsam durch den Priel, und wenn sie einen Plattfisch unter ihrem Fuß hatten, traten sie fest darauf, holten ihn mit der Hand hoch und steckten ihn in einen Beutel. Eine Mahlzeit war schnell gefangen. Helmuth ging mit seinen Schulfreunden oft pieren. Er hat manche Mahlzeit Aal nach Hause gebracht. Es gab auch Hobbyfischer, die Plattfische und Aale mit einem "Elger" (Aalgabel) fingen. Bei dieser Art Fischerei wurden die Fische von mehreren spitzen Eisennadeln regelrecht aufgespießt; diese Art von Fischfang war deshalb auch verboten. In den Wintermonaten waren die Korbfischer damit beschäftigt, neue Fangkörbe anzufertigen und die alten Körbe zu reparieren. Die Kutterfischer hatten allerhand mit dem Schiff und den Netzen zu tun. Ein Privileg hatten die Fischer im Winter, sie durften die Wattenjagd betreiben. So manche Ente und Gans wurde geschossen. Vollbepackt kamen die Fischer in ihren Schneeanzügen aus den Eisschollen. Es war ein lohnender Nebenverdienst.

Die Windmühle war früher ein Wahrzeichen von Dangast. Neben dem eigentlichen Mühlenbetrieb backte der Müller schmackhaftes Schwarzbrot im Torfofen. In der Bäckerei im Dorf wurden alle Brotsorten - aber nicht so viele wie heute- sowie Kuchen und Brötchen gebacken. Zunächst wurden die Brotwaren mit Pferd und Wagen von Haus zu Haus gebracht, später mit einen “Dreirad” (Tempo-Lieferwagen). Für uns Kinder war die Arbeit in der Schmiede bei Papens sehr interessant. Wir sahen gerne zu, wenn das Schmiedefeuer geschürt wurde und die Pferde neue Hufeisen bekamen. Auch wer ein neues Fahrrad benötigte, kaufte es bei Gustav Papen.

Bei Evers Bude vor dem Haus von Diedrich Nemann gab es Fotosachen, Süßigkeiten, Spielsachen und Andenken. Andenken wurden viel gekauft, denn in Dangast gab es seit der Gründung in der Bentickschen Seebadeanstalt im Sommer immer Feriengäste. Sie wohnten im Kurhaus, in Gaststätten, in Pensionen und Privatzimmern. Manche Privatpensionen hatten sich auf Mittagstisch - Eintopf - spezialisiert. In Haus Gramberg beim Kurhaus gab es Badeartikel und sonstige Bekleidung. Ja, das alles gab es schon in Dangast.

Zum Kurhaus muß noch einiges gesagt werden. Die Seebadeanstalt wurde 1797 vom Grafen Bentinck gegründet. Die Gebäude wurden 1856 ohne die Grundstücke verkauft, 1875 wurden auch die Grundflächen veräußert. 1906 ging das Anwesen in das Eigentum der Familie Gramberg über und dann an die Familie Tapken.

Das Kurhaus stand in Dangast immer im Mittelpunkt. Es war von jeher ein Anziehungspunkt. Es ist idyllisch gelegen zwischen hohen Bäumen auf der einen Seite und dem Meer auf der Nordseite. Der Steindeich schützt das Gelände vor Sturmfluten. Vor dem Krieg kamen die Gäste von Wilhelmshaven mit dem Dampfer nach Dangast, um im Kurhaus Kaffee zu trinken. Nach dem Krieg, als die Besatzungstruppen die beschlagnahmten Gebäude geräumt hatten, nahmen im Jahre 1946 Olga und Karl-Anton Tapken den Hotel- und Gaststättenbetrieb wieder auf. Wenn eine vollständige Instandsetzung der Gebäude auch nicht sofort erreicht werden konnte, so begnügten sich die Gäste mit dem, was vorhanden war.

Das Kurhaus wurde von jeher gerne aufgesucht, so ist es bis zum heutigen Tage geblieben. Sofort nach der Besatzungszeit fanden im Kurhaus auch wieder die traditionellen Kurbälle statt. Zunächst war alles sehr vornehm; Anzug- und Krawattenzwang für die Herren, und die Damen kamen in Abendgarderobe. Für den Saal verfügte "Karl-Anton" Weinzwang. Die flotten Kapellen spielten bis in die frühen Morgenstunden. Später wurde alles etwas legerer, schließlich fehlte jegliche Kleiderordnung und einige Gäste tanzten im "kl. Strandhöschen" barfuß. Aber warum auch nicht?

Anfang der fünfziger Jahre begann Karl-Anton mit dem Bau eines kleinen Schwimmbeckens direkt am Steindeich. Das Wasser wurde aus dem Jadebusen hochgepumpt, so hatte Dangast das erste, wenn auch nur kleine "Seewasserschwimmbad". Viele Kinder und Erwachsene haben dort das Schwimmen gelernt. Und wenn es nachts in der Klause "heiß" herging, sprang man schon einmal "splitternackt" ins kalte Wasser. Das war besonders schön, wenn "Meeresleuchten" war (auch im Bad, da es sich um reines Meerwasser handelte).

Zu bedauern ist, daß der kleine "Sternwald" beim Kurhaus eines Tages abgetragen wurde und die Bäume der "Kiesgewinnung" (in doppelter Hinsicht) weichen mußten. Vor dem Kurhaus, wo früher eine kleine Terrasse war, entstand eine große überdachte Veranda.

Olga und Karl-Anton Tapken hatten schon immer einen guten Kontakt zu den verschiedensten Künstlern. Prof. Radziwill zählte zu den häufigen Gästen im Kurhaus. Immer öfter kamen Künstler wie Anatol, Pretorius, Grenzer, "Kaiser Butjatha", und viele andere zum Kurhaus, und so entwickelte sich dort schnell eine echte "Kunstszene". Auf dem Kurhausgrundstück haben viele große und kleine Kunstwerke einen festen Platz gefunden. Das sogenannte Ding von Dangast hat weltweites Echo gefunden. Sogar eine Zeitung in den USA berichtete über den überdimensionalen Penis aus Granit am Kurhausstrand. Seit einigen Jahren hat Dangast auch wieder ein Fahrgastschiff, die “Etta von Dangast”; Kapitän ist Anton Tapken. Über das Kurhaus gäbe es eine Menge zu berichten, aber das sollte Sache der Familie Tapken sein.

Die Männer aus unserem Dorf arbeiteten zu einem Großteil auf der Kriegsmarinewerft in Wilhlemshaven. Die Handwerker fuhren nach Varel zur Arbeit, und in der Landwirtschaft gab es damals noch viele männliche und weibliche Arbeitskräfte. Alle Familien hatten einen Garten und zum Teil auch Vieh, mindestens Schweine und Hühner. Auch zur Firma Maschinenfabrik A. Heinen fuhren einige Männer. Die Frauen besorgten überwiegend den Haushalt. Es war noch nicht die Rede von “Emanzipation”. “Die Welt war noch in Ordnung.” Heute ergibt sich ein ganz anderes Bild. Immer mehr Bauern haben ihren landwirtschaftlichen Betrieb aufgegeben, so daß nur noch acht Höfe vorhanden sind. Während früher der Mensch und das Pferd die Arbeiten auf dem Bauernhof verrichteten, bestimmt nun die Technik den Arbeitsablauf. Überall sieht man große Trecker mit den gewaltigen Zusatzgeräten auf dem Feld.

Melkmaschinen und ganze Melkanlagen mit Kühlkammern haben das Melken von Hand völlig abgelöst. Tankwagen holen heute die Milch vom Hof ab. Große Mähdrescher besorgen die Getreideernte, und zum Auskriegen der Kartoffeln und Rüben werden riesige Roder eingesetzt. Es ist heute sogar soweit, daß die Futteraufnahme der Kühe computergesteuert erfolgt. Ein Sensor am Körper der Kühe zeigt an, wenn das Tier Futter aufnehmen muß, dann wird vom Computer ein Impuls gegeben. Das ist alles möglich geworden, ob zum Vorteil der Tiere, muß die Zeit zeigen.

Im Laufe der letzten dreißig Jahre wurden die Feuchtwiesen trockengelegt, und wo früher natürliche Gräben die Entwässerung besorgten, wurden exakte Zuggräben (ja, man kann bald sagen: Kanäle) und Vorfluter angelegt. Das natürliche Leben in den Gräben wurde zerstört, Fische gibt es nicht mehr in den Gräben, und Frösche sind selten geworden. Als Folge davon gibt es kaum noch Störche in unserem Bereich. Inzwischen beginnt man allmählich wieder mit der Rekultivierung. Während Wiesen und Felder früher natürlich gedüngt wurden, bestimmt heute die Chemie das Wachstum der Pflanzen. Korn- und Mohnblumen, Kornraden und Ackerwinden sind auf den Feldern verschwunden, sie wurden mit Chemie "weggespritzt". Allerdings kehrt man heute schon wieder zum biologischen Gemüse- und Getreideanbau zurück. Monokulturen gibt es aber immer noch in großem Umfang. Das eigentliche Dorfbild von Dangast ist verschwunden; wo früher blühende Kornfelder wogten, Kartoffeln, Kohl und Rüben gediehen, hat sich eine intensive Bebauung mit all ihren Vor- und Nachteilen breitgemacht. Die weiße Industrie hat alles verdrängt. Auf den Feldern südlich der Straße. Auf der Gast und der Sielstraße, die noch landwirtschaftlich genutzt werden, bestimmt heute Mais die Landschaft. Ja, das alte idyllische Dorf Dangast hat aufgehört zu existieren.

Das gleiche Schicksal wie die Bauern ereilte auch die Fischer. Heute gibt es noch einen Kutter und einige Nebenerwerbsfischer in Dangast. Aber es ist abzusehen, daß der letzte Fischkutter aus dem Hafenbild verschwindet. Dafür liegen nun die schmucken Yachten der Freizeitkapitäne im Hafen.

In Dangast gibt es heute noch:

Kolonialwarengeschäft:
Edeka Pieper
Bäckereifachgeschäft:
Bulgrin
Hotels: Graf Bentinck
Gaststätten und Speisewirtschaften:
Kurhaus, K.-A. Tapken
Haus Gramberg/Boomgarden

| | |
|---|---|
| | Gröningshof |
| | Störtebeker |
| | Mama Mia |
| | Dorfkrug |
| | Altes Zollhaus |
| | Deichhörn |
| | Kurhausklause |
| | Teehaus (Sommerbetrieb) |
| Café: | Strandcafé |
| Boutique: | C. Klöver |
| | Meer + Mehr |
| Milchladen,Naturprodukte: | |
| | Jutta Sauer (Bauerei) |
| Fischladen: | M. Schrader |
| | E. Schröder |
| Heilpraktiker: | A. Warns |
| Architekten: | Heinrich Gerdes |
| | Abken und Ziegler |
| | Hanno Bohner |
| | Hartmut Wichmann (und Bauunternehmer) |
| Trödel + Antik: | ehem. Bäckerei Ritter, R. Friedrichs |
| Fahrgastschiff: | Kapitän Anton Tapken |
| | "Etta von Dangast" |
| Banken: | Oldenburgische Landesbank |
| | Geschäftsstelle Dangast |
| Krankengymnastik und Massagen: | |
| | Nordseekuranlage Deichhörn |
| Ärzte: | Badearzt Dr. Johann Warns, |
| | Sprechstunden in der Kuranlage |
| Maler: | Willy Hinck |
| | Prof. Radziwill ist am 12. August 1983 |
| | im Alter von 88 Jahren gestorben. |

## Adreßbuch für Stadt- und Landgemeinde Varel 1936 Dangast (bearbeitet auf Grund amtlichen Materials) (Druckerei Ad. Allmers, Varel)

A.

Abken, Gustav, Maschinenschlosser

Ahlers, Margarete, Landwirtin

Ahlers, Hinrich, Landwirt

B.

Bädeker, Heinz, Arbeiter

Becker, Albert, Dreher

Betten, Gerriet, Arbeiter

Betten, Gustav, Haussohn

Blanke Adolf, Bauer

Blanke, Edo, Wachtmann

Blanke, Diedrich, Haussohn

Blanke, Edo, Haussohn

Blanke, Adolf, Fischer

Blanke, August, Fischer

Blanke, Wilhelm, Fischer

Blanke, Bernhard, Fischer

Blanke, Gustav, Fischer

Blanke, Johann, Fischer

Blanke, Johann, Fischer

Blanke, Margarete, Wwe.

Blanke, Richard, Fischer

Blanke, Wwe.

Bolting, Anton, Arbeiter

Boomgarden, Jacob, Takler

Buchtmann, Emil, Arbeiter

Buchtmann, Emil-Adolf, Arbeiter

Buchtmann, Emma, Ww.

Buchtmann, Heino, Gehilfe

Buchtmann, Johann, Fischer
Buchtmann, Anna, Haustochter
Buchtmann, Friedrich, Maurer
Buchtmann, Wilhelm, Fischer
Bunjes, Eduard, Schlosser
Busch, Adolf, Bauer
Busch, Diedrich, Gastwirt
Busch, Emma, Wwe.
Busch, Ella, Haustochter
Busch, Johann, Bauer
Busch, Ella, Haustochter
Busch, Adolf, Haussohn
Bülter, August, Ziegler
Brüning, Friedrich, Kaufmann und Gastwirt

C.
Carstens, Elise, Haushälterin

D.
Dannemann, Carl, landw. Gehilfe
Decker, August, landw. Gehilfe
Decker, Friedrich, Landarbeiter
Decker, Georg, Landwirt
Decker, Georg, Landarbeiter
Decker, Adolf, Haussohn
Decker, Gustav, Pächter
Diesen, Fritz, landw. Gehilfe

E.
Ebken, Johann, Arbeiter
Eilers, Magda, landw. Gehilfin
Engberts, Johann, Arbeiter
Evers, Ellh., Landwgh.

F.
Fischer, Walter, Lehrer
Förster, Wilhelm, Arbeiter
Frerichs, Heinrich, Maler
Frerichs, Heinrich, Landwirt
Funke, Friedrich, Bauer
Funke, Gustav, Bauer
Funke, Johanne, Bäuerin
Funke, Marianne, Haustochter
Funke, Hinrich, Bauer
Funke, Theodor, Bauer
Funke, Garlich, Haussohn

G.
Garlichs, Wilhelmine, Landwirtin
Gerdes, Emma, Wwe., Schuhmacherei
Gerdes, Heinrich, Schäftemacher
Gramberg, Hans, Hotelier
Gramberg, Helene, Wwe.
Gamberg, Paul, kaufm. Angestellter
Gramberg, Berta, Haustochter
Grimm, Heinrich, Bauer
Grimm, Heinrich, Haussohn
Grimm, Heinrich, Bauunternehmer
Gronewald, Hinrich, Arbeiter
Grote, Heinz, Fischergeh.
Gröning, Friedrich, Kr.-Invalide
Gröning, Heinrich, Bauer
Gröning, Wilhelm, Haussohn
Gröning, Helene, Wwe.

H.
Haase, Luise, Gehilfin

Hagestedt, Sophie, Wwe.
Harms, Hanni, Stütze
Hartmann, Anton, Rentner
Hartmann, Gustav, Bäckermeister
von Häfen, Dietrich, Fahrer
von Häfen, Mariechen, landw. Gehilfin
Heinen, Hermann, Arbeiter
Hienen, Ida, Haustochter
Heinrichsdorf, Irma, Ehefrau
Helmers, Heinrich, Rentner
Helmers, Johann, Rentner
Dr. Herrmann, Hans, Privatlehrer
Hilberts, Agnes, landw. Gehilfin
Hillen, Adolf, Invalide
Hillen, Renke, Bauer
Hillen, Sophie, Haustochter
Hillen, Günther, Haussohn
Hillen, Heinz, Haussohn
Hillen, Wilhelm, Bürgermeister und Bauer
Hillen, Garlich, Haussohn
Hillen, Friedrich, Haussohn
Hogenkamp, Anton, Rentner

J.
Ihnken, Lina, Wwe.
Ihnken, Arnold, Landwirt
Ihnken, Käthe, Haustochter
Janßen, Diedrich, Maurer
Janßen, Ernst, Gärtner
Janßen, Gustav, Müller
Janßen, Johanne, Wwe.
Janßen, Hermann, Arbeiter

K.

Klostermann, August, Bauer

Klostermann, Hanni, Haustochter

Klostermann, Ernst, Landwirt

Klöver, Hinrich, Landwirt

Koch, Otto, Schuhmacher

Kraul, Wilhelm, Ob.-Deckoff. a. D.

Kuhls, Irmgard, landw. Gehilfin

L.

Lange, Anton-Wilhelm, Fischer

Lange, Friedrich-Wilhelm, Fischer

Lange, Georg, Fischer

Lange, Heinrich, Fischer

Leh, Wilhelm, landw. Gehilfe

Luers, Fritz, Bauer

Lübben, Martha, Wwe.

M.

Meier, Anna, Wwe.

Meier, Hinrich, Landwirt

Meinbreckse, Artur, Landhelfer

Meßietz, Johannes, Zoll-Assistent

Mener, Hinrich, Bauarbeiter

Mener, Walter, arbeiter

Mener, Wilhelm, Rentner

Möller, Anna, Gehilfin

Müller, August, Müller und Landwirt

Müller, Emma, Haustochter

Müller, Heinz, Fischergehilfe

N.

Neemann, Artur, Fischer

Neemann, Diedrich, Fischer

O.
Oldenettel, Henni, Gehilfin
Oltmanns, Helene, landw. Gehilfin
Onnen, August, Fischer
Otholt, Georg, Arbeiter

P.
Pade, Adolf, Arbeiter
Pade, Heinrich, Arbeiter
Pade, Meta, Wwe.
Pade, Paula, Hausgehilfin
Pade, Wilhelm, Bäcker
Pade, Willi, Bäcker
Papken, Helene, Wwe.
Papen, Anton, Landwirt
Papen, Heinrich, Haussohn
Papen, Gustav, Schmied
Papen, Adolf, Haussohn
Prützner, Anna, Köchin

R.
Radziwill, Franz, Kunstmaler
Rahder, Adolf, Lehrer
Rickels, Heinrich, Müller
Rohlfs, Wilhelm, landw. Gehilfe

S.
Sieskeen, Berta, Bäuerin
Siesken, Heinrich, Bauer
Siesken, Georg, Landwirt
Schmidt, Anna, Wwe.
Schmidt, Wilhelm, landw. Gehilfe
Schmoll, Konrad, Maurer
Schröder, Heinrich, Mun.-Arbeiter

Schunig, Gerhard, landw. Gehilfe
Schwabach, Heinrich, Zimmermeister
Schwarz, August, Landhelfer
Schwede, Albert, landw. Gehilfe
Stulken, Hermann, Arbeiter
Stührenberg, Helene, landw. Gehilfin

T.
Tapken, Karl-Anton, Kurhaus-Bes.
Thomsen, Edo, Fischer
Tjaden, Diederike, Näherin
Tjaden, Harmkea, Haustochter

U.
Uehlken, Gerhardine, landw. Gehilfin

W.
Warns, Johann, Bauer
Warns, Wilhelm, Landwirt
Warns, Wilhelm, Rentner
Wehrmeister, Hermann, landw. Gehilfe
Wessels, Emil, jg. Mann

## Alphabetisches Verzeichnis der Gewerbetreibenden der Landgemeinde Varel -DANGAST-

Bäcker- und Konditoreien:
Hartmann, Gustav, Dangast

Bauunternehmer und Maurermeister:
Grimm, Heinrich, Dangast

Düngemittel und Getreide:
Müller, August, Dangast

Fischer:
Blanke, Adolf, Dangast
Blanke, August, Dangast
Blanke, Wilhelm, Dangast
Blanke, Bernhard, Dangast
Blanke, Johann, Dangast
Blanke, Johann, Dangast
Blanke, Richard, Dangast
Buchtmann, Johann, Dangast
Buchtmann, Wilhelm, Dangast
Lange, Ant. Wilh., Dangast
Lange, Friedr. Wilh., Dangast
Lange, Georg, Dangast
Lange, Heinrich, Dangast
Neemann, Artur, Dangast
Neemann, Diedrich, Dangast
Thomsen, Edo, Dangast

Gastwirtschaften und Restaurationen:
Brüning, Friedrich, Dangast
Busch, Diedr., „Tante Klara", Dangast
Tapken, Karl-Ant., „Kurhaus-Dangast"

Kolonial- und Delikateßwarenhandlungen:
Brüning, Friedrich, Dangast
Hartmann, Gustav, Dangast

Mühlenbetriebe:
Müller, August, Dangast

Plättereien:
Abken, Ehefrau, Dangast

Schmiede und Schlosser
landw. Maschinenhandlungen:
Papen, Gustav, Dangast

Schuhmacher:
Gerdes, Witwe, Dangast

Zimmermeister und Bauunternehmer:
Schwabach, Heinrich, Dangast

# Ausbildung - Heirat - Beruf

Am 31. März 1944 habe ich die Dangaster Volksschule verlassen. Mutter und Vater wollten nicht, daß ich ein Handwerk erlernte, ich sollte eine Bürolehre machen. Vater war damals im Krankenhaus, und so suchte ich mit Mutter eine Lehrstelle. Wir fuhren mit dem Rad zum Gemeindebüro (Gemeinde Varel-Land) zu Herrn Röver, er war Pg, sehr freundlich zu uns "Roten". Wir erkundigten uns nach einer Lehrstelle für mich, aber er mußte uns sagen, daß die Gemeinde zum 1. April 1944 bereits drei Lehrlinge eingestellt und keinen weiteren Bedarf hätte. Er wisse aber, daß sein Freund Willi Siefken im Rathaus in Varel noch einen Lehrling suche. Er rief dort sofort an, und wir wurden zu einem Vorstellungsgespräch gebeten. Zum vereinbarten Termin hatte ich meine Zeugnisse und einen Lebenslauf mitgenommen. Wir unterhielten uns eine Weile, und abschließend sagte mir Herr Siefken, ich sei zum 1. Mai

1944 als Lehrling eingestellt. Der Lehrvertrag war nur noch Formsache. Wie schwer ist es doch heute, eine geeignete Lehrstelle zu bekommen.

Auf Bezugschein hatte ich für die Konfirmation einen Anzug bekommen, und mein Schwager Rudolph, der in Italien bei der Hermann- Göring-Division war, schickte mir einen hellen “Staubmantel” und eine Armbanduhr. Wie froh war ich darüber.

Am ersten Arbeitstag, dem 2. Mai 1944, kam ich geschniegelt und gebügelt im Rathaus an. Mein nächster Vorgesetzter war Herr Günther, ein Mann von 230 Pfund. Zunächst mußte ich mit Eva Martini, dem ältesten Lehrling, zur Landessparkasse, zur Oldenburgischen Landesbank, zur Post, zum Amtsgericht, zum Finanzamt, zur Reichsbank und zu den Stadtwerken, denn schließlich sollte ich in der folgenden Zeit die Botengänge besorgen. Im Gaswerk bekam ich gleich am ersten Tag einen Schock. Als ich dort als Lehrling der Stadt vorgestellt wurde, stand die Tür zum Betriebsleiter, Herrn Duhm, offen; Frau Hinze rief laut und deutlich: “Wollt ihr auch zu dem Idioten?” Ich zuckte zusammen und war überrascht von dem Umgangston. Die Sache klärte sich schnell auf, denn Herr Duhm war sehr schwerhörig.

Das alte Rathaus an der Drostenstraße wurde noch mit Kachelöfen beheizt. Die Torfkästen wurden morgens von den Stadtarbeitern mit Torf aufgefüllt, und wenn die Kästen leer waren, mußten die Lehrlinge für Nachschub sorgen. Gegen Mittag nahm ich mir einen Korb, um Torf aus dem Keller zu holen. Mich traf der zweite Schock! Um zum Torfkeller zu gelangen, mußte ich an Kellerräumen mit dicken Holztüren vorbei, die alle in der Mitte im oberen Bereich ein etwa 4 bis 5 cm im Durchmesser großes Loch hatten. Als ich nun an diesen Türen vorbeikam, sah mich durch eines der Löcher ein großes Auge an. Ich habe alles stehen und liegen lassen und bin nach oben zu Herrn Günther gerannt. Als ich ihm von meinem Erlebnis erzählte, fing er an zu lachen und meinte: "Habe ich Ihnen nicht gesagt, daß in den Zellen im Keller Gefangene einsitzen?" Jetzt wußte ich, was das Auge auf sich hatte. Der Schreck saß mir noch lange in den Knochen.

Mit der Aufnahme meines Dienstes in Varel veränderte sich auch mein ganzes Leben. Bis zur Konfirmation war ich nur selten nach Varel gekommen, somit spielte sich die Freizeit bis zu diesem Zeitpunkt auch fast ausschließlich im Dorf ab. Nun war ich täglich über zwölf Stunden in der Stadt. Ich lernte andere Menschen kennen und freundete mich mit anderen Jungen und Mädchen an. Didi Behrens, der Sohn unseres Hausarztes, zählte zu meinen Freunden. Er nahm mich mit, wenn das Gymnasium einen Schülerball veranstaltete. So wuchs mein Bekanntenkreis ständig. Ich ging zu Hausbällen, ins Kino und zu öffentlichen Tanzveranstaltungen. Abends besuchte ich Kurse in Steno und Maschineschreiben. Ich hatte die Stadt (Kleinstadt) entdeckt.

Der Dienst begann morgens um 7.00 Uhr und endete abends um 19.00 Uhr. Von 13.00 Uhr bis 15.00 Uhr war Mittagspause, dann trafen wir uns in der Stadt. Olga lernte bei der Landessparkasse zu Oldenburg in Varel und brachte mittags ihre Kollegen und Kolleginnen mit. Es war immer recht amüsant. Zum Aufgabengebiet von Karl Günther gehörte das Wohlfahrtsamt, das Ernährungs- und Wirtschaftsamt, die Registratur, Posteingang und -ausgang. Nach kurzer Einarbeitungszeit durfte ich schon die Bezugsscheinanträge für Haushaltsgegenstände bearbeiten; zum Beispiel wer einen Kochtopf, eine Pfanne oder Bestecke bekam. Im Wohlfahrtsamt half ich mit, und wenn Karl Günther in seinen vielen unerledigten "Aktenablagehaufen" nichts mehr finden konnte, setzte er sich hin und versah die Schriftstücke mit einem Aktenzeichen. Tagelang bin ich an der Registratur herumgelaufen und habe die Schriftstücke ordnungsgemäß in die entsprechenden Akten abgelegt. Eine furchtbare Arbeit. Eines Tages waren über ein

Dutzend Wohlfahrtsakten verschwunden. Was war geschehen? Herr Günther hatte die Akten auf den Papierkorb gelegt und vergessen, die Akten abends wieder einzuschließen. Der Hausmeister wollte saubermachen, leerte die Papierkörbe samt Akten und verbrannte das "Altpapier" in der Heizung im Keller. Antons Kommentar: "Was im Papierkorb ist, wird verbrannt."

Unser damaliger Bürgermeister war Otto Ahlers. Als ich in der ersten Woche einmal langsam die breite Rathaustreppe hinaufging, kam er hinterher und sagte nur kurz: "Hier geht man etwas schneller!" Das brauchte er nicht wieder zu sagen, fortan lief ich die Treppe hinauf.

Bei meinen täglichen Botengängen konnte ich immer etwas erleben. Auf der Kreisleitung saßen Kreisleiter Flügel und seine Gefolgsleute, natürlich alle in SA-Uniformen. Wenn ich eintrat, riß ich die Hacken zusammen und rief laut "Heil Hitler!"

Ein Brief war an einen Bürger in der Jürgensstraße adressiert. Er war Schrotthändler. Ich kam in die Wohnung, und was las ich auf einem großen ovalen Schild an der Zimmertür: "Tritt's Du in meine Wohnung ein, so muß es der Deutsche Gruß "Heil Hitler" sein." Ich rein, Hacken zusammen und Heil Hitler! Er war es auch, der an seinem "Schrottwagen" geschrieben hatte: "Juden fahren ihren Dreck alleine zur Bahn!" Ein anderer Brief mußte zur Oldenburger Straße 5. Ich klopfte an, niemand meldete sich, ich öffnete die Tür und stand im Zimmer. Eine Frauenstimme rief: „Kommen Sie", und was sahen meine jungen Augen? Die Frau saß splitternackt in der Badewanne. Schnell gab ich den Brief ab und haute wieder ab.

Zum Laden von Kaufmann Funke mußte ich einen Trauerkranz bringen. Herr Funke war gestorben. Ich gab den Kranz ab und wollte wieder gehen; da nahm Frau Funke mich mit ins Haus. "Kommen Sie, Sie sollen Opa noch sehen!" Ich stand da und wußte nicht, was ich machen sollte. Eh ich mich versah, war die Tür zum Schlafzimmer geöffnet, und Opa Funke lag aufgebahrt im Bett, von Blumen umkränzt. Ich hatte mit vierzehn Jahren den ersten Toten gesehen.

Während der Kriegsjahre war im Rathaus, Zimmer 7, die Luftschutz-Warnzentrale eingerichtet. Per Standleitung wurden die Warnmeldungen telefonisch durchgegeben. Wenn Fliegeralarm gemeldet wurde, mußte Alarm ausgelöst werden. Im Stadtgebiet und im Gebiet der Gemeinde Varel-Land heulten dann die Sirenen. Die Warnzentrale war rund um die Uhr besetzt. Auch ich mußte sonnabends oder sonntags in der Warnzentrale Dienst tun. Der Diensthabende trug jede Meldung, die durchgegeben wurde, handschriftlich in das Warnbuch ein. Die Meldungen höre ich heute noch: “Feindliche Bomberverbände im Anflug über Texel, Terschelling, Schiermannikoog”. "Die feindlichen Bomberverbände drehen in Richtung Süden ab!" “Die feindlichen Bomberverbände haben ihren Kurs geändert und befinden sich jetzt im Anflug auf Wilhelmshaven!” und vieles mehr.

Wenn Angriffe der feindlichen Bomberverbände auf Ziele in unserem weiteren Raum erwartet wurden, beorderte der Wachhabende in der Warnzentrale die Polizei und Feuerwehr ins Rathaus. Eine Begebenheit soll festgehalten werden. Mein Chef, Karl Günther, hatte Nachtwache. Als Fliegeralarm ausgelöst wurde, kamen Angehörige von Polizei und Feuerwehr ins Rathaus; von der Polizei der “Hilfspolizist” Hillen (Opa Hillen genannt). Karl Günther saß am Schreibtisch und nahm die Meldungen des Warnamtes auf. Ihm gegenüber hantierte “Opa Hillen” mit seinem Karabiner 98 herum. Plötzlich löste sich ein Schuß, um einige Zentimeter an Karl Günther vorbei sauste das Geschoß in die Telefonzentrale. Karl Günther hatte Glück gehabt. Er soll kreidebleich geworden sein. Aber was hatte Opa Hillen getroffen? Den Hauptkabelstrang der Telefonanlage. Hunderte von Leitungen waren zerfetzt. Gut, daß die Standleitung nach Wilhelmshaven nicht getroffen wurde, sonst wäre die Warnzentrale außer Betrieb gewesen. Die Reparatur der Telefonvermittlung dauerte Tage. Der Techniker aus

Wilhelmshaven war so klein, daß er sich hinter dem Schaltschrank verstecken konnte.

Die Kriegslage wurde immer ernster, um nicht katastrophal zu sagen, die Versorgung der Bevölkerung mit Le-bensmitteln wurde immer kritischer. Die Rationen wurden nach und nach verringert. In den Großstädten hungerten die Menschen. In Varel gab es an den Straßen keine Grünstreifen zwischen den Bürgersteigen und Straßen mehr, und auch die Grünanlagen mußten einem anderen Zweck dienen: die Flächen wurden umgegraben und Kartoffeln eingesetzt. Ein eigenartiges Bild.

Im Oktober 1944 verlegte das Oberkommando der Marine seinen Sitz von Berlin nach Varel. Anfang 1945 kamen immer mehr Soldaten in die Stadt, die Front rückte näher. Die Vareler Bürger bekamen Angst, daß der Krieg nun auch ihre Stadt erreichen könnte.

Die Post funktionierte bald nicht mehr. Die zunehmende Tieffliegertätigkeit legte den Verkehr auf Straße und Schiene fast lahm. Die Engländer griffen mit Bordwaffen alles an, was sich bewegte. Aber auch die Städte wurden mit Bordwaffen beschossen. Eines Tages mußte ich zum Oberinspektor kommen. Er teilte mir mit, ich müsse ab sofort mit dem Fahrrad die Post von Varel zum Landkreis Friesland in Jever bringen, und die Post vom Landkreis wieder mit zurückbringen. Ich war schon überrascht, aber der Pendelverkehr begann. Ich bin morgens früh losgefahren, habe beim Landkreis erledigt, was zu erledigen war, und kehrte am Nachmittag zurück. Dann hatte ich Feierabend.

An einem Tag im Februar wurde ich vom Volkssturm eingesetzt zur Räumung des Ringofens in der Ziegelei Jeringhave. Die Wilhelmshavener Bekleidungshäuser Leffers, Högemann und andere hatten ihr Bekleidungslager in die Ringöfen der umliegenden Ziegeleien verlagert. In Jeringhave hatte die Firma Leffers ihre Bekleidung sowie Kurzwaren und sonstige Sachen untergebracht. Diese Bekleidungsvorräte wurden ausgeräumt und vom Volkssturm an die Bevölkerung in den einzelnen Ortschaften verkauft. Man kann sich nicht vorstellen, welche Mengen an Bekleidung dort gelagert waren, während die Bevölkerung nichts hatte. Die Vareler Kaufleute, die dort auch zum "Helfen" eingesetzt waren, haben allerhand - soweit ich das gesehen habe - zur Seite geschafft. Ich habe mir zum ersten Mal etwas ohne Erlaubnis genommen, alle anderen taten das auch, eine Hose für mich und eine für Vater.

Auch in Dangast gab es große Warenlager. In der Kegelbahn beim Dorfkrug waren elektrische Geräte, Kabel, Glühbirnen und anderes eingelagert. Wir Jungen wußten davon und versorgten uns mit vielen Dingen. Taschenlampenbirnen brauchte ich für Jahre nicht zu kaufen. Auf dem Boden des Kurhauses lagerten Damenunterwäsche und Schuhe. Eines Tages wurde ausgeräumt - geplündert. Einige Frauen waren auf den Hausboden gegangen und warfen die schönste seidene Unterwäsche nach unten in die dort versammelte Menschenmenge. Es soll Frauen gegeben haben, die die BHs, Höschen und Hemdchen mit der Schubkarre nach Hause gefahren haben. Vater hörte von dem Ausräumen und fuhr zum Kurhaus. Er kam mit einem Sack, vollgestopft mit Schuhen, wieder nach Hause. Die Freude bei uns war groß, denn kaufen konnten wir keine Schuhe. Aber die Freude währte nur kurz, denn Vater plagte am anderem Morgen sein Gewissen, er packte die Schuhe wieder zusammen und brachte sie zurück. Schade, wir hätten Schuhe gut gebrauchen können.

Bereits Mitte April hörte man bei Südwind in Varel den Kanonendonner der Front, die zu diesem Zeitpunkt im Raume Meppen, Friesoythe, südlich Ahlhorn verlief.

Am 12. April 1945 griffen britische Jagdbomber den Bahnhof in Varel mit Bordwaffen im Tiefflug an und warfen Bomben auf den Güterschuppen und auf Gebäude an der Parallelstraße. Es entstanden zum Teil schwere Schäden.

Dieser Angriff forderte Todesopfer und Verletzte, und zwar wurden zwei auf der Parallelstraße vom Angriff überraschte Frauen von den Splittern der Bomben getötet. Für Varel die ersten Luftkriegsopfer.

Am 16. April 1945 wurde nachmittags gegen 17.00 Uhr Fliegeralarm gegeben, konnte aber wegen der ständigen Stromsperren nicht ausgelöst werden. Mein Chef sagte zu mir: “Schmoll, fahren Sie schnell nach Hause, es gibt heute was!” Ich nahm mein Fahrrad und fuhr so schnell ich konnte die Düsternstraße in Richtung Strohgold. Als ich in der Dangaster Straße war, hörte ich Flugzeuge, MG-Feuer und Bombendetonationen. Es ging alles so schnell, ich schmiß mein Rad zur Seite und sprang in den Graben vor Diedrich Boyn. Nach kurzer Zeit war der Spuk wieder vorbei. Ich wollte sehen, was geschehen war, und fuhr wieder zurück. Ein Bild der Zerstörung bot sich mir: Der Marktplatz lag voller Trümmer, in der Feuerwache saß ein Mann blutüberströmt auf einem Stuhl, im Rathausflur lag ebenfalls ein Schwerverletzter. Cafè Bock war von einer Bombe getroffen worden und zerstört. Auch das Rathaus und die umliegenden Gebäude waren schwer beschädigt worden. Als ich im Rathaus war, hieß es: “Sie kommen wieder!” Schnell lief ich zurück in die Düsternstraße zu meinem Fahrrad und bin nach Hause gefahren.

Am nächsten Tag hörte ich erst von dem ganzen Ausmaß des Angriffs. Die Schlachtflieger, die Varel mit Bordwaffen und Bomben angegriffen hatten, warfen insgesamt acht Bomben im Stadtgebiet ab. Cafè Bock hatte einen Volltreffer bekommen. Die Nachbarhäuser wiesen zum Teil erhebliche Zerstörungen auf. Bomben waren auch bei der Großgarage der Firma Ehlers an der Bahnhofstraße und auf dem Gelände des alten Friedhofes zwischen Hindenburgstraße und Windallee gefallen, wobei ebenfalls erhebliche Gebäudeschäden entstanden waren. Dieser Angriff hatte mehrere Tote und Verletzte gefordert, auch die beiden Schwerverletzten, die ich am Tage des Angriffs gesehen hatte, waren gestorben.

Am 17. April gingen die Tieffliegerangriffe weiter. Auf der Bahnstrecke Varel-Hohenberge beschossen Tiefflieger einen Flakzug. Eine Spitfire war morgens gegen acht Uhr von der Eisenbahnflak getroffen worden. Sie stürzte auf das Haus Haferkampstraße 75. Eine heftige Explosion zerstörte das Haus völlig.

Die dauernden Angriffe feindlicher Schlachtflieger waren durch die Truppenkonzentrationen im Bereich der Stadt ausgelöst worden. Zudem war auch das Hauptquartier einer Armeeabteilung der Fallschirmjäger in das Central-Hotel eingezogen.

Die Anflüge der feindlichen Kampfverbände zu den Großstädten rissen nicht mehr ab und kamen in immer kürzeren Abständen. Varel wurde oft von einer großen Anzahl Bombern und Kampfflugzeugen überflogen. Das gewaltige Dröhnen der Motoren war nicht zu überhören., dazu das Flakfeuer und die Detonationen der Granaten. Die Hölle war los. Die Lage wurde sehr ernst, die Front rückte immer näher, Panik breitete sich aus. Major Meuth, der in Dangast sein Hauptquartier eingerichtet hatte, kam ständig zu Gesprächen mit dem Bürgermeister ins Rathaus. Wegen der fortgesetzten Stromsperren konnte die Bevölkerung nur noch mangelhaft gewarnt werden, da die Sirenen nicht mehr ausgelöst werden konnten. Bei verdächtigen Motorengeräuschen am Himmel suchten die Bürger vorsorglich die Schutzräume auf.

Die Kanadier hatten den Küstenkanal erreicht und bildeten bei Edewechterdamm einen Brückenkopf. Jetzt gehörte das Frontgeräusch und der Geschützdonner zum Alltag. Ende April wurde die Bevölkerung mit Nahrungsmitteln bevorratet, damit für den Fall einer Krise auf jeden Fall die notwendigsten Lebensbedingungen gesichert waren. Unter anderem gab es in Varel und den umliegenden Dörfern Speiseöl ("Rüböl") zugeteilt. Die Bürger konnten sich in Varel auf dem Bahnhof so viel Speiseöl holen, wie die Gefäße faßten. Das Speiseöl war in

Kesselwagen angefahren worden. In der Gemeinde Varel-Land wurde das Speiseöl von den Lebensmittelgeschäften ausgegeben. In Dangast gab es für die Einwohner in der Bäckerei Ritter das "Rüböl". Dort waren größere Behälter (grün glänzend), gefüllt mit dem lange vermißten Speiseöl angeliefert worden. Ich weiß noch, daß Edo Pille und Vater die Verteilung übernommen hatten. An den folgenden Tagen konnte man aus den Häusern einen angenehmen Duft vernehmen. Es gab nach langer Zeit wieder "Kartoffelpuffer". Wie gut die schmeckten! Die Artilleriefeuer waren immer deutlicher zu hören. Die Bevölkerung wurde zunehmend unruhiger. Es muß Ende April gewesen sein, da bot sich den Varelern ein schreckliches Bild. In langen Kolonnen - es mögen wohl 1000 Häftlinge gewesen sein - wurden Häftlinge des Konzentrationslagers Bant-Gelbkreuz, schwerbewacht von SS-Wachen, im Fußmarsch durch die Stadt gebracht. Sie sollten über die Weser nach Neuengamme gebracht werden. Wie elend sahen diese Menschen in ihren zerschlissenen Häftlingsuniformen aus, ausgehungert und niedergedrückt!

An den ersten Maitagen gab es bei der Kreisleitung verschiedene Auffassungen über die Verteidigung der Stadt. Es gab eine fanatische Gruppe, die den Standpunkt vertrat, man dürfe dem Feind keine irgendwie nützlichen Objekte überlassen und wollte die Versorgungsbetriebe und die Eisenbahnbrücke sprengen. Andere verantwortliche Männer von Verwaltung und Partei ließen aber nichts unversucht, die mit Lazaretten, Tausenden von Flüchtlingen und Soldaten überfüllte Stadt vor den letzten, vernichtenden Kriegsereignissen zu bewahren. Die Lage wurde immer prekärer. Der Volkssturm wurde aufgeboten, aber die Masse der Volkssturmmänner erkannte schnell die ausweglose Lage und ging nach Hause, den Schutz ihrer Familie vorziehend.

Am 3. Mai wurde Varel nochmals von britischen Kampfflugzeugen angegriffen. Verschiedene Häuser wurden durch Bomben zerstört oder schwer beschädigt, unter anderem das Haus Peterstraße 4 (vollständige Zerstörung) und das Haus Jürgensstraße 26. Aus den Trümmern des Hauses Peterstraße 4 bargen die Nachbarn die Verletzten. Von Tag zu Tag rückte die Front näher, sie verlief bald südlich von Grabstede und Neuenburg.

Am 5. Mai kam unerwartet die Meldung, daß ab morgens 8.00 Uhr Waffenruhe sei. Ein Aufatmen unter den Menschen in der Stadt, die Waffen schwiegen wirklich.

## Mit „Lageberichten" gegen Gerüchte

### Unklare Nachrichtenlage macht Nazi-Parteileitung 1945 angst

Von Hans Begerow

**Varel.** „In der Stadt Varel geht in den letzten Tagen das Gerücht um, daß Varel zu einer offenen Stadt erklärt worden sei. Ich bemerke hierzu, daß dieses Gerücht jeglicher Grundlage entbehrt", so schließt der damalige NSDAP-Kreisleiter Hans Flügel seinen „Lagebericht Nr. 4" vom 8. April 1945. Flügel hatte damals, in den letzten Kriegstagen, hektographierte Bekanntmachungen verteilen lassen. Beginnend am 5. April 1945 bis zum 3. Mai 1945 hatte Flügel diese DIN-A4-großen Handzettel, insgesamt 29 Stück, verbreiten lassen. Die Waffenruhe, und damit das Kriegsende für Varel, trat am 5. Mai 1945 morgens um 8 Uhr in Kraft. Der Krieg endete damit für Varel, wenige Kilometer bevor alliierte Truppen die Stadt erreicht hatten.

Die Bekanntmachungen des NSDAP-Kreisleiters hat einer aufgehoben, der sie als Melder in Varel und der Wehde verteilen sollte: Rudolf Speith, der jüngere Bruder des Vareler Unternehmers Karl-Erich Speith. Speith, der heute in Krefeld lebt, hatte jeweils ein Exemplar der 29 „Bekanntmachungen" aufbewahrt. Liest man sie „gegen den Strich", geben sie Auskunft über die Sorgen, die in Friesland herrschten. Da werden Gerüchten über Fallschirmjägerlandungen widersprochen, zum Sparen mit Lebensmitteln aufgefordert, die Einhaltung der Verdunklung gefordert, Freiwillige gesucht oder der Aufenthalt in Luftschutzräumen empfohlen. Schließlich, am 10. April, die Front steht im Emsland bei Lathen und vor Wildeshausen, wird bekanntgegeben: „Die augenblickliche angespannte militärische Lage macht es erforderlich, daß die angesetzten Sprechabende in den Ortsgruppen des Kreises Friesland vorläufig ausfallen." Die Stromversorgung ist von 8 bis 14 Uhr sichergestellt (13. April), jedoch dürfen nur Betriebe des Nahrungsmittelgewerbes Strom beziehen. Bürgermeister Ahlers wird mit der Leitung der Restverwaltung für die Stadt Varel beauftragt für den Fall einer „Feindbesetzung" (17. April).

Am 23. April 1945 werden Kopfhörer vermißt, die aus einem Waggon auf dem Bahnhof Varel „abhanden gekommen sind". Sie werden von Kindern als Spielzeug benutzt. Am 3. Mai dann die letzte „Bekanntmachung Nr. 29", der zu entnehmen ist, daß Oldenburg „heute vom Feind besetzt" wurde.

*Auszug NWZ, Gemeinnützige*

## Tiefflieger und Übergabe

### In alten Zeitungen: Varel zum Kriegsende

brw **Varel.** Fünf Jahre nach dem Krieg konnten die Leser der NWZ in einer Serie nachlesen, was zum Kriegsende in Varel in den offiziellen Verlautbarungen der Parteileitung (siehe nebenstehenden Bericht) verschwiegen wurde.

Vom 28. April bis zum 8. Mai 1950 wurde das Geschehen der letzten Kriegstage beleuchtet. Die Rede ist zum Beispiel von den 1000 Häftlingen des Konzentrationslagers Bant, die am 28. April 1945 durch Varel getrieben wurden. „SS-Leute begleiteten diesen Elendszug menschlicher Wracks. Richtung Neuengamme, lautete die Marschroute." 3. Mai 1945: „Der rötliche Schein einer Leuchtbombe erhellt die Nacht. In Langendamm detonierten mehrere 50-Kilo-Bomben und richteten zum Teil erheblichen Schaden an," heißt es in der Chronik eines Augenzeugen, die der Gemeinnützige im Jahre 1950 zitiert. Berichtet wird auch von Fliegerbomben und Tieffliegerangriffen hinter der Achternstraße, in der Peterstraße, am Bahndamm, am Grashof und in der Jürgenstraße. „Einige Schwerverletzte und – ein wie durch Wunder unverletzt gebliebenes Kind wurden aus den Trümmern geborgen", zitiert der Gemeinnützige. Dann das Kriegsende: Waffenruhe am 5. Mai, 8 Uhr, gegen 11 Uhr kommen kanadische Soldaten und um 17 Uhr wird die Stadt übergeben. Am 7. Mai zieht der kanadische Town-Major ins Haus Mühlenstraße 32. Am 25. Mai schließlich wurde der – dann bis 1948 als Stadtdirektor amtierende – Franz Grundhoff Bürgermeister der Stadt Varel. In seiner ersten Sitzung am 10. Dezember 1945 wählte der Rat dann Adolf Heidenreich zum Bürgermeister.

*Auszug NWZ, Gemeinnützige*

Gleich morgens sah man auch die ersten Kraftwagen der Kanadier in der Stadt. Die Offiziere und Soldaten kauften in der Stadt in Fotohandlungen und anderen Geschäften , ihnen wertvoll erscheinende Gegenstände. Am selben Tag passierte noch folgendes: Es fuhren mehrere Lastkraftwagen der Kanadier vor der Weinhandlung des "Jadeclubs" vor und die Soldaten beschlagnahmten die Spirituosen, die sofort aufgeladen und abtransportiert wurden.

Nachmittags fuhren Bürgermeister Ahlers und Volkssturm -Batl.-Chef Busch im "Jeep" eines Parlamentärs zum Hauptquartier der Canadischen Brigade in Leuchtenburg bei Rastede. Dort vollzogen sie die formelle Übergabe der inzwischen zur "offenen Stadt" erklärten Stadt Varel. Die Vernunft hatte doch noch gesiegt. Am Sonntag, dem 6. Mai 1945, erfolgte der Einmarsch der Besatzungstruppen. Die Militärregierung verfügte eine 24-stündige Ausgangssperre, die sofort in Kraft trat.

Im Rathaus nahm die Militärregierung, vertreten durch mehrere Offiziere Quartier und arbeitete die ersten Anordnungen für die Zivilbevölkerung aus, die dann vom Bürgermeister als oberste deutsche Instanz verkündet wurden. Die führenden Parteigenossen der Kreisleitung wurden noch am gleichen Tag verhaftet. Im Gebäude der ehem. Kreisleitung ließen sich die Kommandantur der Besatzungstruppen und die Offiziere der Militärregierung nieder. Sie hißten die britische Flagge auf dem Gebäude. Der Stadtkommandant zog in das Gebäude Mühlenstraße 32 ein. Im Stadtgebiet mußten annähernd 2000 Offiziere und Mannschaften untergebracht werden. Es wurden viele Häuser (vor allem in der Windallee), Gaststätten, Hotels, Turnhallen und Schulen für diesen Zweck beschlagnahmt.

Am 16 Mai bezog die Militärregierung das Haus Moltkestraße 6. Nach dem 8. Mai wurden allmählich die Ausgangsbeschränkungen von der Militärregierung gelockert, und die Bevölkerung mußte wieder zur Arbeit, und so fuhren auch Olga und ich morgens los. Beim Fürsten Bismarck sahen wir den ersten fremden Soldaten mit der Waffe im Arm. Uns überkam Angst, ein “Neger” hielt uns an, ließ uns aber passieren. In Varel sahen wir dann viele Soldaten in uns fremden Uniformen. Unser Bürgermeister war nur noch bis zum 25. Mai im Amt, bis ihm ein von der Militärregierung eingesetzter Stadtdirektor ablöste. Der neue Stadtdirektor, Franz Grundhoff, war Kaufmann, kein Verwaltungsmensch, aber er sprach perfekt englisch. Varel hatte sich innerhalb von Tagen wesentlich verändert. Hatten wir bisher nur deutsche Soldaten und die Parteigenossen in ihren SA- und SS- Uniformen gesehen, so prägte jetzt die Besatzungsmacht und die politische Polizei, die ständig mit ihrem Jeep durch die Straßen raste, das Stadtbild. Ich hatte ständig für die Militärregierung zu arbeiten, und zwar mußte ich alle Erlasse und Verfügungen mit dem “Roto-Vervielfältiger” vervielfältigen. Tagelang mußte ich an dem “Roto” arbeiten. Die Sekretärinnen der Engländer standen ständig dabei, damit alles ordnungsgemäß ablief. Übrigens, die Mädchen waren auffällig und stark geschminkt, das kannten wir nicht.

)fficial Advertiser of the Military Government
ınd of the Burgomasters of Varel Stadt and Land

Nr. 4

### MILITARY GOVERNMENT

Up to June 30th 1945 the Curfew is fixed as follows:

a) **from now to May 31st: from 22.15 to 05.00 hrs.**

b) **June 1st — June 15th: from 22.30 to 05.00 hrs.**

c) **June 16th — June 30th: from 22.45 to 05.00 hrs.**

Between these hours everybody who does not possess special permit of the Military Government has to stay nside a house.

### MILITARY GOVERNMENT

## [he order instructing civilians to remain indoors is relaxed as follows:

. The following classes of persons: All persons.

:. May circulate within the Area of: 30 km from their place of residence on foot or on bicycle without a Mil. Gov. permit.

ı. Outside the hours established for curfew:

a) **from now to May 31st: from 22.15 to 05.00 hrs.**

b) **June 1st — June 15th: from 22.30 to 05.00 hrs.**

c) **June 16th — June 30th: from 22.45 to 05.00 hrs.**

ŀ. For the purpose of: carrying out normal daily tasks.

**By order of the Military Government.**

### MILITARY GOVERNMENT OLDENBURG

**Mr Theodor Tantzen-Heering** has been ıppointed temporary Minister President of Land Olden- ɔurg. His orders have to be obeyed.

17 May 1945.

**By order of the Military Government.**

## Proclamation

The Allied Military Gouvernment of Germany has ıppointed me temporary Minister President of Land Oldenburg thus giving me an opportunity to direct the :eorganisation of the country in obediance to the Military Government's direction.

The religious and moral standard of the German ɔeople is very low, need is immense in every direction. Everywhere but ruins. Guilty are the Nazi-criminals as :verybody whose eyes are not blindfolded must realize ınd concede. Only in doing so our position is not hopeless an reerection possible.

Military Government not came as oppressor. It wants ı Germany of order and justice. It wishes that trade and traffic should come to work properly as soon as possible throughout the whole country.

I have to demand that all summons of the Military Government and my own orders are followed strictly and suppose collaboration of all parts of the population.

**Oldenburg, 17 May 1945.**

**Tantzen,**
temporary Minister President.

Amtlicher Anzeiger der Militär-Regierung und
der Bürgermeister von Varel Stadt und Land

Varel (Oldb.), Dienstag, den 29. Mai 1945

### MILITÄRREGIERUNG

Bis zum 30. Juni 1945 gelten die nachfolgenden Sperrzeiten:

a) **bis 31. Mai 1945: von 22.15 bis 05.00 Uhr.**

b) **vom 1. bis 15. Juni: von 22.30 bis 05.00 Uhr.**

c) **vom 16. bis 30. Juni: von 22.45 bis 05.00 Uhr.**

Zwischen diesen Stunden muß jeder, der nicht im Besitz eines Sonderausweises der Militärregierung ist, in einem Hause bleiben.

### MILITÄRREGIERUNG

## Die Anordnung an Zivilpersonen, in den Häusern zu bleiben, ist folgendermaßen erleichtert:

1. Die nachfolgenden Klassen der Bevölkerung: Alle Klassen.
2. Dürfen sich in folgendem Raum bewegen: 30 km von ihrem Wohnort. Nur zu Fuß oder mit dem Fahrrad — ohne Genehmigung der Militärregierung.
3. Gilt zwischen den Stunden:

   a) **bis 31. Mai: 22.15 bis 05.00 Uhr.**

   b) **vom 1. bis 15. Juni: von 22.30 bis 05.00 Uhr.**

   c) **vom 16. bis 30. Juni: von 22.45 bis 05.00 Uhr.**

   Die Sperrzeiten bleiben bestehen und müssen streng innegehalten werden.
4. Zum Zweck: Ausübung der normalen Tagesarbeiten.

**Im Auftrage der Militärregierung.**

### MILITÄRREGIERUNG OLDENBURG

**Herr Theodor Tantzen-Heering** ist vorläufig als Ministerpräsident des Landes Oldenburg ernannt. Seine Anweisungen müssen gehorsamst befolgt werden.

17. Mai 1945.

**Im Auftrage der Militärregierung.**

## Aufruf

Die Alliierte Militärregierung von Deutschland hat mir durch vorläufige Ernennung zum Ministerpräsidenten Gelegenheit gegeben, den Wiederaufbau im Lande Oldenburg zu leiten unter der Aufsicht der Militärregierung.

Der religiöse und moralische Tiefstand im deutschen Volk ist sehr groß, die Not auf allen Gebieten unermeßlich. Überall nur Trümmerhaufen. Schuld daran trägt das Nazi-Verbrechertum. Jeder, der nicht blind ist, muß das begreifen und anerkennen. Nur dann ist unsere Lage nicht hoffnungslos und der Wiederaufbau möglich.

Die Militärregierung kommt nicht als Unterdrücker. Sie will ein gesundes Deutschland der Ordnung und der Gerechtigkeit. Sie will, daß die Wirtschaft in Stadt und Land so rasch wie möglich voll in Gang kommt.

Ich verlange, daß alle Anordnungen der Militärregierung und meine Anordnungen strikte befolgt werden, und erwarte die Mitarbeit aller Bevölkerungskreise.

**Oldenburg, den 17. Mai 1945.**

**Tantzen,**
vorläufiger Ministerpräsident.

Schnell hatte sich die Bevölkerung an die neue Situation gewöhnt. Verschiedene Gebäude, Hotels und Gaststätten wurden beschlagnahmt, in die Besatzungstruppen einzogen. Bei den Parteigenossen wurden Möbel - besonders Stubenmöbel - beschlagnahmt und den Besatzungstruppen übergeben. Im Bahnhofshotel etablierte sich die politische Polizei, von der in Zukunft alles überwacht wurde.

Die Verwaltung wurde neu organisiert und Ratsherren von der Militärregierung eingesetzt. Es gab wieder einen Stadtrat mit dem Bürgermeister an der Spitze. Als erster Bürgermeister wurde am 10.12.1945 Adolf Heidenreich gewählt. Die Sitzungen fanden in Gegenwart des Stadtkommandanten statt. Es dauerte nicht lange, bis in der "Deutschen Eiche" Tanzveranstaltungen für die Besatzungssoldaten stattfanden. Die Stadtverwaltung mußte Listen von jungen Frauen und Mädchen erstellen, die für Tanzveranstaltungen in Frage kamen. Die jungen Damen wurden von der Stadtverwaltung schriftlich eingeladen und konnten ihre Teilnahme melden. Die Damen wurden mit Militärbussen abgeholt und wieder nach Hause gebracht, allerdings nur, wenn sie wollten! Die Tanzveranstaltungen wurden von den jungen Frauen und Mädchen sehr gut angenommen. Es gab dort zu essen und trinken, und was das "Herz" begehrte, gab es auch. Kaum zu glauben! Kurze Zeit später sah man an einigen Häusern weiße Schilder mit schwarzer Aufschrift "Out of bound to all troops!" Zutritt verboten für alle Truppen. Auch in Dangast waren solche Schilder zu sehen.

Im November 1945 wurde die "Aktion Storch" durchgeführt. Berliner Kinder sollten sich von den Strapazen der Kriegsjahre und besonders von den Schrecknissen der letzten Kriegsmonate, dem Einmarsch der sowjetischen Besatzungstruppen, erholen. Auch in Dangast hatten sich die Einwohner bereiterklärt, Kinder aufzunehmen, die mehrere Monate in ihren Gastfamilien blieben und hier auch zur Schule gingen. Als sie wieder heimfuhren und sich auf dem Bahnhof von ihren Gasteltern verabschiedeten, gab es manche Träne.

Im Frühjahr 1946 war auf der Waldwiese zum ersten Mal wieder Frühlingsfest. Es waren verschiedene Buden und Karussells aufgebaut. Es war bekannt, daß die Besatzungstruppen am Grashof allerhand erbeutetes Kriegsgerät abgeladen hatten, auch große Mengen Ampullen mit Tränengas. Mit einem Freund ging ich zum Grashof, wir steckten uns die Taschen voll Glasampullen, fuhren zum Frühlingsfest und zertraten die Röhrchen in der Raupenbahn. Plötzlich beißender Geruch, fluchtartig verließen die Besucher den Marktplatz. Wir verschwanden schnell, damit die MP (Militärpolizei) uns nicht erwischte. Die Besatzungstruppen blieben bis Mitte 1946 in Varel. Danach konnten die Eigentümer ihre Häuser wieder beziehen und die Hoteliers und Gastwirte ihre Betriebe wieder übernehmen.

Bald nach dem Krieg wurde auch wieder der traditionelle Vareler Kramermarkt in der Innenstadt abgehalten. Die Hauptakteure der Schausteller, Karl Schippers und Louis Vespermann aus Hamburg, tauchten bei unserem Marktmeister Willi Schwenker auf. Zunächst war das Angebot sehr bescheiden; Bratwurst und Berliner gab es nur gegen Lebensmittelmarken, aber in den folgenden Jahren erblühte der Markt wieder zu neuem Glanz.

Von jeher war am ersten Donnerstag im Oktober in Varel Pferdemarkt. Auch dieses "Fest" fand wieder statt, und zwar auf dem Schloßplatz. Wir Jungangestellten standen morgens ab 5.30 Uhr auf dem Schloßplatz und kassierten das Auftriebsgeld. Man glaubt es nicht, der ganze Schloßplatz stand voller Pferde, Rinder und sonstigem Getier. Oft war es schon so kalt, daß wir nur mit Handschuhen kassieren konnten. Gut tat ein kurzer Aufenthalt an einer der vielen "Schluckbuden". Während der letzten Wintermonate 1944 war im Kurhaus eine Nachrichteneinheit einquartiert worden. Von diesen Soldaten kannten wir Ludwig Schierle, er wohnte in Hamburg und hatte dort ein Werbebüro. Als Soldat hatte er in Dangast eine wertvolle Kamera, eine "Leica" die er nicht mit in die Kriegsgefangenschaft nehmen wollte und sie uns deshalb zur Aufbewahrung übergab. Die Kamera kam in einen fest verschlossenen Metallbehälter, der unter dem Hühnerstall vergraben wurde. Später hat sich Herr Schierle die Kamera in Dangast wieder abgeholt. Er war uns sehr dankbar. Olga, Gero und ich haben Herrn Schierle in Hamburg besucht. Er hat uns die Stadt gezeigt. Wir haben sehr viel gesehen und erlebt, unter anderem lernten wir auch den Schwarzmarkt in einer Großstadt kennen. Herr Schierle ging mit uns zum Dammtorbahnhof, wo sich das Zentrum des Schwarzmarktes befand. Die ganze Umgebung des Bahnhofes wimmelte von Menschen, jeder hatte etwas zum Verkauf oder Tausch anzubieten, viele wollten kaufen. Wir wurden laufend angesprochen, uns wurde in der Menschenmenge angst und bange. Wenn Polizei auftauchte, sah jeder zu, daß er fortkam.

Auch in unseren ländlichen Breiten wurde Schwarzhandel betrieben. Gut gingen Zigaretten und Schnaps. Der Schnaps wurde selbst gebrannt aus allem, was vorhanden war, Kartoffeln, Getreide und Zuckerrüben. Wenn man nachts durch die Dörfer kam, kam einem oft ein eigenartiger Geruch aus den Häusern entgegen. Wir haben einmal bei Rudolph in Jeringhave gebrannt. Dabei habe ich meinen ersten "Brand" bekommen. Wenn die ersten Tropfen aus der Leitung kamen, probierten wir, und das Probieren ist schließlich zuviel geworden. Bei Langes in Dangast ist einmal ein Topf in die Luft gegangen, weil der Druck zu stark geworden war.

Bald nach dem Krieg setzte der Flüchtlingsstrom ein. Ich war von der Stadtverwaltung mit mehreren Angestellten für die Aufnahme der Personalien eingesetzt worden. Nur wenige hatten auch ihre Papiere mitbekommen. Die Flüchtlinge mußten mit dem Notwendigsten versorgt werden. Sie bekamen Lebensmittelkarten und Bezugsscheine für Bekleidung und

Hausrat. Sie mußten alles neu haben, ja, sie fingen ganz von vorne an. Neben den Wohnräumen in den Privathäusern standen etliche Baracken aus der Zeit des Dritten Reiches zur Verfügung, die mit ankommenden Flüchtlingen belegt werden konnten. Auf dem alten Sportplatz an der Windallee richtete die Stadt eine "Volksküche" ein. Es kann sich heute niemand mehr vorstellen, in welcher Enge und wie primitiv die Flüchtlinge damals zusammenleben mußten. Die Flüchtlinge, die zu uns kamen, waren überwiegend katholischen Glaubens, so verschob sich die konfessionelle Zusammensetzung der Bevölkerung zu gunsten der Katholiken.

Nicht selten gab es, bedingt durch die engen Wohnverhältnisse, zwischen den Hauseigentümern und Flüchtlingen Auseinandersetzungen. Bei vielen Bürgern waren die Heimatvertriebenen nicht gerne gesehen. Es war ein langer Prozeß, bis die Menschen aus dem deutschen Osten eingegliedert waren.

Vom Beginn meiner Lehrzeit bis zum Abschluß der Lehre war ich im Rathaus, Zimmer 8, eingesetzt. Mein Chef Karl Günther war auch nach dem Krieg Leiter des Ernährungs- und Wirtschaftsamtes. Eines Tages erschienen zwei Beamte der Kriminalpolizei in Zimmer 8. Sie gingen mit meinem Chef nach nebenan in Zimmer 7 und kamen mit ihm wieder, er war verhaftet worden. Im Vorbeigehen verabschiedete Herr Günther sich von mir mit den Worten "Machen Sie es gut, Schmoll!" Ich war sehr erregt und wußte nicht, was geschehen war. Auch zwei Angestellte des Ernährungsamtes wurden verhaftet. Somit war das Ernährungsamt ohne eingearbeitete Kräfte. Ich wurde zum Oberinspektor gerufen und mußte ab sofort im Ernährungsamt arbeiten. Das war nicht leicht, denn ich mußte mich alleine ohne große Einarbeitungszeit zurechtfinden. Dazu kam der umfangreiche Publikumsverkehr im Ernährungsamt. Bald erfuhr ich auch den Grund für die Verhaftungen: Die Bediensteten wurden beschuldigt, Lebensmittelkarten und Lebensmittelmarkenabschnitte "verschoben" zu haben. Die Kripo hatte am Tage der Verhaftungen einzelne Räume im Rathaus durchsucht, und dabei Beweismaterial sichergestellt. Einige Zeit später wurden die Beschuldigten nach einer Gerichtsverhandlungen zu unterschiedlichen Strafen verurteilt.

Nach meiner Zeit im Ernährungsamt- Lebensmittelkartenausgabe, kam ich zum "Markenrücklauf", wo die Lebensmittelhändler, Bäcker und Milchhändler Lebensmittelmarken, aufgeklebt auf Papierbogen, abgaben, und für die abgerechneten Marken Bezugsscheine bekamen. Im Rathaus, Ernährungsamt und Markenrücklauf, wurde mehrmals eingebrochen. Dabei wurden Lebensmittelkarten und -marken entwendet. Die Polizei hat allerdings die Täter nie ermitteln können. An einen Einbruch, der geschah noch vor der Verhaftung der Bediensteten des Ernährungsamtes, kann ich mich gut erinnern. Als wir morgens zum Dienst kamen, stellten wir fest, daß im Ernährungsamt, Zimmer 7, eingebrochen worden war. Alles war durcheinander geworfen worden, es sah sehr schlimm aus. Die Einbrecher hatten Lebensmittelkarten mitgehen lassen. Der Hausmeister, der oben im Rathaus wohnte, hatte nichts gehört. In Zimmer 7 saß auch Willi Schwenker, der für die Registratur, die Post und den Telefondienst zuständig war. Willi war stark körperbehindert. Auf seinem Stuhl hatte er ständig ein dickes Buch, ein "Brandkassenregister" liegen, um etwas höher zu sitzen, darauf ein dickes Kissen. Als wir das Zimmer nach dem Einbruch wieder aufgeräumt hatten, stellten wir einen eigenartigen Geruch fest, es stank! Willi Schwenker konnte den Gestank nicht mehr ertragen, aber er fand die Ursache nicht. Gegen Mittag hatten wir den Gestank lokalisiert. Es mußte in unmittelbarer Nähe von Willi Schwenker sein. Willi Schwenker hob das Kissen von seinem Stuhl hoch, und was sahen wir? Die Einbrecher hatten einen "großen Haufen" auf das Brandkassenregister gesetzt und das Kissen wieder daraufgelegt. So eine Schweinerei!

Als mein Kollege im Markenrücklauf Urlaub hatte, war es meine Aufgabe, die von den Kaufleuten eingereichten Marken zu kontrollieren. Dabei muß erwähnt werden, daß den Kaufleuten immer neue Raffinessen bei der Abrechnung einfielen, zum Beispiel mehr Marken anzugeben, als sie eingereicht hatten. Aber dafür kontrollierten wir ja! Zum Feierabend kam alles in eine große Holzkiste mit Vorhängeschloß, die im "Markenrücklaufkeller", der mit einem besonderen Schloß gesichert war, eingeschlossen wurde. Als ich nun am Abend die Kiste in den Keller bringen wollte, brach beim Versuch, die Kellertür aufzuschließen, der Schlüssel (20 cm lang) ab, so daß die Tür verschlossen blieb. Was nun? Ich ging zum Oberinspektor, der in seinem Panzerschrank einen Zweitschlüssel aufbewahrte, erzählte ihm von dem Vorfall und bat ihn, mir den Ersatzschlüssel zu geben. Er schnauzte mich an und suchte den Schlüssel in seinem Panzerschrank, fand ihn aber nicht. Er war sehr aufgeregt und sagte mir, ich solle die Kiste in Zimmer 8 einschließen. Abends bin ich noch zu Herbert Schulz, dem Leiter des Ernährungsamtes, gegangen und habe auch ihm von dem Vorfall berichtet. Am nächsten Morgen war ich gegen 10.00 Uhr, um diese Zeit kam er morgens erst,wieder beim Oberinspektor und bat um den Schlüssel. Er stand mit dem Gesicht zum Fenster und drohte mir mit fristloser Entlassung. Nur weil ich den Schlüssel abgebrochen hatte? Merkwürdigerweise war an diesem Morgen der Schlüssel wieder da. Wo mag er wohl gewesen sein?

Noch eine Ernährungsamtssache. In einem besonderen Kellerraum wurden die von den Kaufleuten abgegebenen und von uns geprüften Marken aufgehoben, da auch das Kreisernährungsamt die Abrechnungen nochmals stichprobenartig überprüfte. Weil ich bei einer von mir geprüften Abrech-nung nochmals etwas nachsehen wollte, holte ich die Abrech-nung nach oben und bemerkte sofort, daß der Packen so dünn war: es fehlten in der Abrechnung die Butter- und Zucker-marken.

Wo waren sie geblieben, bei meiner Kontrolle waren sie doch dagewesen? Ich informierte den Leiter des Ernährungsamtes, woraufhin sofort der Prüfer des Landkreises kam. Er stellte fest, daß sogar bei mehreren Abrechnungen die Butter- und Zuckermarken fehlten. Die Kriminalpolizei wurde eingeschaltet, die Verhöre begannen. Auf der Polizeiwache hatte ich Einblick in die Akte: "Verdächtige" hatten mich belastet, und so war an einigen Stellen mein Name rot unterstrichen. Die Kreuzverhöre bei der Kripo machten mich fertig. Eines Tages kamen zwei Kripobeamte in unser Haus nach Dangast. Hausdurchsuchung! Die Herren Amtag und Ihden baten Vater, die obere Schublade des Stubenbüfetts zu öffnen, sie schauten hinein, und die Hausdurchsuchung war beendet. Sie haben eine ganze Weile mit Mutter und Vater gesprochen und ihnen den Sachverhalt dargelegt. Sie äußerten meinen Eltern gegenüber, daß die Täter bekannt seien und die Spuren ins Rheinland führten. Die Kripo habe aber noch nicht die nowendigen Beweise. Ihr Sohn, also ich, hätte mit der Sache nichts zu tun. Aber trotzdem hat mich die Angelegenheit sehr belastet. Ich hatte bisher immer nur das Gute im Menschen gesehen und jetzt diese Enttäuschung. Was hatten "die" mir angetan?

Nach einem Verhör kam mein Kollege von der Polizeiwache zurück, als ich mittags gerade nach Hause fahren wollte. Da sagte er mir noch: "Ich habe heute ausgepackt". Ich habe keine Ahnung, was er damit meinte. Jedenfalls wurde es ruhig um die Sache. Es kam nach einiger Zeit von der Staatsanwaltschaft die Mitteilung: "Das Verfahren zu Aktenzeichen .. in der Angelegenheit ... ist eingestellt." Ich fragte mich, warum? Warum ermittelt die Kripo nicht weiter? Als ich in Oldenburg zur Verwaltungsschule ging, traf ich in der Stadt Herrn Amtag, der die Ermittlungen in Varel zusammen mit Herrn Ihden geführt hatte. Ich bat ihn, mir Einsicht in die Akte Varel zu gewähren, da das Verfahren doch eingestellt worden sei und ich gerne den Grund dafür kennen möchte. Herr Amtag sagte mir, daß das nur möglich wäre, wenn die Stadt Varel die Akte bei der Staatsanwaltschaft anforderte. Das war aussichtslos, denn die Stadt Varel hatte kein Interesse an meiner Akteneinsicht. Heute mache ich mir meine Gedanken über die damaligen Einbrecher. Damals brach eine Welt für mich zusammen.

In den ersten Nachkriegsjahren bildeten sich wieder allerhand Parteien. So auch die SRP, die in der Rennweide in Dangast im Sommer ihre Parteitage mit Sonnenwende abhielt. Leiter der SRP war der ehemalige Generalmajor Remer. Er hatte am 20. Juli 1944, nach dem Attentat auf den Führer, das Wachbataillon in Berlin befehligt und den Putsch vereitelt. Jetzt war er wieder an führender Stelle. Aber das dauerte nicht lange.

Die Reichsmark wurde allmählich immer weniger wert, der Schwarzhandel in immer größerem Stil betrieben.
Der 20. Juni 1948 war ein bedeutender Tag: Die Währungsreform war endgültig verkündet. Die bisher gültige deutsche Währung, die Reichsmark, wurde aus dem Verkehr gezogen und durch die "Deutsche Mark" abgelöst.

Bei der Stadtverwaltung waren vorher die Vorbereitungen für die Auszahlung des Geldes getroffen worden. Am Sonntag, dem 20. Juni 1948, wurde das Geld morgens in grossen Kisten angefahren. Mit einigen Bediensteten hatte ich die Kisten zu bewachen, über eine halbe Million DM, bevor das Geld zu den einzelnen Zahlstellen (meistens Schulen) weitertransportiert wurde. Jeder Einwohner erhielt als erste Maßnahme für 60 RM der alten Währung neues Geld. 40 Mark wurden am 20. Juni ausgezahlt und die restlichen 20 Mark einen Monat später. Im Personalausweis wurde ein entsprechender Vermerk gemacht, damit das Geld nicht doppelt ausbezahlt wurde. Der Erfolg war erstaunlich: Hatte man vor der Währungsreform in den Geschäften nur fast leere Regale und Schaufenster gesehen, so war am Tag nach der Währungsreform wieder alles da. Nun konnte man für sein Geld auch wieder etwas bekommen.

Nach der Gründung der Bundesrepublik im Jahr 1949 wurde die Zwangsbewirtschaftung aufgehoben, die Verantwortlichen der Stadtverwaltung trafen erste personelle Maßnahmen. Am 26. September 1949 wurden infolge des Abbaues von Aufgaben auf dem Gebiete der Ernährungswirtschaft und sonstiger Zwangsbewirtschaftungen allen Bediensteten der Stadtverwaltung gekündigt. Es war wohl ein einmaliger Vorgang. Daher wurden die Kündigungen auch am 6. März 1950 wieder aufgehoben.

In Varel schritt die wirtschaftliche Entwicklung schnell voran. Neue Betriebe siedelten sich an, die vorhandenen Fabriken und Unternehmen erweiterten und modernisierten ihre Betriebe. Wohnungen und ganze Siedlungen entstanden neu. Als erste Siedlung nach dem Kriege wurden 1949 die Häuser an der Danziger Straße gebaut. Bürgermeister war damals Adolf Heidenreich.

Ein bedeutsames Datum für Dangast war der 31. Mai 1954. Beim Kurhaus in Dangast wurde der Grundstein für das Bauwerk des Dangaster Siels gelegt. Mit der Baumaßnahme wurde gleichzeitig ein Teil des Jadebusens - von Petershörn nach Dangast - eingedeicht. Die Baumaßnahme dauerte mehrere Jahre.

> Es ist besser,
> Deiche zu bauen,
> als darauf zu hoffen,
> daß die Flut allmählich
> Vernunft annimmt.
>
> Hans Kasper

1959 konnte die Sielanlage ihrer Bestimmung übergeben werden. In der Nische des Sielturmes zeigt eine von Prof. Tegtmeyer entworfene und in Mosaik gefertigte Karte die Entstehung der Siele von Gödens 1525, Friedeburg 1540, Horsten 1578, Zetel 1576, Steinhausen 1596/1627, Petershörn 1924 und Dangast 1957. Eine Gedenktafel ist Arend Stindt gewidmet, dem es im Jahre 1615 gelang, das "Schwarze Brack" zu

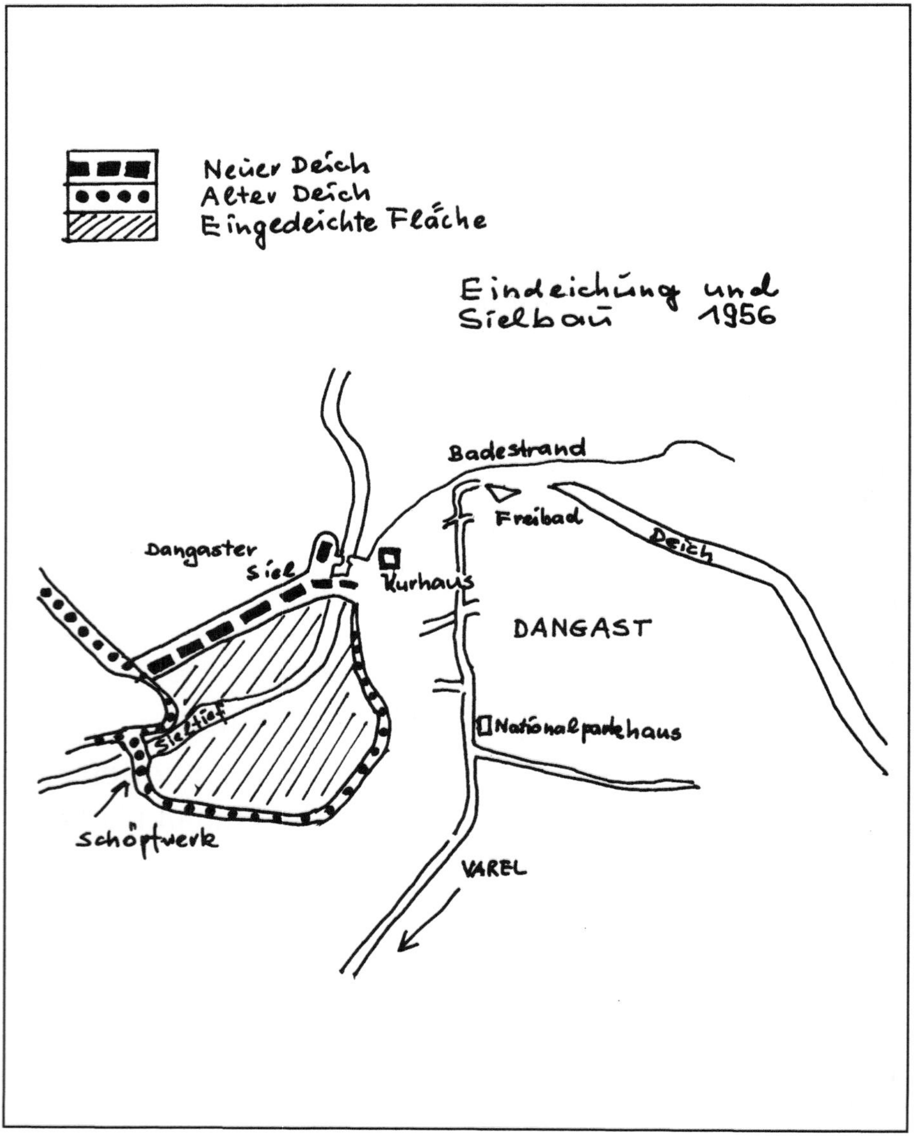
Neuer Deich
Alter Deich
Eingedeichte Fläche
Eindeichung und Sielbau 1956
Badestrand
Freibad
Deich
Dangaster Siel
Kurhaus
DANGAST
Sieltief
Nationalparkhaus
Schöpfwerk
VAREL

schließen und damit eine direkte Verbindung zwischen Varel und Jever herzustellen.
Die Dangaster Fischer, von denen es zu diesem Zeitpunkt noch eine stattliche Anzahl gab, bekamen mit dem Bau des Siels und des kleinen Tidehafens endlich ihre Anlegestelle im Hafen. Bisher hatten sie ihren Fang "auf Reede" vom Fischkutter auf ein Ruderboot umladen und an Land rudern müssen.

Als die alte baufällige Schleuse in Petershörn nach Fertigstellung des Dangaster Siels abgerissen wurde, entstand an diesem Platz ein mo-dernes Schöpfwerk, das die Entwässerung des Hinterlandes reguliert. Die eingedeichten Flächen wurden angesät und sind jetzt bestes Weideland.

1961 wurde Varel wieder Garnison. Am 4. März zog das Panzergrenadierbataillon 311 in die in den letzten Jahren wieder hergerichteten Kasernen aus der Zeit des Dritten Reiches am Steinbrückenweg ein. Mit einem Marsch durch die Stadt und einem Platzkonzert auf dem Schloßplatz stellten sich die Soldaten vor. Nach sechzehn Jahren gab es wieder Soldaten in der Stadt.

1961 war Hans Dieter Würdemann Stadtdirektor in Varel. Vorher war er in Oldenburg Richter gewesen. Es muß gesagt werden, daß er ein sehr fähiger Mann war, wenn es auch mit den Ratsherren des öfteren "Krach" gab. Weil Stadtdirektor Würdemann aus seiner früheren Tätigkeit guten Kontakt zum Vorstand der Landessparkasse zu Oldenburg hatte, legte er eines Tages dem Stadtrat deren Kaufangebot für das alte Rathaus am Marktplatz vor. Die Ratsherren und die Verwaltung hatten sich schon seit einigen Jahren mit der Erweiterung bzw. einem Neubau des Rathauses befaßt. Böse Zungen behaupteten damals, der Stadtdirektor habe das Rathaus in einer launigen Stunde im Oldenburger Ratskeller verkauft. Obwohl am Marktplatz und an der Drostenstraße genügend städtische Grundstücke für eine Erweiterung des Rathauses, unter Erhalt des alten Gebäudes, zur Verfügung standen, beriet der Rat der Stadt das Kaufangebot und faßte einen Verkaufsbeschluß. Gleichzeitig wurde der Beschluß für den Rathausneubau gefaßt.

Wie gut wäre es gewesen, hätte man das sehr schöne alte Gebäude am Marktplatz um einen Erweiterungsbau vergrößert. Die ganze Marktplatzfront wäre nach und nach zu bebauen gewesen. Aber die Chance wurde vertan.

1961 wurde zunächst ein Architektenwettbewerb ausgeschrieben. Den ersten Preis bekamen zwei junge Architekten aus Hamburg, aber die Bauleitung lag beim Architekturbüro Gerdes in Varel. Als Baugrundstück wurde das Sonderschulgrundstück mit der alten Turnhalle an der Windallee bestimmt. Die alten Gebäude wurden abgerissen, dann konnte der Neubau beginnen.

Wir, die Angestellten und Beamten, hätten seinerzeit gerne gesehen, wenn das neue Rathaus mit heimischen Klinkern gebaut worden wäre, aber die Mehrheit der Ratsherren entschied sich dafür die Fassade mit weißen Fliesen (Kachelofen) zu verkleiden, obwohl die Hamburger Architekten dem Rat schriftlich ihre Bedenken mitgeteilt hatten. Die Architekten befürchteten, daß die Fliesen nach einigen Wintern wegen des nicht erprobten Unterbaues herunterfallen würden. “Leeres Gerede”, so die Ratsherren. 1963 war das

Richtfest, 1964 wurde der Neubau an der Windallee bezogen. Das alte Rathaus am Marktplatz ließ die LzO abreißen, um neu zu bauen. Um das Rathausthema abzuschließen, hier noch Ereignisse der Folgejahre. Der Neubau war natürlich eine große räumliche Verbesserung, sowohl qualitativ als auch quantitativ. Außerdem lag das Rathaus an der Trasse der neuen Ortsdurchfahrt. Mit der Zeit machten sich an der Verfliesung der Rathausfassade Risse bemerkbar, zunächst sehr klein, aber nach jeder stärkeren Frostperiode im Winter wurden die Risse größer. Eines Nachts passierte es: Teile der Fliesenwand kamen heruntergestürzt. Die Fassade hatte sich nicht bewährt. Das Rathausgrundstück wurde gesichert, die Eingänge überbaut, das Büro Gerdes eingeschaltet. Die Fachleute schlugen vor, eine Klinkerfassade vorzuhängen. Das wurde dann auch so beschlossen. Und was wäre beinahe passiert? Die Klinkerfassade wurde an Stahlhalterungen (ein bestimmter Stahl) befestigt. Durch Zufall wurde von einer sachkundigen Person, die sich die Konstruktion einmal ansehen wollte, festgestellt, daß die Stahlhalterungen mit einem falschen Schweißdraht geschweißt worden waren. Die Halterungen hätten rosten können. Die Auswirkungen sollen hier nicht untersucht werden. Worauf doch am Bau geachtet werden muß!

Und nun zu der im Zusammenhang mit dem Rathausneubau erwähnten Durchgangsstraße. Die Planungen dafür gehen in das Jahr 1960 zurück, sie waren im Rat sehr umstritten. Damals gründeten einige Vareler Bürger, an der Spitze der Möbelfabrikant Tietjen und der Spediteur Fricke, eine Initiative, die UWG (unabhängige Wählergemeinschaft), die sich zum Ziel gesetzt hatte, die Durchgangsstraße zu verhindern, um Varel nicht in zwei Stadtteile zu trennen. Seitens der UWG war man für eine Ortsumgehung, aber die Mehrheit des Rates entschied sich schließlich für die Ortsdurchfahrt, die jetzige Bürgermeister-Heidenreich-Straße. Wenn auch lange an der breiten Durchgangsstraße gebaut wurde (1960/61 und 1970/73), so konnte sie eines Tages doch fertiggestellt werden. Das heißt, im Bereich Waisenhaus ist der endgültige Ausbau noch nicht vollzogen.

Es mußten verschiedene Enteignungsverfahren durchgeführt werden, und die Auseinandersetzungen um das Gebäude von Schlachter Osterloh, das viele Jahre in der Trasse stand, wird wohl kein Vareler vergessen. Aber auch dieses gerichtliche Verfahren ging einmal zu Ende.

*Blick vom Rathaus auf die Durchgangsstraße*

Der 16. Februar 1962 war ein schwarzer Tag für die Bewohner des Küstenraumes: Eine schwere Sturmflut suchte die Küste heim. Varels Schleuse war über hundert Jahre alt und wies schon Schäden auf, hielt aber stand. Es hatte schon seit Tagen gestürmt, es wehte ein starker Wind aus westlicher Richtung. Was passierte an diesem Tag bei uns? Der Wind hatte fast schon Orkanstärke erreicht und kam aus nördlicher Richtung. Mutter lief während des ganzen Tages unruhig im Haus herum und sagte: "Heute kommt das Wasser." Marga hatte Geburtstag, den wir abends mit den Verwandten feiern wollten. Trotz heftigem Sturm kamen die Gäste aus dem Dorf. Der Wind blies immer stärker auf, aus dem Rundfunkempfänger kamen laufend Sturmflutwarnungen. Es war unheimlich, Mutter wurde immer unruhiger. Wir hatten gerade den ersten Korn getrunken, als Marga aus der Küche in die Stube zurückkam und sagte: "Draußen stimmt etwas nicht, die Autos fahren in Kuckshörne nicht durch, sondern auf halbem Wege wieder zurück." Ich ging hinten zur Haustür hinaus, um nachzusehen, was los war. Nach einigen Schritten durchfuhr mich ein Schreck, vor meinen Füßen stand bei uns auf dem Hof das Wasser. Ich bin ins Haus zurückgelaufen, kreidebleich muß ich ins Wohnzimmer zurückgekommen sein, um zu berichten, was geschehen war. Alle liefen sofort ins Freie und sahen das Wasser. Mein Schwager Rudolph hatte seinen "Goggo" auf dem Hof stehen, er setzte sich schnell hinein und fuhr durchs Wasser über den Deich seinen Wagen in Sicherheit. Unser Weg war nicht mehr zu passieren, denn das Wasser stand bis oben am Deich. Wir holten schnell die Sachen aus dem Keller, aber es dauerte nicht lange, da brachen die Fensterscheiben, und das Wasser schoß in den Keller. Marga hat es gerade noch geschafft, den "Schniebohnenpott" (Schneidebohnen) nach oben zu bringen. Wie sie es geschafft hat, wußte sie am nächsten Tag nicht mehr, denn sie konnte den Topf nicht einmal anheben. Schnell wurden einige Sandsäcke gefüllt und die Türen und der Kellerschacht damit abgedichtet. Detmar, der noch klein war, konnte das Ereignis vom Fenster aus beobachten. Wie durch ein Wunder fiel der Wasserstand kurz nach 21.00 Uhr wieder, obwohl erst um Mitternacht Hochwasser gewesen wäre. Wir atmeten alle auf. Die Nachbarn der Störtebekerstraße hatten wie wir

Wasser im Keller. Schlimm war es bei Kurt Nannen, der das ganze Haus (Neubau) unterkellert und eingerichtet hatte. Ein trostloser Anblick, alles schwamm im Keller, Möbelstücke und die große Musiktruhe. Nachts traf noch die Feuerwehr ein, um die Keller auszupumpen. Zu uns konnten sie mit dem Fahrzeug nicht fahren, denn der Deich war inzwischen so aufgeweicht, daß er nicht mehr zu passieren war. Erst am nächsten Tag wurde das ganze Ausmaß des Wasserschadens sichtbar. Der Strand, der Deich und die Gebäude am Strand wiesen große Schäden auf. An der Rennweide hatte sich das Wasser große Löcher in die Kleiböschungen gefressen. Von den Sandböschungen vom Campingplatz Tapken bis zum Steindeich waren einige Meter im Meer versunken. Die überschwemmten Acker- und Gartenflächen waren durch das Salzwasser verdorben und auf Jahre nicht mehr zu bestellen. Schwere Sturmfluten gab es in den Folgejahren immer wieder, oft wurde der Campingplatz noch im Mai überschwemmt.

1967/1968 baute die Stadt Varel die zentrale Kläranlage am Moorhausener Weg. Umfangreiche Grundstücksverhandlungen waren erforderlich gewesen, um ein entsprechendes Gelände am Stadtrand zu bekommen. 1968 traf ich mich oft zu Gesprächen mit Adolf Müller, dem Eigentümer der Vareler Windmühle. Zu der Zeit war ich für einige Monate zwischen dem Fortgang des Stadtdirektors Schulz und dem Dienstbeginn des neuen Stadtdirektors Helmich, mit der Leitung der Verwaltung beauftragt worden. Mit Adolf Müller verhandelte ich wegen der Übernahme der Mühle durch die Stadt. Für Oktober 1968 war Termin vor dem Oberverwaltungsgericht Lüneburg anberaumt worden. Die Stadt hatte beantragt, die Mühle unter Denkmalschutz zu stellen. In langwierigen Verhandlungen, unter Mitwirkung von Herrn Banowski von der Bezirksregierung in Oldenburg, kam dann ein Vertrag zustande, der von Herrn Müller und dem Rat der Stadt akzeptiert wurde. 1968 wurde damit der Grundstein für das jetzige Mühlenmuseum gelegt.

Der 23. April 1967 war wieder ein "schwarzer Tag" für Dangast: Aus einem Tanker an der Löschbrücke in Wilhelmshaven waren große Mengen Öl ins Meer geflossen. Der hiesige Badestrand war auf der ganzen Länge mit einer dicken Schicht Öl verschmutzt, auch der Strand vor der Rennweide und am Kurhaus. Die Vertreter der verschiedensten Behörden waren anwesend und veranlaßten ein breit angelegtes Reinigen des Strandes. Große Mengen des angetriebenen Öls wurden am Strand in Brand gesetzt und so vernichtet. Die dicken schwarzen Rauchwolken waren weithin sichtbar. Nach der Reinigung wurde wieder Kies angefahren. In der folgenden Saison fanden die Gäste einen sauberen Strand vor.

Anfang 1970 entschloß sich die Stadt, ein Hallenbad zu bauen. Die Planungen wurden vom Architekturbüro Gerdes durchgeführt. 1972, nachdem die Gebietsreform vollzogen war, konnte das Hallenbad in Betrieb genommen werden. Im Eingangsbereich wurde ein "sehr teurer" Kassenautomat installiert. Es sollte ganz modern und ohne viel Personal kassiert werden. Der Automat war eine einzige Katastrophe - "Streiki" war bald in aller Munde - es ging nicht ohne gerichtliche Auseinandersetzung. Schließlich wurde "Streiki" entfernt und der Eintritt wird heute noch von Bediensteten des Hallenbades kassiert.

1969/1970 begann die Gemeinde Varel-Land mit der Aufstellung eines Bebauungsplanes für Dangast. Der Fremdenverkehr sollte eine großzügige Förderung erfahren. Investoren waren bereit, in Dangast zu bauen, aber auf das "Wie" kam es an.

Die Gemeinde unterstützte ein Bauprojekt, das auf dem Gelände zwischen dem Kuckshörner Weg, der Straße Auf der Gast, der Edo-Wiemken-Straße und der Störtebekerstraße vier achtgeschossige Hochhäuser vorsah. Die Gemeinde sollte in diesen Häusern Räume für die Kurverwaltung erhalten, daneben auch Therapieräume. Bis auf wenige Ausnahmen waren die Dangaster Einwohner gegen die Errichtung von "Hochhäusern", die zu der Zeit überall gebaut wurden und die Landschaft verschandelten. In Dangast bildete sich eine Bürgerinitiative unter Leitung von Diplomingenieur Heinrich Gerdes. Die Mitglieder der Initiative trafen sich regelmäßig und entwickelten eigene Pläne. Hochhäuser sollten in Dangast unbedingt vermieden werden. In dieser Beziehung unterschied sich meine Meinung wesentlich von der unseres Kurvereinsvorstands-Mitgliedes Siegfried Blanke, der für die Hochhäuser war. Unsere Initiative wurde zu einem Vortrag vor dem Gemeinderat eingeladen. Diaprojektor, Pläne und Ausarbeitungen waren zur Hand. Die Argumente der Gruppe wurden eingehend erläutert und die Ratsherren mit Material versorgt. Der Vortrag war bis ins kleinste vorbereitet und lief wie ein Uhrwerk ab. Die Ratsherren waren nach unserer Auffassung sehr beeindruckt. Jedoch wurde hinter den "Kulissen von Langendamm" weiter `gearbeitet`, daher warteten alle gespannt auf das Ergebnis der Abstimmung über den Plan im Gemeinderat. Am Sitzungsabend saßen wir alle im Sitzungssaal auf den Zuschauerstühlen. Es knisterte förmlich. Ich war so nervös, daß ich die Stuhllehne vom Stuhl, auf dem ich saß, abbrach. Dann kam die Abstimmung, es war von den Befürwortern nicht zu fassen, an ihrer Mehrheit fehlte eine Stimme. Jubel bei "uns", Verärgerung bei der Verwaltung. So sind die Hochhäuser an Dangast vorbeigegangen. Der Einsatz hatte sich für Dangast gelohnt. Schlimm für den Bauherrn aus Oldenburg, der bereits von den Dangaster Bauern das Ackerland gekauft hatte.

Das Dorf Dangast war auf dem Wege der Abwasserbeseitigung im Jahre 1970 einen Schritt vorangekommen, indem es an die zentrale Kläranlage in Varel angeschlossen wurde. Dafür war es erforderlich, eine Druckleitung von Dangast nach Varel -quer durch die Weiden- zu verlegen.

Bei den Kanalbauarbeiten in der Störtebekerstraße mußte der Kanal sehr tief verlegt werden. Im unteren Bereich des Rohrgrabens war Kies. Die Seiten des Kanalgrabens wurden zwar mit entsprechendem Material abgestützt, aber plötzlich brach eine Wand ein und begrub die im Schacht arbeitenden Männer. Zwei der Arbeiter fanden dabei den Tod.

Anfang der siebziger Jahre bereitete das Land Niedersachsen die Gebietsreform vor. Nach dem Entwurf sollten die Stadt Varel und die Gemeinde Varel-Land zu einer neuen Gemeinde Stadt Varel vereinigt werden. Varel war von jeher Mittelpunkt auch für die Einwohner der Gemeinde Varel-Land. Da die Stadt von der Landgemeinde umschlossen wurde, bot sich ein Zusammenschluß förmlich an. Der Zusammenschluß brachte aber auch Probleme in personeller Hinsicht und bezüglich der Unterbringung der Verwaltung. Ich hatte engen Kontakt mit Gemeindedirektor Osterloh, mit dem ich wegen der Organisation der neuen Verwaltung oft zusammensaß. Die Räte beider Gebietskörperschaften tagten häufig, auch gab es gemeinsame Sitzungen der Ausschüsse und Räte. Die Weichen für den Zusammenschluß wurden gestellt. In personeller Hinsicht ging es in der Hauptsache um die Beseztung der Stelle des Stadtdirektors und seines Vertreters. Auch um die Besetzung der Amtsleiterstellen wurde gerungen. Schließlich wurde zum Stadtdirektor August Osterloh von der Gemeinde Varel-Land und ich zum Stellvertreter des Stadtdirektors gewählt. Der Stadtdirektor der Stadt Varel, Kurt Helmich, ging nach einer Übergangszeit in den einstweiligen Ruhestand. Am 1. Juli 1972 wurde der Zusammenschluß wirksam. Der Gebietsänderungsvertrag zwischen der Stadt Varel und der Gemeinde Varel-Land trägt die Unterschriften von Bürgermeister Wilhelm Kammann und mir und von Bürgermeister Gustav Carstens und Gemeindedirektor August Osterloh.

Mit dem Zusammenschluß der beiden Gemeinden erhöhte sich zwangsläufig auch die Zahl der Ratsherren: Stadt Varel und Gemeinde Varel-Land je neunzehn Ratsherren. Die Arbeit in den Ausschüssen und im Rat war zunächst nicht leicht. Jeder Ratsherr wollte für seinen Ort das Möglichste herausholen. Vor dem Zusammenschluß war von den Ratsherren auf beiden Seiten noch einmal kräftig “zugelangt” worden, um möglichst viele Angelegenheiten vor der Reform in der alten Gemeinde zu regeln. Mit der Zeit gewöhnten sich die Ratsherren aneinander. Aber auch in der Verwaltung mußte so manche “Klippe” überwunden werden.

Nach dem Zusammenschluß rückte auch Dangast wieder in den Blickpunkt. Der Fremdenverkehr bedurfte einer großzügigen Entwicklung. Die neue Stadt Varel war mit ihrer Finanzkraft dazu in der Lage. Das Architekturbüro Gerdes erhielt von der Stadt Varel den Auftrag zur Erstellung eines Entwicklungsplanes für Dangast. Der Plan wurde am 11. September 1972 vorgelegt und im Rat beraten. Die Zukunft hatte für Dangast begonnen.

In Varel tat sich baulich allerhand. Aus dem Rahmen fiel das Schulzentrum, das nach neuesten bautechnischen Erfahrungen gebaut wurde. Architekt Gerdes war eigens nach Amerika geflogen, um dort die moderne Bauweise zu studieren. So bekam der gesamte Schulkomplex zum Beispiel verschiebbare Wände, um die Klassenräume für verschiedene Zwecke nutzbar machen zu können. Ob sich der Kostenaufwand für diese Maßnahme gelohnt hat, muß bezweifelt werden. Ich kann mir nicht vorstellen, daß von der Möglichkeit des Variierens der Räume oft Gebrauch gemacht worden ist. Turnhallen schossen in Stadt und Land nach und nach wie Pilze aus der Erde. Sportplätze wurden gebaut und die vorhandenen Plätze modernisiert. Für den Sport wurde wahrlich viel getan.

Der Verkehr in der Innenstadt nahm ständig zu und wurde unerträglich. Die engen Straßen waren dem Verkehr nicht mehr gewachsen. Da in den umliegenden Städten die gleichen Verhältnisse herrschten, planten sie die Herausnahme des Verkehrs aus dem innerstädtischen Bereich und die Einrichtung von Fußgängerzonen. Auch in Varel gab es solche Überlegungen. Daher wurden Fußgängerzonen in anderen Städten besichtigt und schließlich dem Architekturbüro Gerdes der Auftrag zur Planung einer Fußgängerzone für Varel übertragen. Wenn auch anfangs starke negative Meinungen von den Kaufleuten der Innenstadt vertreten wurden, so waren später alle froh über diese fortschrittliche Planung. Plötzlich

war die Innenstadt "autofrei". Man kann es sich heute nicht mehr vorstellen, wie sich der Pkw- und Lkw- Verkehr durch die engen Straßen gezwängt hat. Für die Kaufleute war es eine wesentliche Verbesserung, zumal sie von der Stadtverwaltung nicht einmal zu einer Kostenbeteiligung herangezogen wurden; wie großzügig.

Mit der Geschichte Varels verbunden war seit jeher der Vareler Hafen. Schon seit 1963 wurde über die Erneuerung der Vareler Schleuse debattiert. In die entscheidende Phase kam die Baumaßnahme nach über zwanzigjährigen Beratungen und Verhandlungen im Jahre 1975, als ein Kompromiß mit dem Land Niedersachsen zustande kam. Ich erinnere mich noch genau an den Tag, als Wirtschaftsminister Küpker zu einer Besprechung über den Vareler Hafen (Landeshafen) ins Rathaus kam. Er teilte den anwesenden Vertretern von Stadt und Landkreis mit, daß er die Akte "Vareler Hafen" in seinem Urlaub durchgearbeitet habe und zu dem Entschluß gekommen wäre, daß der Hafen unwirtschaftlich sei und "zugeschüttet" werden müsse. Die Vareler Vertreter waren schockiert und wollten die Entscheidung des Ministers nicht hinnehmen, denn der Hafen gehörte zum Bild der Stadt Varel. Kein Bürger hätte Verständnis für die Schließung des Hafens gehabt. Bürgermeister Willi Kammann hatte sich in all den Jahren stark für den Hafen engagiert. Auch er war über die Äußerung des Ministers sehr betroffen. Er hat in Hannover weiter mit dem Wirtschaftsministerium verhandelt, und im Rathaus in Varel folgte eine Reihe von Besprechungen unter Teilnahme von Herrn Dr. Lining vom Wirtschaftsministerium. Ein Kompromiß wurde erarbeitet, der wie folgt aussah: Das Land übernimmt den Bau einer Hafenschleuse, geeignet für die Durchfahrt von

Europaschiffen, und übergibt das Bauwerk nach Fertigstellung an die Stadt Varel. Die Folgekosten trägt die Stadt Varel. Verhandlungen mit dem Landkreis Friesland, deren Vertreter immer an den Besprechungen teilgenommen hatten, führten zur Bildung eines "Zweckverbandes Vareler Hafen". Träger wurden der Landkreis Friesland und die Stadt Varel. Damit war der traditionelle Hafen für Varel erhalten geblieben. Die Bauarbeiten dauerten einige Jahre, bis das erste Schiff am 15. September 1977 die neue Schleuse passieren konnte. Parallel mit dem Schleusenbau verlief der Bau des Sieles des Entwässerungs-verbandes. Beide Jahrhundertbau-werke wurden am 11. November 1977 ihrer Bestimmung übergeben.

Während der Bauzeit waren Siegfried Blanke und ich oft am Bau, da wir später die Geschäftsführung für den Hafen übernehmen sollten. Manche Baumängel konnten wir "Laien" entdecken und abstellen lassen. Siegfried Blanke wurde Geschäftsführer des Zweckverbandes und Erwin Decker sein Vertreter. Obwohl wir uns sehr bemühten, mit ansässigen Vareler Firmen und Firmen der näheren Umgebung über eine Belebung des Vareler Hafens zu verhandeln, blieb der Erfolg aus. Die Anlieferung von Gütern per Schiff nach Varel war für die Firmen unrentabel. Was nach Varel kam, waren die Kiesschiffe der Firma Meyer. Vereinzelt kamen Kunstdünger und Kohlen per Schiff. Wie hatte doch der Hafen früher dagestanden. Er war einmal der bedeutendste Seehafen des Oldenburger Lan-des. Ich weiß noch aus meiner Kinderzeit, daß im Vareler Hafen die Holzschiffe aus Skandinavien lagen. Mit dem Vareler Hafen sollte es trotz Schleusenneubau immer weiter bergab gehen.

An dieser Stelle soll kurz erwähnt werden, daß der dänische König Christian V 1681 damit begonnen hatte an der Südseite des Jadebusens im Bereich des Vareler Siels eine Festungsstadt zu errichten. Die Festung mußte später (1693) wieder aufgegeben werden, denn sie lag zu weit entfernt von den Hauptschifffahrtswegen. Das Wattenmeer ohne ausreichendes Fahrwasser war von den damaligen Bauherren sicherlich falsch eingeschätzt worden. Die von den Dänen errichteten Gebäude gingen in den Besitz der Grafen von Oldenburg über und wurden 1694 versteigert. Reste der Wallanlagen aus der Festungszeit sind am Vareler Hafen in den Wiesen südlich vom Hafenbecken noch zu erkennen. Anfang der achtziger Jahre

# Wilhelm Kammann †

dL **Varel.** Mit Bestürzung und Trauer reagierten am gestrigen Montag Varels Einwohner auf den Tod ihres langjährigen früheren Bürgermeisters Wilhelm Kammann. Wilhelm Kammann starb am Sonntagabend im Alter von 57 Jahren an den Folgen eines Herzinfarktes im Krankenhaus Sanderbusch. Die Stadt verlor damit einen engagierten Politiker, der in der Vergangenheit nicht nur viele Akzente im kommunalen Leben gesetzt hatte, sondern durch seine Sachlichkeit bei politischen Freunden und Gegnern gleichermaßen geschätzt wurde.

Die Stationen im politischen Leben des Sozialdemokraten waren gekennzeichnet von seiner Popularität. Die Laufbahn Wilhelm Kammanns begann im niedersächsischen Landtag. Im Mai 1959 wurde er zum Abgeordneten gewählt, ein Amt, das der Spitzenkandidat der hiesigen SPD bis zum Juni 1978 ausfüllte. Auf Grund einer schweren Krankheit ließ sich der Politiker nicht wieder aufstellen. Neben der 19jährigen Tätigkeit in Hannover – dort war Wilhelm Kammann unter anderem lange Jahre Vorsitzender des Innenausschusses – bekleidete er bis 1976 fast 16 Jahre lang das Amt des Bürgermeisters in Varel, und war zwischen 1961 und 1977 Mitglied des friesländischen Kreistages. Hier arbeitete Wilhelm Kammann allein zwölf Jahre lang im wichtigsten Gremium, dem Kreisausschuß und war überdies zwischen 1964 und 1968 stellvertretender Landrat.

Auf Grund seiner Sachkenntnis und seines Engagements wurde Wilhelm Kammann daneben in zahlreiche ehrenamtliche Funktionen gewählt. So war er unter anderem zehn Jahre lang Mitglied des Polizeibeirates bei der Bezirksregierung Oldenburg, gehörte dem Hauptausschuß der Kommunalen Arbeitsgemeinschaft Wilhelmshaven-Friesland an, war Vorsitzender des Kuratoriums des ostfriesischen Gebietsrechenzentrums und Vorstandsmitglied des Städtebundes.

Funktionen und politische Aufgaben, die immer wieder der Stadt Varel zugute kamen. So gehören zu den Verdiensten Wilhelm Kammanns unter anderem der Bau des Meerwasserquellbades in

*Wilhelm Kammann.*
Bild: Archiv

Dangast und der Erhalt des Vareler Hafens, ein Projekt, für das der Sozialdemokrat vor allem in Hannover hart hatte kämpfen müssen, das er aber letzendlich durchsetzen konnte. Neben den zahlreichen Landeszuschüssen, die Varels früherer Bürgermeister für seine Stadt erwirken konnte, galt sein Einsatz in vielem dem einzelnen Bürger.

Mit Wilhelm Kammann hat Varel einen Politiker verloren, der eine 16jährige Stadtgeschichte kennzeichnete und der sich bis zuletzt als Ratsherr für die Geschickte der Kommune engagierte.

*Auszug NWZ, Gemeinnützige*

war eine dänische Reisegruppe aus Kopenhagen in Varel, um sich den Ort der ehemaligen dänischen Festung anzusehen. Der Reiseleiter erzählte mir, daß im Museum in Kopenhagen noch viele alte Unterlagen über Varel vorhanden seien.

Das Engagement von Willi Kammann für den Erhalt des Vareler Hafens würdigte die Verbandsversammlung des Zweckverbandes nach dem Tode von Willi Kammann im Jahre 1980 mit der Namensgebung "Wilhelm-Kammann-Schleuse".

Im Zusammenhang mit dem Vareler Hafen und der Schleuse kann der Name Karl Schütt nicht unerwähnt bleiben. Wer kannte ihn nicht, wenn er in seinem weißen Unterhemd, mit Hosenträgern und Schippermütze auf dem Deich stand. Er hatte harte Arbeit an der Schleuse zu verrichten, denn technische Einrichtungen, wie sie nach dem Neubau vorhanden waren, gab es früher nicht. In Karl Schütts kleiner gemütlicher Stube war ein “Klönschnack” bei Grog oder Schluck urgemütlich. Er freute sich immer, wenn jemand kam. Karl Schütt war ein Original.

# Friesland und die SPD trauern um W. Kammann

**Ravens: „Überall geschätzte Persönlichkeit“**

hs **Varel.** Mit dem Ausdruck hoher Wertschätzung und tiefer Trauer hat Niedersachsens Oppositionsführer Karl Ravens in einem Telegramm an die Witwe auf den Tod des ehemaligen Vareler Bürgermeisters und SPD-Landtagsabgeordneten Wilhelm Kammann reagiert, der am Sonntagabend mit 57 Jahren an den Folgen eines Herzinfarktes verstorben war.

„Der Name Wilhelm Kammanns hat auch nach dem Ausscheiden aus dem Landtag nichts von seinem guten Klang eingebüßt“, telegrafierte Ravens an Frau Kammann. „Sein nüchternes norddeutsches Wesen, sein großer Sachverstand und seine offene menschliche Art haben Wilhelm Kammann … zu einer überall geschätzten Persönlichkeit der niedersächsischen Politik werden lassen.“

Kammann hatte dem Landtag von 1959 bis 1978 angehört und war mehrere Jahre lang Vorsitzender des Innenausschusses gewesen. Außerdem war er 16 Jahre lang Bürgermeister von Varel und darüber hinaus Mitglied zahlreicher öffentlicher Gremien auf Gemeinde- und Kreisebene. Im Norden des Oldenburger Landes zählte Kammann zu den bekanntesten Persönlichkeiten des öffentlichen Lebens.

*Wilhelm Kammann* Bild: Archiv

*Auszug NWZ*

Der Rat der Stadt befaßte sich 1973 mit dem Bau eines Freibades für das Nordseebad Dangast. Die Kurgäste sollten, wie auch in anderen Küstenbädern, die Möglichkeit bekommen, unabhängig von der Flut zu baden. Da andere Bäder schon seit Jahren Freibäder anbieten konnten, war eine derartige Einrichtung für Dangast zwangsläufig. Siegfried Blanke und ich sahen uns verschiedene Objekte an und organisierten schließlich eine Besichtigungsfahrt mit Mitgliedern der zuständigen Auschüsse und des Architekten, Diplomingenieur Gerdes, der den Auftrag für die Planung und den Bau eines Freibades bekommen hatte. Unter anderem wurden zwei Einrichtungen auf der Insel Amrum besichtigt, die für die Planungen in Dangast Anregungen geben konnten. Auf Amrum waren zwei Freibäder erstellt worden, die sich fast glichen. Für unser Vorhaben waren die Erfahrungen, die man in Amrum nach dem Bau gewonnen hatte, sehr wertvoll. Auch in Amrum wurden die Becken mit aggressivem Salzwasser gefüllt. Bei der Besichtigung der Anlagen stellten wir fest, daß die Anschwimmhallen sich als zu klein erwiesen hatten. Daher wurde unsere Anschwimmhalle, die ursprünglich nicht größer werden sollte, umgeplant. Als falsch erwies sich der Bau der Freibecken in sogenannter "Elefantenhaut", einer dicken Kunststoffolie. Ein Jahr waren die Bäder auf Amrum in Betrieb, und keiner auf der Insel hätte wohl zum zweiten Mal "Elefantenhaut" für die Becken als Baumaterial genommen. Auch in Dangast war zunächst von dieser dicken Kunststoffolie gesprochen worden. Nach dem Besuch auf Amrum stand das nicht mehr zur Diskussion. Auch sonst war die Besichtigung der Amrumer Freibäder positiv, so daß man sagen konnte, die Fahrt hatte sich gelohnt.

Etwas besonderes sollte die Dangaster Einrichtung schon sein. Es war geplant, das Schwimmbecken mit Salzwasser zu füllen. Die Entnahme aus dem Jadebusen scheiterte daran, daß im vorderen Wattbereich das Wasser nicht sauber genug und ein Bauwerk direkt im Watt wegen des Eisganges im Winter gefährdet war. Bohrungen im Bereich der Schlengen brachten nicht den erwarteten Erfolg. Ein Glücksfall war, daß beim Landesamt für Bodenforschung in Hannover Unterlagen über Bohrungen aus der Zeit der Ölsuche im Bereich Dangast vorlagen. Herr Dr. Gerhardi vom Landesamt wurde eingeschaltet, und so entschloß sich der Rat zu einer Tiefenbohrung, um eine Solequelle zu erschließen. Kosten wurden mit einer halben Million DM angesetzt. Die Bohrung war bis in eine Tiefe von 450 m vorgesehen. Als diese Tiefe erreicht war, keine Spur von Solewasser. Schnell wurde ein kleiner Krisenstab mit Willi Kammann an der Spitze gebildet, und es wurde beschlossen, weiterzubohren. Auch bei Stillstand des Bohrgerätes bis zu einer Entscheidung im Verwaltungsausschuß wären hohe Wartekosten entstanden. Die Entscheidung erwies sich als richtig, in 573 m Tiefe wurde die langersehnte Sole angetroffen. Das war ein großes Ereignis für Dangast. Am 14. Juni 1975 wurde das “Meerwasserquellbad” eingeweiht. Meerwasserquellbad deshalb, weil das Wasser erstens aus einem Schelfmeer des Eozäns und zweitens aus einer Quelle stammt.

Der II. Oldenburgische Deichband hatte sich damals bereit erklärt, zusammen mit dem Bau des Freibades auch den Kuckshörner Deich zu bauen. Der benötigte Kleiboden wurde durch Abgraben des Schlafdeiches von Dangast zur Mühle gewonnen. Dem Verbandsvorsteher Mengers muß an dieser Stelle ein Lob für den großzügigen Ausbau ausgesprochen werden, ebenfalls den Mitarbeitern des Wasserwirtschaftsamtes Varel, die die Bauleitung der entsprechenden Zufahrten und des gepflasterten Deichweges hatten. Auf dem Gelände des Deichbandes, das der Stadt Varel im Zuge der Verlegung des Hauptdeiches überschrieben wurde, baute die Stadt einen Wanderweg.

Varel und damit auch der Fremdenverkehrsort Dangast profitierten im Jahre 1975 von der großzügigen Anbindung an die Autobahn A 29 mit zwei Auffahrten bzw. Abfahrten. Der Fremdenverkehrsort Dangast war somit unmittelbar an das Autobahnnetz angeschlossen. Für Dangast gingen die Planungen weiter, und so wurde 1976 der Bebauungsplan für das Gebiet Auf der Gast, Edo-Wiemken-Straße, Kuckshörner Weg aufgestellt. Der Bebauungsplan 61 sollte sich später als der am häufigsten geänderte Plan erweisen. Der Jadebusen gehörte schon von Anfang an zu den bedeutendsten Lebensräumen der Wasser- und Wattvögel an der deutschen Nordseeküste. Bereits 1961 wurde er durch Verordnung des Verwaltungs-präsidenten zum Naturschutzgebiet erklärt. Die Wattenjagd, vor allem von den Fischern betrieben, wurde 1963 aufgehoben, und so genoß das Wassergeflügel ganzjährige Schonung. Trotz heftiger Proteste der erbosten Jäger, die da meinten, sie hätten ein Gewohnheitsrecht, blieb die Wattenjagd verboten. Früher waren die Jäger mit ihren schneeweißen Tarnanzügen, voll behangen mit totem Entenvolk, aus den Eisschollen gekommen.

Allmählich begannen auch die Diskussionen um einen "Nationalpark Niedersächsisches Wattenmeer", wovon auch der Jadebusen betroffen war. Dieser Nationalpark wurde am 1. Januar 1986 eingerichtet.

Es war 1977, als eines Tages Richard Witte vom Wasserwirtschaftsamt mir mitteilte, daß Geld für Küstenschutzmaßnahmen zur Verfügung stehe. Unter dieser Maßnahme könne man eine Aufspülung des Badestrandes (Sandentnahme aus dem Wattenbereich mittels Saugbagger), verbunden mit dem Bau eines "Deckwerkes" - jetzige Betonstraße - unterbringen. Schnell war verwaltungsmäßig alles besprochen, und wir trafen uns an einem Abend mit Karl-Heinz Funke, Karl-Erich Speith und Enno Ulffers am Strand, um die Angelegenheit an Ort und Stelle zu prüfen. Die Kosten wurden vom Wasserwirtschaftsamt mit etwa einer Million DM angegeben, wovon aus Küstenschutzmitteln 750 000 DM gezahlt werden könnten. Die entsprechenden Beschlüsse in den Ratsgremien waren dann nur noch Formsache, und die Baumaßnahme konnte durchgeführt werden. Der Strand bekam durch die Aufspülung eine bessere Qualität.

Im Februar 1979 wurde unser Gebiet von einer schweren Schneekatastrophe heimgesucht. Am 14. Februar morgens um 6.00 Uhr, ging bei uns das Telefon. Der Stadtdirektor informierte mich über die Lage, die Straßen in und um Varel waren nicht mehr zu passieren. Er teilte mir mit, ich solle zunächst in Dangast bleiben. Gegen 9.00 Uhr hieß es dann, ich müsse ins Rathaus kommen und würde mit einem Panzer abgeholt, da sonst keine Möglichkeit mehr bestand, von Dangast wegzukommen. In Varel war schon ein Krisenstab gebildet worden, weil laufend Hiobsbotschaften eintrafen. Auf der Autobahn Oldenburg-Wilhelmshaven waren Hunderte von Autos im Schnee steckengeblieben und warteten auf Hilfe. Die Autobahn war einfach dicht. Nur mit schwerem Räumgerät war die Autobahn zu erreichen. Der Notstand wurde ausgerufen, und somit war ein Einsatz der Bundeswehr möglich. Die in den Autos eingeschneiten Personen wurden aus ihrer Lage befreit, zum Allee-Hotel gebracht und dort mit heißen Getränken und warmem Essen versorgt. Es häuften sich Meldungen von Dialysepatienten, die unbedingt ins Krankenhaus nach Sanderbusch gebracht werden mußten. Rettungshubschrauber wurden eingesetzt, sobald der Schneesturm nachgelassen hatte. Geburtshilfen mußten vom Arzt geleistet werden, und Herzinfarkte wurden gemeldet. Edo Blanke mußte von Wehgast mit einem Panzer ins Krankenhaus gebracht werden. Am Bahnhof traf ein Waggon mit lebenden Hühnern ein, die versorgt werden mußten. Straßen mußten geräumt und ganze Gehöfte und Häuser freigeschippt werden. Die Versorgung der Einwohner mit Lebensmitteln wurde organisiert, und immer kamen neue Probleme. Im Allee-Hotel hatten wir mit den Wirtsleuten schnell eine erste Versorgung organisiert. Tee, Gulaschsuppe und belegte Brote wurden gereicht.

Mit Fahrzeugen der Bundeswehr wurden die Personen in ihre Wohnorte gefahren. Gegen 19.30 Uhr waren alle "Katastrophenopfer" nach Hause gebracht worden. Wir hatten Feierabend. Dann kam Magnus Dierks mit seiner Taxe und den ersten neuen Katastrophenopfern vom Bahnhof: Die Oldenburger hatten einen Zug passieren lassen, obwohl die Strecke nach Wilhelmshaven nicht zu befahren war, und somit mußten weitere hundert Personen in Varel versorgt und untergebracht werden. Also nochmals Tee, Gulaschsuppe und belegte Brote, schnell war auch das organisiert. Aber wo sollten die Menschen schlafen? Der Kommandeur der Bundeswehr erklärte sich bereit, eine bestimmte Zahl von Personen in der Kaserne zu beherbergen, außerdem wurden von der Stadt in den Turnhallen Notlager eingerichtet. Auch das war geschafft. Um Mitternacht brachte mich ein Panzer wieder nach Hause. In den nächsten Tagen holte ein Panzer die Dangaster Arbeitnehmer ab und brachte sie abends wieder zurück. Die Situation verbesserte sich in den nächsten Tagen. Aus Bayern waren große Schneefräsen angekommen, die hauptsächlich auf der Autobahn eingesetzt wurden. Nach einigen Tagen floß der Verkehr wieder normal.

Dangast erlebte eine neue Entwicklungsphase mit der Planung eines Freizeitzentrums. Die Stadt hatte das Gelände "Auf der Gast" von dem Oldenburger Bauunternehmer, der seinerzeit die Hochhäuser errichten wollte, erworben, und so stand genügend Gelände zur Verfügung. Bereits 1976 legte der Architekt Diplomingenieur Gerdes eine erste Planung vor. Dieser Plan sah den Bau des Freizeitzentrums mit vier Gebäu-

den vor, aber diese Bauweise fand keine Zustimmung, weil befürchtet wurde, daß die Zwischenräume zwischen den einzelnen Gebäuden wegen des ständig herrschenden Windes wie Luftschleusen wirken würden und damit der Aufenthalt zwischen den Gebäuden unmöglich wäre. Also wurde die Errichtung zweier Gebäude beschlossen. Finanzielle Unterstützung war vom Land Niedersachsen und vom Landkreis Friesland zugesagt worden, die Planung konnte in die Endphase gehen. Bei der Stadt standen die Haushaltsberatungen an. Die SPD-Fraktion traf sich zu einer Sitzung im Hotel "Eiden" in Bad Zwischenahn. Heini Gerdes erläuterte die Planungen für das Freizeitzentrum, denen die Fraktion zustimmte. Wir atmeten auf, Dangast war einen Schritt weitergekommen. Nach Beschlußfassung im Rat konnte 1978 mit dem Bau der Anlage begonnen werden. Kurios war die Grundsteinlegung. Wirtschaftsminister Küpker wollte unbedingt vor der Landtagswahl den Grundstein legen. Also wurde schnell ein Betonfundament (Teilstück) gegossen und der Grundstein darauf gelegt. Als die Zeremonie zu Ende war, wurde der Grundstein wieder entfernt und erst später endgültig eingemauert. Die Grundsteinlegung hat der FDP aber keinen Stimmengewinn gebracht.
Die Kuranlage wurde Mitte Juni 1980 teilweise in Betrieb genommen, und zwar Kurverwaltung, Leseräume, Bäderabteilung mit Bewegungsbad. Im September 1980 wurde die Anlage mit einem Tag der offenen Tür offiziell ihrer Bestimmung übergeben. In Dangast konnten jetzt Badekuren durchgeführt werden. Am 18. Mai 1983 wurde Dangast als Nordseebad mit Heilquellenkurbetrieb staatlich anerkannt.

Bei der Stadt Varel stand die nächste große Baumaßnahme an. Das Rathaus sollte erweitert werden. Bei mir im Amt wurde das Raumprogramm erarbeitet. Die Vareler Architekten wurden aufgrund eines Ratsbeschlusses aufgefordert, Entwürfe für eine Erweiterung des Rathauses einzureichen. Als die Pläne und Modelle der Architekten vorlagen, wurde vom Rat ein “spezieller” Ausschuß gebildet. Alle Sitzungen waren vertraulich, es wurde geheim abgestimmt. Warum? Ich war der Meinung, jeder Ratsherr solle sein “Für” oder “Wider” der einzelnen Planungen offen darlegen, aber?

Von der Verwaltung gehörte nur der Stadtdirektor zum Ausschuß. Der Auftrag wurde schließlich an die Architekten Holz und Predel vergeben, die einen Anbau an das alte Rathaus vorgesehen hatten. Für mich persönlich war die Entscheidung falsch, denn ich bin davon überzeugt, daß ein Anbau dieser Größenordnung eines Tages Probleme bringen wird. Außerdem wurden die Abteilungen auseinandergerissen. Für mich hat der Sitzungssaal kein ausreichendes Tageslicht, die Fenster im Sitzungssaal sind zu klein, sie gleichen den Schießscharten einer Festung. Ein Sitzungssaal sollte freundlich und hell sein. Außerdem ist der Sitzungssaal nicht ausreichend belüftet.

Am 30. Juni 1987 bin ich nach dreiundvierzigjähriger Dienstzeit auf Antrag in den Ruhestand versetzt worden.

# Ereignisse und Entwicklungen
## DANGAST

| | |
|---|---|
| 1906 | Die Küste wird von einer schweren Sturmflut heimgesucht. Das Wasser kommt bis an unser Haus. |
| 1907 bis 1912 | Die Brücke-Maler -Erich Heckel, Karl Schmidt-Rottluff, Pechstein sind in Dangast |
| 1923 | Der Maler Franz Radziwill kauft und bezieht ein Wohnhaus in Dangast. |
| 1936 | in Wehgast - in der Nähe der Bauerei Garlichs - werden die Grundmauern des Steinhauses Dankstede freigelegt. |
| 1936 | Die Straße nach Dangast wird im Bereich Schule/Dorfkrug begradigt. Es wird ein kleiner Park angelegt. |
| 1939 | Die Wehrmacht beginnt in Dangast mit dem Bau einer Flakstellung, des Scheinwerferstandes, des Munitionshauses, der Marinefunkleitstelle. |
| 1945 | Nach der Kapitulation beziehen die Kanadier das Camp in Dangast (Kurhausgelände) |
| 1946 | Die Wehrmachtsbauten werden von den Besatzungstruppen gesprengt. |
| 1954 | Dangast bekommt Anschluß an die öffentliche Wasserleitung. |
| 1956 | Mit dem Bau des Dangaster Siels wird begonnen. |
| 1958 | Die Erweiterung der Sandkuhle auf der Gast bis zur Deichlinie beginnt. |

| | |
|---|---|
| 1962 | Eine schwere Sturmflut zieht über die gesamte Nordseeküste. In Dangast läuft das Wasser über den Deich. Die anliegenden Häuser haben Wasser im Keller, wodurch erhebliche Schäden verursacht wurden. |
| 1967 | Öl aus einem Tanker verschmutzt den Badestrand in Dangast. |
| 1970 | Die Gemeinde Varel-Land will in Dangast Hochhäuser bauen lassen. Der Plan wird aber abgelehnt. |
| 1972 | Die Gemeinde Varel-Land läßt den Campingplatz aufspülen. Dangast bekommt Anschluß an den Schmutzwasserkanal. |
| 1972 | Im Zuge der Gebietsreform kommt die Gemeinde Varel-Land und damit auch Dangast zur Stadt Varel. |
| 1974 | Das Meerwasserquellbad wird gebaut und 1975 eröffnet. |
| 1976 | Der Bebauungsplan 61 A - Dangast östlich der Edo-Wiemken-Straße, nördlich der Straße Auf der Gast - wird beschlossen. |
| 1977 | Der Jadebusen wird unter Naturschutz gestellt. Der Wanderweg auf der alten Deichlinie wird gebaut. |
| 1978 | Der Strand wird aufgespült. |
| 1978 | Franz Radziwill wird Ehrenbürger von Varel. |
| 1979 | Norddeutschland erlebt eine große Schneekatastrophe. |
| 1979 bis 1980 | Bau der Nordsee-Kuranlage Deichhörn. |
| 1986 | Nationalpark "Niedersächsisches Wattenmeer", 1. Januar |
| 1990 | Die Kuranlage wird erweitert. |
| 1990 | Der gebürtige Dangaster Karl-Heinz Funke wird nach der von der SPD gewonnenen Landtagswahl Landwirtschaftsminister in Hannover. |

| | |
|---|---|
| 1991 | Das Hotel "Graf Bentinck" (Hartmut Wichmann) wird gebaut. Die Gaststätte "Seestern wird umfangreich umgebaut - ("Mamma mia") |
| 1992/93 | Bei der Kuranlage Deichhörn wird mit dem Bau des "Kurgast-Betreuungshauses" begonnen. Am 6. August 1993 wird das "Dangasthaus" seiner Bestimmung übergeben |
| 1994 | Kureinrichtung Mutter und Kind im ehemaligen Strandpark |
| 1994 | Das bäuerliche AnwesenWilli Gröning wird zu einem Cafe Gröningshof umgebaut. |
| 1995 | Die Mutter-Kind-Kureinrichtung wird um fünf Gebäudekomplexe erweitert. |
| 1995 | Im Groden (Garlichs) werden die ersten drei Windkraftanlagen gebaut. |
| 1996 | Die alte Bauerei von Arnold Ihnken wird abgerissen. Auf dem Gelände entstanden Eigentumswohnungen |
| 1998 | Das Dangast-Quellbad (14,5 Mill. DM Baukosten) wird in Betrieb genommen. Karl-Heinz Funke wird Bundeslandwirtschaftsminister |

# Dangaster Kriegsopfer 1939-1945

1. Ahlers, Heinrich
2. Baumgarte, Guido
3. Blanke, Diedrich
4. Bolting, Johann
5. Boomgaarden, Karl
6. Brüning, Friedrich
7. Cordes, Willi
8. Decker, Arthur
9. Decker, Hermann
10. Dierks, Dietrich
11. Dierks, Enno
12. Funke, Garlich
13. Funke, Heinz
14. Funke, Theile
15. Grimm, Heinrich
16. Hagestedt, Hermann
    (1.Kriegstoter aus Dangast)
17. Helmke, Erich
18. Hillen, Günther
19. Hogenkamp, Hermann
20. Ihnken, Hans
21. Janßen, Diedrich
22. Lange, Karl
23. Lübben, Gerd
24. Lüers, Hans
25. Martens, Hermann
26. Meier, Ernst
27. Meier, Hinrich
28. Meier, Walter
29. Meyer, Alois
30. Pade, Heinrich
31. Schmoll, Helmuth
32. Siefken, Heino
33. Vogel, Heinz

# Bildnachweise

| | |
|---|---|
| Jürgen Elingius | S. 104, 106, 112, 114, 121, 126, 135, 136 |
| Hella Lübben | S. 172 |
| Walter Mohr | S. 27, 30, 131, 173 |
| Ulla Niemann | S. 45 |
| Edo Pille | S. 37, 41 |
| Gero Pille | S. 48 |
| Albert Schmoll | S. 3, 5, 97, 101, 189, 215, 216, 224, Titel |
| Detmar Schmoll | S. 6, 20, 213, 230 |
| Helmuth Schmoll | S. 31, 42, 113 |
| Martin Schmoll | S. 8, 61 |
| alte Wehrmachtsfotos | S. 103, 116, 127 |
| Reproduktionen alter Postkarten | S. 18, 22, 38, 61, 84, 170, 223 |
| Reproduktion aus Prospekt von 1934 | S.19 |
| Englisches Flugblatt | S. 117 |